HEYNE BÜCHER

SCIENCE FICTION

Herausgegeben
von Wolfgang Jeschke

Ein Verzeichnis aller STAR-TREK-Romane
finden Sie am Schluß des Bandes.

MEL GILDEN

STAR TREK®
CLASSIC

DIE RAUMSCHIFF-FALLE

Roman

Star Trek®
Classic Serie
Band 71

Deutsche Erstausgabe

WILHELM HEYNE VERLAG
MÜNCHEN

HEYNE SCIENCE FICTION & FANTASY
Band 06/5471

Titel der amerikanischen Originalausgabe
THE STARSHIP TRAP
Deutsche Übersetzung von Harald Pusch

Umwelthinweis:
Dieses Buch wurde auf
chlor- und säurefreiem Papier gedruckt.

Redaktion: Rainer Michael Rahn

Erstausgabe by Pocket Books/Simon & Schuster, Inc., New York

Printed in Germany 1997
Umschlagbild: Pocket Books/Simon & Schuster, New York
Umschlaggestaltung: Atelier Ingrid Schütz, München
Technische Betreuung: M. Spinola
Satz: Schaber Satz- und Datentechnik, Wels
Druck und Bindung: Ebner Ulm

ISBN 3-453-11915-0

Für Cathy Clark,
die ein echter Fan
und außerdem schwer
auf Draht ist.

Sieh eine ganze Welt in einem Sandkorn
Und einen Himmel in einer Wildblume,
Halte die Unendlichkeit in Deiner Hand,
Und erlebe die Ewigkeit in einer Stunde.

William Blake
1757–1827

1

»Am meisten gefällt mir an diesem Job, daß ich niemals Langeweile habe«, sagte Captain James T. Kirk. Er nahm einen Schluck dessen, was der Nahrungsmittelreplikator für Kaffee hielt, und betrachtete die beiden Männer, die bei ihm saßen – Mr. Spock (dessen vulkanischer Vorname für Menschen unaussprechlich war) und Dr. Leonard McCoy.

Das Raumschiff *Enterprise*, derzeit durch einen Traktorstrahl mit Starbase 23 verankert, war von einer entspannten und ein wenig ermüdeten Rumpf-Crew bemannt. Der größte Teil der Crew genoß die zwar begrenzten, nichtsdestotrotz willkommenen Unterhaltungsmöglichkeiten von Starbase 23.

Captain Kirk gehörte zu den wenigen Mannschaftsmitgliedern, die an Bord zurückgeblieben waren. Er glaubte, im Moment würde selbst ein Landurlaub für ihn eine zu große Anstrengung darstellen. Kirk vermutete, sein Erster Offizier und der Chef der medizinischen Abteilung empfanden ganz ähnlich, denn andernfalls wären sie jetzt nicht hier.

Sie hatten es sich an einem Tisch in jenem Teil des Erholungsraums auf Deck sechs gemütlich gemacht, der den Offizieren vorbehalten blieb. Abgesehen davon, daß die Tische etwas näher beim Interkom und den Nahrungsmittelspendern standen als die der übrigen Besatzung, unterschied sich der Offiziersbereich jedoch nicht nennenswert vom restlichen Raum.

Während Spock und McCoy über Kirks Bemerkung

nachdachten, überlegte der Captain, weshalb er und seine Freunde sich hier versammelt hatten, statt den Urlaub auf Starbase 23 zu verbringen. Keiner von ihnen neigte dazu, derlei Dingen aus dem Weg zu gehen, nur weil sie mit einer gewissen Aktivität verbunden waren. Es mußte also noch ein anderer Faktor eine Rolle spielen.

Ein Faktor war sicher das Vergnügen, das Kirk dabei empfand, wenn er seine Freizeit inmitten der Umgebung verbringen konnte, die normalerweise erhebliche Konzentration und Verantwortung von ihm verlangte. Allerdings gelangte er schließlich zu der Erkenntnis, der wahre Grund, weshalb sie alle noch hier waren, bestünde darin, daß es keinem von ihnen leichtfiel, die Verantwortung abzugeben, und daß sie sich verpflichtet fühlten, in der Nähe ihrer jeweiligen Stationen zu bleiben, auch wenn diese Stationen sie derzeit gar nicht brauchten.

Spock dachte über Kirks Bemerkung nach, ganz ernsthaft, wie es seine Art war. Obwohl – oder gerade weil – seine Intelligenz weit über dem menschlichen Durchschnitt lag, waren seine Fähigkeiten zu simplem Small talk eher begrenzt.

McCoy jedoch war jederzeit zu einem freundschaftlichen Streit bereit. »Mir hingegen«, meinte er knurrig – McCoy sprach ziemlich oft in einem knurrigen Ton –, »wäre nach dem, was wir hinter uns haben, ein wenig Langeweile durchaus angenehm.« Genau wie Kirk trank auch McCoy Kaffee. Spock hingegen bevorzugte eine obskure vulkanische Teemischung, deren Name für menschliche Zungen ebenfalls unaussprechlich war.

»Ebensowenig, wie ich die menschliche Neigung verstehe, gerade während eines der Erholung dienenden Urlaubs besonders große Energie an den Tag zu legen«, erklärte Spock, »verstehe ich den sporadisch auftretenden Wunsch der Menschen nach einem Mangel an geistiger Stimulation.«

»Sie verstehen das ganz gut, Spock«, bemerkte McCoy. »Nur, wenn Sie das tun, nennen Sie es Meditation.«

Spock war längst darüber hinaus, sich wegen einer von McCoys Bemerkungen beleidigt zu fühlen, doch manchmal nahm er den Köder an, weil er den Unterhaltungswert der sich daraus ergebenden Diskussion schätzte. Kirk hörte nur mit halbem Ohr hin, als Spock die Meditation und ihre Verbindung zur vulkanischen Philosophie erläuterte.

Eine weibliche Stimme meldete sich über das Interkom. »Brücke an Captain Kirk.«

Spock hielt in seinen Erklärungen inne. Während Kirk zum Interkom hinüberging, spürte er, wie sein Mißmut wuchs. Er ärgerte sich tatsächlich darüber, daß er beim Nichtstun gestört wurde. Er drückte auf den Knopf und sagte: »Ja, Fähnrich – Miraskin, nicht wahr?«

»Ja, Sir. Sind Sie das, Captain?«

Kirk fragte sich, wo diese schlafmützigen Kinder eigentlich herkamen. Sanft sagte er: »Ja, Fähnrich, ich bin es. Was gibt es denn?«

»Gerade ist eine dringende Nachricht von Starfleet eingetroffen.«

Kirk legte eine Hand über das Mikro des Interkom und sagte zu Spock und McCoy: »Wahrscheinlich ein Admiral mit einem eingewachsenen Fingernagel.« Dann wandte er sich wieder dem Interkom zu. »Lesen Sie sie vor.«

»Das kann ich nicht, Sir. Sie ist codiert.«

»Verdammt.«

»Wie bitte, Sir?«

»Schon gut, Fähnrich. Schicken Sie die Meldung in meine Kabine. Kirk Ende.« Er drückte wieder auf den Knopf und wandte sich achselzuckend den beiden Männern zu. »Was soll ich machen? Starfleet kommt einfach nicht ohne mich aus.«

»Sag Bescheid, wenn du Hilfe bei dem eingewachsenen Fingernagel brauchst«, rief McCoy hinter ihm her, als sich die Tür zischend hinter ihm schloß.

Auf dem Korridor war außer seinen Schritten und dem Zischen der Klimaanlage nichts zu hören. Selbst das konstante Summen der Maschinen fehlte. Scotty hatte sie heruntergefahren, damit sie überprüft und justiert werden konnten. Er hatte zwar vorgehabt, diese Arbeiten selbst zu übernehmen, doch McCoy hatte ihn gezwungen, frei zu nehmen, indem er ihm androhte, ihm einen Monat lang Urlaub aus medizinischen Gründen zu verordnen, wobei es ihm nicht gestattet wäre, eine Maschine auch nur zu berühren.

Während er ging, spürte Kirk die gewaltige Größe und Masse des Schiffes, die auf ihm lastete, und die mechanische Arterie, durch die er sich bewegte, zusammendrückte. Dieses Gefühl empfand er nicht oft; normalerweise betrachtete er das Schiff eher als eine Erweiterung seiner selbst denn als riesige Maschine. Doch jetzt, da es praktisch ohne Besatzung dalag, seine Energie von der Starbase bezog und seine Autonomie zumindest für den Moment aufgegeben hatte, schien es von einem völlig anderen Geist erfüllt. Kirk lächelte. Hatte das Schiff überhaupt einen Geist? Er würde gern zuhören, wie Spock und McCoy darüber stritten.

Kirk erreichte seine Kabine, ohne unterwegs jemandem begegnet zu sein. Eilig setzte er sich an den Schreibtisch und tippte seinen persönlichen Sicherheitscode in die Interkomkonsole. Das Starfleet-Symbol tauchte auf dem Schirm auf, gefolgt von der Aufforderung, sich zu identifizieren. Während er darauf wartete, daß der Computer sein Retinamuster scannte, fragte er sich, was eigentlich los sein mochte. Wenn er all diese Sicherheitsanforderungen durchlaufen mußte, dann würde es sich um etwas Wichtiges handeln. Neugier nagte an ihm, bis die Maschine »Danke« sagte und die Nachricht endlich auf dem Schirm erschien.

Ein Starfleetoffizier, den Kirk nicht kannte, blickte ihm entgegen. Er war sehr dünn und besaß enorm dichtes, schwarzes Haar, das nicht nur seinen Kopf bedeckte, sondern auch einen Teil der Stirn. Möglicherweise war er nur zu einem Teil menschlicher Abstammung. Nicht, daß so etwas eine Rolle gespielt hätte. Mit nervös klingender Stimme sagte der Mann: »Ich bin Lieutenant Lungo. Admiral Nogura hat mich gebeten, Ihnen die folgenden Befehle zu übermitteln. Fliegen Sie so schnell wie möglich nach Pegasus IV, wo Sie, ohne Fragen zu stellen, den Anweisungen von Conrad Franklin Kent oder seinem Stellvertreter folgen.«

»Wir sind monatelang auf Patrouille gewesen, Lieutenant. Meine Leute brauchen etwas Ruhe und Erholung. Worum geht es hier eigentlich?«

Lungo warf einen Blick auf etwas außerhalb der Bilderfassung und lächelte Kirk dann ohne Wärme an. Was zum Teufel ist hier los? fragte sich Kirk. Weshalb schickte Nogura seinen nervösen Lieutenant vor, statt selbst mit ihm zu sprechen? »Tut mir leid, Captain«, sagte Lungo, »aber das sind alle Informationen, über die ich verfüge.« Der Schirm erlosch. Ende der Diskussion.

Kirk trommelte frustriert mit den Fingern auf dem Schreibtisch. Seine Leute waren erschöpft. Verdammt, er selbst war auch erschöpft. Die Mannschaft der *Enterprise* hatte sich eine Ruhepause verdient. Doch wenn die Pflicht rief, mußte Kirk folgen. Nogura war schließlich nicht Admiral bei Starfleet geworden, weil er irgendwelchen Launen nachgab.

Was Kirk jedoch am meisten ärgerte, war die Identität des zu erwartenden Passagiers. Er hatte natürlich von Conrad Franklin Kent gehört – wer in der Föderation hätte das nicht? Kent war Seniormitglied des Föderationsrates mit unverhohlenen Ambitionen auf die Präsidentschaft. Und Kent galt nicht als Freund von Starfleet. Schon bei der leisesten Provokation pflegte er jedem in Hörweite zu versichern, Starfleet sei eine überholte, kriegstreiberische, nur an sich selbst interessierte Institution voller halbintelligenter Egomanen. Kirk hätte gut auf ihn verzichten können, doch offensichtlich verfügte Kent über Freunde in einflußreichen Positionen. Die Dringlichkeit des Befehls legte die Vermutung nahe, daß Kent sich in Schwierigkeiten gebracht hatte, aus denen ihm Kirk heraushelfen sollte. Und Kent würde sich mit Sicherheit nicht dankbar zeigen. Kirk schüttelte den Kopf. Befehl war Befehl, aber gefallen mußte ihm die Sache deshalb trotzdem nicht.

Kirk drückte die Taste des Interkom, und das Gesicht von Fähnrich Miraskin füllte den Schirm. Sie war eine junge, dunkelhaarige Frau mit hohen, stark ausgeprägten Wangenknochen. Uhura tat ihr wahrscheinlich einen Gefallen, wenn sie ihr gestattete, Brückenerfahrung zu sammeln. Kirk befahl ihr, die gesamte Besatzung zurückzurufen; alles sollte sich auf die sofortige Abreise vorbereiten. Diese Anweisung galt insbesondere für Mr. Scott, der sich, wie Kirk vermutete, entzückt zeigen würde über diesen Anlaß, seine Maschinen wieder anzuwerfen.

Sie kamen in Shuttles und mit Hilfe des Transporters zurück. Und sie kamen knurrend und fluchend. Rasch füllte die Mischung aus Männern, Frauen und Aliens das Schiff wie eine vielfarbige Flut: rote Hemden für Maschinenraum und Instandhaltung, blaue für die Wissenschaftler, goldene für die Kommandooffiziere. Die Mannschaftsmitglieder begaben sich zu ihren Stationen, immer noch murrend, doch mit absoluter Kompetenz und Verantwortung.

Während sich das Schiff füllte, verbesserte sich Kirks Laune, denn die *Enterprise* wirkte mehr und mehr wie sie selbst. Besatzungsmitglieder eilten über die zunehmend voller werdenden Flure, ein jeder trug seinen

Teil zu der Aufgabe bei, ein Raumschiff durch das All zu steuern. Und Mr. Scotts Maschinen dröhnten dazu in konstantem Baß.

Weniger als einen Schiffstag später befand sich jeder an seinem Platz, und die *Enterprise* war startbereit. Kirk stand neben dem Kommandosessel und wandte sich über Interkom an die Besatzung. »Hier spricht der Captain. Ich weiß, daß einige von Ihnen nicht sehr glücklich darüber sind, daß Ihr Urlaub abgebrochen wurde. Um die Wahrheit zu sagen, ich selbst bin auch nicht sehr glücklich darüber.« Als er bemerkte, daß Spock ihn beobachtete, wandte sich der Erste Offizier rasch seinem Lesegerät zu. Kirk fuhr fort. »Aber wir haben eine Aufgabe zu erfüllen, und ich erwarte, daß sich jeder den Anforderungen gewachsen zeigt. Kirk Ende.«

Kurz darauf befanden sie sich mit Warp sechs auf dem Weg nach Pegasus IV, und bis zu ihrer Ankunft blieb für niemanden viel zu tun. Kirk hatte keine Ahnung, wie Kents Problem aussah, und so konnte er sich auch nicht darauf vorbereiten. Doch immerhin konnte Spock sie mit Einzelheiten über Pegasus IV versorgen.

Der Erste Offizier nahm den Empfänger aus dem Ohr und sagte: »Pegasus IV ist nach menschlichen Maßstäben eine warme Welt. Die durchschnittliche Tagestemperatur in den gemäßigten Zonen liegt bei siebenunddreißig Grad Celsius. Die Atmosphäre ist kaum atembar, erfüllt von Asche und Chemikalien, die man auf der Erde bestenfalls in Laboratorien antrifft. Die Oberfläche besteht hauptsächlich aus Fels. Die natürliche Erosion durch Wind und vulkanische Aktivitäten hat Teile davon zu Skulpturen geformt, die als sehr schön gelten.«

Kirk lächelte. »Ich bezweifle, daß Mr. Kent sich wegen der landschaftlichen Schönheiten dort aufhält, Mr. Spock.«

»Natürlich nicht, Captain. Die Eingeborenen von Pegasus IV sind ebenfalls recht interessant. Sie werden als G'lops bezeichnet und sind hervorragend an ihren geologisch aktiven Planeten angepaßt. Jeder von ihnen scheint nicht mehr zu sein als eine vielfarbige Masse aus Schlamm, die in einem eigenen kleinen Krater vor sich hinblubbert. Frühere Forschungsteams haben die G'lops als intelligent eingestuft, wenn auch nach gänzlich anderen Maßstäben als den für Humanoiden geltenden.«

»Demnach sucht Kent dort nach politischen Talenten.«

»Möglich, Captain, aber nicht sehr wahrscheinlich. Pegasus IV ist bisher noch kein Mitglied der Föderation. Seine Eingeborenen können keinen Platz im Rat beanspruchen, solange sie nicht angeschlossen sind.«

Spock behauptete, Vulkanier könnten weder bluffen noch lügen. Trotzdem fand Kirk es immer wieder erstaunlich, daß Spock derartige Aussagen vortragen konnte, ohne eine Miene zu verziehen. Er vermutete dahinter einen vulkanischen Sinn für Humor – oder zumindest ein Gespür für das Lächerliche. Spock leugnete jedoch jegliches Verständnis für beides, es sei denn als rein intellektuelles Konzept. »Mein Fehler, Mr. Spock«, sagte der Captain. »Aber warum ist er dort?«

»Ich vermute, er ist an den Schürfrechten interessiert. Den Unterlagen zufolge besteht der Planet zu mehr als zehn Prozent aus Daystromit.«

Das also bewahrte Pegasus IV davor, eine schlichte Fußnote in der galaktischen Geschichte zu bleiben. Daystromit war ein Kristall, das im Transtator Verwendung fand, der grundlegenden Komponente fast jeden Teils der Föderationstechnologie. Ein Gedanke durchzuckte Kirk. »Ein Fund wie dieser sollte eigentlich auch die Klingonen aus dem Gebüsch locken«, meinte er. »Könnte das Kents Problem sein?«

»Durchaus möglich. Klingonische Kriegsschiffe sind am Rand dieses Sektors aufgespürt worden.«

Kirk drehte sich zur Kommunikationsstation um. »Uhura, versuchen Sie mal, ob Sie irgendwen auf Pegasus IV erreichen können. Wenn sich dort Klingonen herumtreiben, möchte ich nicht der letzte sein, der davon erfährt.«

»Aye, Captain.« Kirk blieb kaum genug Zeit, um zu seinem Sessel zurückzukehren und Platz zu nehmen, als Uhura schon meldete: »Ich habe Kontakt zu einem gewissen Dr. Brewster, Leiter des Teams auf Pegasus IV.«

»Auf den Schirm.«

Die Sterne auf dem Hauptschirm verschwanden und wurden ersetzt durch etwas, das wie ein kleiner Findling aussah. Er stand vor einem wütendroten Himmel, der sich bis zum fernen Horizont über Stufen und Absätze aus zerrissenem, gezacktem Fels erstreckte. Mit überraschend sanfter Stimme sagte der Felsen: »Ich bin Dr. Brewster.«

Es war natürlich ein Horta. Wen sonst als ein Felswesen sollte die Föderation aussenden, um mit Tümpeln aus intelligentem Schlamm zu sprechen? »Ich bin James T. Kirk, Captain der *Enterprise*. Wie sieht Ihre Lage aus?«

»Lage, Captain?«

»Gibt es einen Notfall? Sind Sie in Gefahr? Durch die Klingonen beispielsweise?«

»Wir sind nicht in Gefahr. Mit den G'lops kommen wir auch gut voran.«

Sonderbar, immer sonderbarer. »Was ist mit Mr. Kent?«

»Mit Mr. Kent und seiner Gruppe ist ebenfalls alles in Ordnung. Er freut sich schon auf seine Abreise. Sind Sie vielleicht hier, um ihn zu holen?«

Der Horta klang tatsächlich hoffnungsvoll. Offensichtlich verbreitete Kent eitel Sonnenschein, wo immer er sich auch aufhielt. »Kann ich Mr. Kent sprechen?« fragte Kirk.

»Selbstverständlich.« Mit einem knirschenden Geräusch glitt Dr. Brewster aus dem Aufnahmebereich des Subraumsenders. Einen Moment später nahm ein Mensch seinen Platz ein. Der Mensch trug einen sogenannten Atmer, eine halb durchlässige Membran, die fast unsichtbar über seinem Gesicht lag. Es handelte sich um einen großen Mann, der offensichtlich an zu vielen offiziellen Essen teilgenommen hatte und seine Arbeit hauptsächlich im Sitzen erledigte. Das weiße Haar stand wie winzige weiße Federn um seinen Kopf und fiel über die Ohren herab. Er trug einen grauen Diplomatenoverall, auf dessen Schulter das Zeichen der Föderation prangte.

Kent nickte Kirk zu und sagte: »Ich bin Conrad Franklin Kent, Sir. Sie müssen unser Transport zur Starbase 12 sein.«

Transport zur Starbase 12? War die *Enterprise* tatsächlich aus dem wohlverdienten Urlaub geholt worden, nur um diesen Politiker zu seinem nächsten Reiseziel zu verfrachten? Kein Wunder, daß Nogura nicht persönlich mit Kirk hatte sprechen wollen. Dem alten Haudegen war die ganze Angelegenheit wahrscheinlich selbst höchst peinlich.

»Ich nehme an, man könnte es so ausdrücken. Ich bin Captain James Kirk vom Föderationsschiff *Enterprise*. Wir befanden uns gerade auf Urlaub, als …«

Kent lächelte. »Ich weiß, wer Sie sind. Payton, meine Assistentin, hat speziell die *Enterprise* angefordert, um uns zu befördern.«

Kent war ein recht geschickter Schmeichler, was Kirk augenblicklich in Rage brachte. Obwohl er selbst durchaus zu Schmeicheleien fähig war, sofern er das für angezeigt hielt, zog er Geradlinigkeit dem Versprühen von öligem Charme vor. Außerdem hatte er nie den Ehrgeiz besessen, sich als Taxifahrer zu betätigen. »Die *Enterprise* war doch sicher nicht das einzige verfügbare Schiff.«

»Tut mir leid, Captain, aber Payton bekommt in der Regel, was sie sich in den Kopf gesetzt hat.«

Das war zum Verrücktwerden! Da wurde man doch tatsächlich gegen seinen Willen von Starbase 23 hierher beordert, nur weil eine verwöhnte Zivilistin einen Wunsch geäußert hatte! Und nicht einmal Kent selbst war dafür verantwortlich, sondern seine Assistentin! Kirk bemühte sich, seinen Ärger zu verbergen. Wenn man bedachte, welche Haltung Kent gegenüber Starfleet einnahm, mochte die Tatsache, daß er einen Offizier in Rage gebracht hatte, ihm erhebliches Vergnügen bereiten. »Mr. Sulu, voraussichtliche Ankunft über Pegasus IV?«

»Acht Stunden, vierzehn Minuten, Sir.«

Brüsk wandte sich Kirk wieder an Kent. »Wir sind in acht Stunden dort. Sehen Sie bitte zu, daß Sie und Ihre Gruppe dann startbereit sind. Kirk Ende.« Er winkte Uhura zu, die die Verbindung unterbrach.

»Ärger ist unlogisch, Captain«, bemerkte Spock.

»Schon möglich, Spock. Aber manchmal ist das alles, was einem bleibt.«

Acht Stunden und vierzehn Minuten später ging die *Enterprise* in den Standardorbit um Pegasus IV. Vom Weltraum aus betrachtet, wirkte der Planet wie ein wütender Ball, was exakt zu Kirks Stimmung paßte. Spock meldete, daß sich keine Klingonen in Sensorreichweite befanden. Alles schien bestens, abgesehen von dem Umstand, daß sich die *Enterprise* überhaupt hier befand.

Kirk und Spock gingen zum Transporterraum, um Kent und seine Leute zu empfangen. »Eigentlich«, meinte Kirk, »geht das ja schon über den Rahmen unserer Befehle hinaus.«

Mr. Scott warf ihnen einen Blick zu und versuchte ein Lächeln zu verbergen. Der Grund, weshalb der Urlaub gestrichen worden war, war schnell im ganzen

Schiff bekannt geworden. Mr. Kent und seine Gruppe waren an Bord der *Enterprise* schon jetzt nicht sehr beliebt.

»Ich würde empfehlen, Ihre Verärgerung im Zaum zu halten, Captain«, sagte Spock. »Ein Mann wie Kent erwartet von Starfleet ohnehin nichts Gutes. Unhöflichkeit wäre in dieser Situation keineswegs hilfreich.«

Spock hatte zweifellos recht; trotzdem konnte Kirk sich des Gedankens nicht erwehren, daß Spock selbst eine gewisse Unhöflichkeit in Erwägung gezogen hatte. Sein Urlaub war schließlich auch abgebrochen worden. Mit ausdrucksloser Miene erklärte Kirk: »Ich würde es mir niemals gestatten, unhöflich zu werden, Mr. Spock.« Eine von Spocks Augenbrauen hob sich, was bedeutete, daß er Kirk nicht wirklich glaubte, immerhin aber bereit wäre, die Bemerkung des Captains im Interesse des Einvernehmens zu akzeptieren.

»Mr. Kent und seine Gruppe melden Bereitschaft.«

Also los, dachte Kirk. »Beamen Sie sie hoch, Mr. Scott.«

Die Luft über der Transporterplattform flimmerte, und einen Augenblick später stiegen zwei Personen auf den tiefer liegenden Boden des Raums hinunter. Einer von ihnen war Conrad Franklin Kent, die Hand zum Gruß ausgestreckt. Bei der anderen Person handelte es sich um eine beeindruckende schwarzhaarige Frau, die sich etwas im Hintergrund hielt. Sie trug mehr oder weniger die gleiche Kleidung wie Kent, auf ihrem Kopf saß jedoch zusätzlich noch ein formloses Etwas, das ihr als Hut diente.

Kirk richtete sich augenblicklich auf. Obwohl er Kent nicht mochte, mußte er dessen Geschmack bei der Auswahl seiner Assistentin anerkennen. Konnte dies die berüchtigte Payton sein, die für den Flug der *Enterprise* nach Pegasus IV verantwortlich war?

Kirk stellte sich und Mr. Spock vor, während sie sich gegenseitig die Hände schüttelten. Bei der Frau handelte es sich tatsächlich um Kents Seniorassistentin, Hazel Payton.

Kirk lächelte Payton an und meinte: »Sie müssen ›die Gruppe‹ sein.«

»Was?«

»Es hieß: Conrad Franklin Kent und seine ›Gruppe‹.«

Die Frau musterte Kirk einen Moment lang kühl und ungläubig. Der Captain überlegte, ob er den Charme vielleicht etwas zu dick aufgetragen hatte. Die wirkliche Frage lautete jedoch, weshalb er seinen Charme überhaupt einsetzte. Diese Frau arbeitete für einen politischen Gegner von Starfleet und war überdies für einen der erbärmlichsten Aufträge verantwortlich, die Kirk in seiner gesamten Karriere erledigt hatte. Er klatschte in die Hände und sagte: »Gestatten Sie mir, Sie zu Ihren Kabinen zu führen. Mr. Scott, rufen Sie die Brücke und weisen Sie Mr. Sulu an, mit Höchstgeschwindigkeit in Richtung Starbase 12 zu starten.«

»Aye, Captain.«

Sie gingen paarweise zum Turbolift, Kirk und Kent voran, gefolgt von Spock und Payton. Der Erste Offizier sagte zu Kent: »Ich bin sehr an Ihrer Einschätzung der auf Pegasus IV geleisteten Arbeit interessiert.«

Kent antwortete ernsthaft, in einem fast verschwörerischen Ton. »Wie Brewster schon sagte, kommen sie gut voran. Aber davon hätte ich nie etwas erfahren, wäre ich auf der Erde geblieben. Die vagen Aussagen der Berichte, die ich erhielt, machten mich ungeduldig, daher beschloß ich, die Sache selbst in Augenschein zu nehmen. Payton hat alles arrangiert.«

»Darin scheint sie gut zu sein.« Kirk warf einen Blick auf die Frau. Sie schien nicht im geringsten durch den Umstand beeindruckt, daß man über sie redete.

Kent sah Kirk verwundert an und lachte kurz. »Hat sie Sie gegen den Strich gebürstet?«

»Vielleicht nicht gerade gebürstet«, meinte Kirk vorsichtig.

»Ich muß Sie warnen, Captain. Hazel ist eine Frau, die ihre Arbeit erledigt. Ihre Methoden mögen mitunter fragwürdig erscheinen, die Ergebnisse sind es jedoch nie. Habe ich nicht recht, Ms. Payton?«

»Ich tue, was ich kann, Sir.«

»Solange sich nur jeder daran erinnert, wessen Schiff dies ist«, bemerkte Kirk.

»Wir sind Zivilisten, Captain. Das übliche Starfleet-Getöse ist bei uns fehl am Platze.«

Bevor Kirk sich eine spitze Entgegnung ausdenken konnte, die er später bereuen würde, sagte Spock: »Unser Ziel ist Starbase 12. Allerdings wüßte ich nicht, was es dort an ›Sehenswürdigkeiten‹ geben sollte.«

Am Ende des Korridors warteten sie ein paar Sekunden, bis der Turbolift kam. Sie traten ein, Kirk sagte: »Deck fünf«, und die Kabine setzte sich in Bewegung. Niemand sprach. Kirk mochte weder Payton noch ihren Boss. Es gefiel ihm nicht, den Botenjungen spielen zu müssen. Und es interessierte ihn auch nicht, weshalb sie zur Starbase 12 flogen. Er wollte nur heil hinkommen, seine Passagiere hinüberbeamen und sich wieder um seine eigenen Angelegenheiten kümmern.

Auf Deck fünf erinnerte sich Kirk daran, daß er trotz seines Ärgers seine Verantwortung als Gastgeber nicht völlig ignorieren konnte. »In der Lounge finden Sie Beobachtungsfenster und Ausgabeeinheiten der Nahrungsmittelreplikatoren. Derartige Einheiten befinden sich auch in Ihren Kabinen.«

»Wir sind mit den Einrichtungen von Raumschiffen vertraut«, erklärte Payton.

Kirk holte tief Luft und atmete langsam wieder aus. »Hier befinden sich Ihre Kabinen. Sollten Sie nicht zufrieden sein, lassen Sie es mich oder Mr. Spock wissen, wir werden uns bemühen, etwaige Probleme zu beheben.«

»Ich bin sicher, Sie bieten uns das Beste, was Sie haben«, sagte Kent. Er schaute vorsichtig durch die offene Tür, als erwarte er, seine Kabine mit einem wilden Tier teilen zu müssen.

Kirk lächelte ohne Wärme und machte sich rasch mit Spock davon. Im Turbolift bemerkte Spock: »Mr. Kent hat auf die Frage nach Starbase 12 keine Antwort gegeben.«

»Soweit es ihn betrifft, gehört das vermutlich nicht zu den Dingen, die Starfleet etwas angehen. Und vielleicht hat er damit recht.«

»Vielleicht.« Spock verschränkte die Hände hinter dem Rücken und betrachtete die Lifttüren. Kirk wußte, daß Spock intensiv über irgend etwas nachdachte. Und er wußte auch, daß Spock ihn darüber informieren würde, wenn es an der Zeit war.

Kaum eine Stunde später fragte sich Kirk auf der Brücke, ob er und seine Passagiere die nächsten drei Tage überleben würden. Soweit es ihn betraf, wollte er so wenig wie eben möglich mit ihnen zu tun haben. Nicht einmal Payton, so schön sie auch war, lohnte den Aufwand einer näheren Bekanntschaft. Vermutlich würde er die drei Tage überstehen, aber er war froh, daß die Reise zur Starbase 12 nicht länger dauerte.

Ein Maat brachte ihm ein Memo von Hazel Payton. Laut dieser Nachricht waren er und seine Senior-Offiziere zu einem Empfang eingeladen, den Conrad Franklin Kent am Abend in der Offizierslounge auf Deck fünf gab. Diese Frau war unerträglich!

Kirks erster Impuls bestand darin, den Empfang zu untersagen, doch nachdem er genauer darüber nachdachte, mußte er zugeben, daß ihm dafür kein vernünftiger Grund einfiel. Kent hatte ihn gewarnt, daß Paytons Methoden unorthodox waren. Wenn dies – eine ungenehmigte Party anzuberaumen – das Schlimmste war, was sie tun konnte, mußte Kirk sich keine großen Sorgen machen. Und wenn er sich charmant genug gab, mochte das vielleicht sogar einen positiven Effekt auf Kent haben. Ein Versuch konnte jedenfalls nicht schaden.

»Stimmt etwas nicht, Captain?« fragte Spock.

»Keineswegs, Mr. Spock. Wir sind zu einem Empfang für Conrad Franklin Kent eingeladen.«

»Tatsächlich?«

»Wie meinen?«

»Gar nichts, Captain. Ich wollte lediglich bestätigen, daß ich Ihre Worte vernommen habe.«

Kirk nickte. Vielleicht beunruhigte Spock die Frage, weshalb Kent zur Starbase 12 wollte, mehr als er zuzugeben bereit war. Er hoffte nur, daß Spock irgendwann die Antwort fand. Bisher war das offenbar nicht der Fall. Noch nicht.

»Captain«, meldete Sulu, »ich registriere ein Schiff am Rande der Sensorreichweite.«

»Identifizieren.«

Spock betätigte einige Kontrollen an seinem Pult. Er warf einen Blick auf die blau leuchtende Anzeige und sagte: »Die Identifizierung ist bei dieser Entfernung schwierig, Captain, aber es scheint sich um ein einzelnes klingonisches Schiff zu handeln.«

»Gehen Sie auf Alarmstufe Gelb«, befahl Kirk, und die Sirenen heulten auf. McCoy hatte unrecht. Die Aufregung, die in seinen Adern pulsierte, war der Langeweile jederzeit vorzuziehen.

2

So gefährlich die Klingonen auch waren, Kirk zog sie jedenfalls Mitgliedern des Föderationsrates vor, die überzogene Vorstellungen von ihrer eigenen Bedeutung besaßen. Bei einem Klingonen wußte man immer, woran man war. Ein Politiker hingegen war selbst im besten Fall undurchschaubar.

»Klingonisches Schiff jetzt auf Unterlichtgeschwindigkeit«, meldete Sulu. »Fünfhunderttausend Kilometer, näher kommend.«

»Taktisches Bild«, rief Kirk.

Die Sterne auf dem Hauptschirm waberten und wurden durch eine computergenerierte Karte ersetzt, die die relativen Positionen der *Enterprise*, des Klingonenschiffes und der nächstgelegenen natürlichen Himmelskörper zeigte.

Wäre nicht nur dieses einzelne klingonische Schiff aufgetaucht, hätte Kirk vermutet, daß die *Enterprise* angegriffen werden sollte und alsbald in einem Gefecht stünde. Ein einzelnes Klingonenschiff mochte jedoch alles mögliche bedeuten, und Kirk wollte nicht derjenige sein, der den ersten Schuß abgab, wenn ein Kampf vielleicht gar nicht nötig war.

»Sondierung, Mr. Spock.«

»Nach dem wenigen, was wir über klingonische Antriebstechnik wissen, deuten die Energiekurven darauf hin, daß sich das Schiff offenbar im Normalflug befindet. Lediglich die Navigationsschirme sind eingeschaltet, die Waffen erhalten keine Energie.«

»Das ist mal eine gute Nachricht.« Kirk rieb sich das Kinn und fragte sich, was da vor sich ging. Die Klingonen wollten irgend etwas, und wenn es kein Kampf war, was dann? Er könnte natürlich Spock nach seiner Meinung fragen, doch der Vulkanier würde ihm zweifellos erklären, die vorliegenden Daten seien nicht ausreichend, um Spekulationen zu gestatten.

Jemand betrat die Brücke, doch Kirk, der in das taktische Display vertieft war, schenkte dem keine Beachtung.

»Was hat das zu bedeuten, Kirk? Weshalb wurde Alarmstufe Gelb ausgelöst?«

Kirk wurde augenblicklich wütend, als er Kents Stimme vernahm. »Ich habe jetzt keine Zeit für Erklärungen.«

»Ich bestehe darauf. Werden wir angegriffen?«

Kirk warf Kent einen finsteren Blick zu und bemerkte, daß Payton neben ihm stand. »Verschwinden Sie von meiner Brücke«, sagte er, nahm sich aber nicht die Zeit, den überraschten Ausdruck auf Kents Gesicht zu genießen, sondern wandte sich sofort wieder dem Schirm zu.

»Die Klingonen kontaktieren uns, Sir«, meldete Uhura.

Kirk schluckte schwer. »Auf den Schirm, Lieutenant.«

Das taktische Display wurde durch einen Klingonen mit langer, dünner Nase und einem Bart ersetzt, der kaum sein Kinn bedeckte. Kirk hatte schon Klingonen lächeln sehen – normalerweise auf Kosten anderer –, doch dieser hier lächelte nicht. Finster sagte er: »Ich bin Torm, Commander des klingonischen Kriegsschiffs *Kormak.*«

Kirk erhob sich und stellte sich vor. Sein Körper war angespannt und kampfbereit, als stünde er Torm in Fleisch und Blut gegenüber, statt ihn mit Hilfe einer Anlage zu sehen, die es ihnen gestattete, sich über viele Tausend Kilometer hinweg zu unterhalten. Hinter ihm sagte Kent: »Captain.«

Verdammt, dachte Kirk, der Mann war ja noch immer hier. Konnte es Kent sein, den die Klingonen haben wollten? Wenn er es war und sie zudem wußten, wo sie ihn finden konnten, dann waren ihre Geheimdienstberichte geradezu erschreckend genau und aktuell. Aber es war noch zu früh, sich darüber Gedanken zu machen. All diese Gedanken schossen Kirk durch den Kopf, während er einmal blinzelte.

»Dies hier ist Föderationsgebiet, Torm«, sagte er. »Was wollen Sie?«

»Ihre Unschuldsbeteuerungen sind nicht überzeugend, Kirk. Wir wollen unsere Schiffe zurückhaben.«

»Zurück? Zurück von wo?«

»Von dort, wohin immer Ihr Erdlinge sie gebracht habt!« rief der Klingone wütend.

»Ich weiß nicht, wovon Sie reden.«

»Unsere Schiffe verschwinden spurlos, Kirk. Wer außer der Föderation besitzt sowohl die Technologie als auch den Wunsch, so etwas zu tun?«

Kirk warf einen Blick zu Spock, der den Kopf schüttelte. Der klingonische Commander hatte offensichtlich ein Problem, das war nicht zu übersehen, doch Kirk stellte mit Erleichterung fest, daß es nichts mit Conrad Franklin Kent zu tun hatte. Vielleicht war das klingonische Spionagenetz doch nicht besser als das der Föderation. »Wir leben in einer großen Galaxis, Torm. Sicher haben die Klingonen viele Feinde. Wenn die Föderation dem Klingonischen Imperium den Krieg erklärt hätte, wüßte ich davon.«

»Captain«, sagte Kent und trat neben Kirk. Während Torm die beiden mit zusammengekniffenen Augen musterte, flüsterte Kent: »Ihr Hitzköpfe von Starfleet glaubt, ihr wärt die einzigen, die mit Klingonen umgehen können. Ich glaube, ein bißchen Verständnis und gesunder Menschenverstand bringen uns sehr viel weiter als Phaser und Photonentorpedos.«

Kirk mußte Kents Mut bewundern, was ihn jedoch

nicht daran hinderte, den Mann für einen hochkarätigen Idioten zu halten. Nach Kirks Erfahrungen verstanden die Klingonen *keine* andere Sprache als die der Phaser und Photonentorpedos. Er entgegnete, ebenfalls flüsternd: »Überlassen Sie diese Angelegenheit bitte den Profis.« Er wandte sich Torm zu und öffnete den Mund, um jegliche Verantwortung abermals zu bestreiten, als Kent schon das Wort ergriffen hatte.

Kent sagte: »Wir geben nichts in bezug auf die Waffe zu.«

»Das dachte ich mir«, erklärte Torm.

Kirk hatte den Eindruck, als würde plötzlich alles von ihm abrücken, als nähme er die Situation nur noch aus der Ferne wahr. Für einen Moment überlegte er, ob er sich dem von Kent gewählten Kurs anschließen sollte. Wenn die Klingonen ihm glaubten, würden sie Zeit und Energie mit der Suche nach einer neuen Föderationswaffe verschwenden, die gar nicht existierte. Das hatte zwar durchaus seinen Reiz, doch Kirk war der Ansicht, die Situation sei keineswegs schon so verfahren, um Lügen zu rechtfertigen. Außerdem – und dieses ›Außerdem‹ wog schwer –, wenn die Klingonen glaubten, die Föderation hätte ihre Schiffe angegriffen, ob nun mit einer neuen Waffe oder nicht, dann konnten sie zu Recht von einem Kriegszustand ausgehen und sich entsprechend verhalten. Kent brachte die *Enterprise* mit seiner Prahlerei in Gefahr.

Ganz offensichtlich war Kent nicht bereit, mit Kirk zusammenzuarbeiten, aber dennoch war es nötig, eine geschlossene Front zu zeigen. Also kam es Kirk zu, sich wie ein Erwachsener zu benehmen. »Wie ich eben schon sagte, befinden Sie sich auf Föderationsgebiet. Sie sollten sich besser zurückziehen, bevor Ihnen jemand ein Haus auf den Kopf fallen läßt.«

»Haus?« fragte Torm. »Ein Haus fallen lassen?«

»Eine alte Redewendung der Erdlinge«, meinte Kirk

leichthin. Er hörte, wie Uhura hinter ihm kicherte. »Beenden Sie die Verbindung, Lieutenant.«

Auf dem Schirm wurde wieder das taktische Display sichtbar.

»Außenansicht«, befahl Kirk.

Auf dem Schirm verdeckte die drohende, einer Kobra ähnelnde Silhouette der *Kormak* für einen Moment die Sterne, dann schoß das Schiff mit glühenden Impulstriebwerken davon. Kirk hob den Alarm auf.

»Nun, Captain«, sagte Kent, »es freut mich, daß Sie zuletzt doch noch fähig waren, mit der Situation fertig zu werden.«

Kirk drehte sich zu Kent um und blickte ihm direkt in die Augen. Drohend erklärte er: »Es ist mir gleich, wer Sie sind, Mr. Kent, oder welche Beziehungen Sie haben. Wenn Sie jemals wieder meine Brücke unaufgefordert betreten, lasse ich Sie in Eisen legen. Ist das klar?«

Payton, die noch immer neben der Tür zum Turbolift stand, sagte: »Zumindest ist klar, daß Sie nicht die Größe besitzen, um Dankbarkeit zu zeigen.«

Kirk bemerkte das Lächeln, das Kents Lippen umspielte, als er sagte: »Also schön, Captain. Ich werde Ihren Befehl vorerst tolerieren.« Er und Payton wandten sich ab, um zu gehen.

»Einen Moment noch, Mr. Kent«, rief Kirk.

»Was ist jetzt, Captain? Gibt es noch andere Teile des Schiffes, die Sie vor mir schützen müssen?«

»Ich hoffe, die Brücke reicht. Erzählen Sie mir von der Waffe, über die Sie nichts zugeben wollten.«

Kent lachte so laut, daß er zunächst nicht antworten konnte. Schließlich sagte er: »Es gibt keine Waffe. Das war lediglich eine Ausgeburt meiner Phantasie.«

»Captain Torm behauptet, die klingonischen Schiffe würden einfach verschwinden«, warf Spock ein.

»Der Umstand, daß die Klingonen ihre eigenen Schiffe nicht aufspüren können, geht weder mich noch Starfleet etwas an.«

»Es wird zu einem Problem für Starfleet, wenn die Klingonen glauben, daß Starfleet dafür verantwortlich ist«, erklärte Kirk.

Kent wirkte von Kirks Feststellung überrascht, fing sich jedoch gleich wieder. »Ich versichere Ihnen, Captain, die Situation, die Sie befürchten, kann durchaus über die normalen diplomatischen Kanäle bereinigt werden.«

»Ich habe kein besonders großes Vertrauen in Diplomatie, wenn Klingonen mit im Spiel sind, aber ich hoffe um unser aller willen, daß Sie recht haben.«

»Ja, ja, Captain«, sagte Kent ungeduldig. »Gibt es sonst noch etwas, bevor ich Ihre Brücke für immer verlasse?«

Kirk hatte durchaus ein paar Vorschläge, doch die paßten weder auf die Brücke, noch waren sie praktisch durchführbar. »Danke für Ihre Hilfe, Mr. Kent«, sagte er und wandte sich Sulu zu. »Nehmen Sie wieder Kurs auf Starbase 12.«

»Aye, Captain.«

Als Kirk sich in den Kommandosessel setzte, verließen Kent und Payton die Brücke. Sofort kam Spock zu ihm herüber. »Captain, mir ist kein irdisches Sprichwort bekannt, in dem es um fallende Häuser geht.«

Kirk lächelte und sagte: »Erklären Sie es ihm, Uhura.«

»Es ist kein Sprichwort, Mr. Spock. Der Captain hat sich auf ein klassisches Kinderbuch mit dem Titel *The Wizard of Oz** bezogen. In dem Buch gerät die Heldin mitsamt ihrem Farmhaus in eine Fantasy-Welt, wobei das Haus aus dem Himmel herab direkt auf eine böse Hexe fällt.«

»Faszinierend«, bemerkte Spock verwundert.

»Ich glaube, die Geschichte basiert auf einem russischen Märchen«, meinte Chekov nachdenklich. »Darin

* dt.: Der Zauberer von Oz

geht es um einen Traktor, der aus dem Himmel auf einen bösen Kommissar fällt.«

»Der Text findet sich in den Speicherbanken des Schiffs«, sagte Uhura.

»Vielen Dank, Lieutenant. Ich werde ihn mir bei der erstmöglichen Gelegenheit ansehen.«

Spock wollte gerade zu seiner Station zurückkehren, als Kirk fragte: »Verschwinden wirklich klingonische Schiffe?«

»Unsere Informationen über die klingonische Flotte sind extrem bruchstückhaft. Allerdings ist schwer einzusehen, was den Klingonen eine derartige Behauptung nützen könnte, sofern es sich nicht um eine Tatsache handelt.«

»In dem Fall wäre ihre Frage berechtigt. Wenn nicht die Föderation verantwortlich ist, wer dann?«

»Unbekannt, Captain. Aber die Möglichkeiten sind faszinierend.«

»Ein bißchen zu faszinierend für meinen Geschmack. Aber was immer es auch ist, es handelt sich offensichtlich um eine Macht, mit der man rechnen muß. Ich hoffe, wenn wir an die Reihe kommen, werden wir damit besser fertig als die Klingonen.«

Spock gab keine Antwort. Es gab darauf im Moment auch nichts zu sagen.

Kirk schüttelte den Kopf. »Ich kann mir nicht helfen, ich werde das Gefühl nicht los, daß Kent mehr darüber weiß, als er uns sagt.«

»Zumindest hat er versucht, den Klingonen gegenüber diesen Eindruck zu erwecken.«

Kirk mißfiel die Möglichkeit, Kent könnte den Klingonen gegenüber aufrichtiger gewesen sein als zu ihm. »Uhura, rufen Sie Starfleet Command. Geben Sie einen vollständigen Bericht über unsere Begegnung mit der *Kormak* und fordern Sie alle Informationen über das Verschwinden von klingonischen Schiffen an. Senden Sie verschlüsselt und mit Richtstrahl.«

»Aye, Captain.«

»Die Antwort sollte höchst erhellend sein«, meinte Spock.

»Das hoffe ich, Spock. Das hoffe ich.«

Kent bereitete sich in seiner Kabine auf den Empfang vor, als ein Glockenton anzeigte, daß jemand draußen vor seiner Tür stand. Bei dem Besucher handelte es sich um Hazel Payton, die nunmehr in ein persönliches, funkelndes Energiefeld gehüllt war, das viel von ihr enthüllte, wenn sie sich bewegte. Das Feld fiel von einem Knopf auf ihrer linken Schulter herab. In ihrem Haar befand sich ein zusätzliches Schmuckteil.

»Wie ich sehe, sind Sie bereit, sich dem Gegner zu stellen und ihn zu betören«, meinte Kent.

»Soweit ich weiß, kommen keine Klingonen zum Empfang«, entgegnete Payton.

»Keine Klingonen, nein.« Er stocherte mit einem Finger in einem Kästchen herum, das ein paar Ziernadeln enthielt.

»Kirk ist nicht unser Gegner, Conrad.«

»Er gehört zu Starfleet. Genau wie Ihr junger Mann auf Starbase 12. Starfleet ist ein wesentlich heimtückischerer Gegner für die Föderation als die Klingonen, weil man es dort so oft versäumt hat, uns zu unterstützen.« Er zog eine einfache perlenbesetzte Nadel aus der Schachtel und steckte sie in die Mitte der weißen Plisseefalten seiner grauen Jacke.

»Weshalb Sie es für vertretbar halten, mit Professor Omen zusammenzuarbeiten.«

»Nicht nur vertretbar, sondern notwendig.«

»Unterdessen ...«

»Unterdessen müssen wir einem Empfang beiwohnen«, erklärte Kent.

»Deshalb bin ich hier, Conrad. Ich wollte sehen, ob Sie für unseren großen Auftritt bereit sind.«

Kent nickte. »Wir haben das alles ja auch schon früher durchgesprochen.« Er nahm ein schlankes Glas vom Tisch, in dem rote Blasen in einer blauen Flüssigkeit zur Oberfläche stiegen, wo sie zerplatzten und einen schwachen Zimtgeruch hinterließen. »Es war jedenfalls sehr clever von Ihnen, unser Treffen mit Professor Omen auf Starbase 12 zu arrangieren.« Er nahm einen Schluck und leckte sich über die Lippen.

Payton zuckte die Achseln. »Sie haben selbst gesagt, ich wäre eine Frau, die ihre Arbeit erledigt.«

»Das habe ich gesagt, weil es stimmt. Deshalb behalte ich Sie ja auch trotz Ihrer bedauerlichen politischen Ansichten bei mir.«

»Daß ich einen Starfleet-Offizier liebe, ist keine politische Absichtserklärung.«

»Das sagen Sie.« Kent nahm noch einen Schluck von der blauen Flüssigkeit, stellte das Glas ab und fragte nach seinem Umhang.

Payton schüttelte lächelnd den Kopf, während sie den kurzen, schwarzen Umhang von der Rückenlehne eines Sessels nahm. Sie legte ihn um Kents Schultern. Als sie nach vorne griff, um ihn zu schließen, nahm Kent sanft ihre Hände und sagte: »Sie wissen doch, daß ich nur das Beste für Sie will.«

»Ich weiß. Aber wir vergessen beide manchmal, daß ich nur Ihre Assistentin bin, nicht Ihre Tochter.« Sie küßte ihn auf die Wange und zog ihn mit sich. »Jetzt aber los, sonst kommen wir zu spät.«

Kirk kam zu spät zum Empfang in der Hoffnung, Kent und Payton wären schon dort, doch er sah sich enttäuscht. Er fragte sich, ob es Zufall oder ein wohldurchdachter Plan war, daß *sie* diejenigen sein würden, die genau zum richtigen Zeitpunkt zu spät kämen. Dann mußte er über sich selbst lächeln. Er dachte schon wie ein Politiker, nicht wie ein Starfleet-Offizier. Welchen echten Unterschied konnte es schon machen, wer wann auftauchte?

Vermutlich auf Paytons Bitte hin waren die Starfleet-Insignien an der Wand durch ein kunstvoll drapiertes Tuch verdeckt worden. Ein langer Tisch war an einem Ende der Lounge aufgebaut worden und trug nun eine Reihe von Tabletts mit Appetithäppchen. Flaschen mit Getränken, die Inhaltsstoffe wie Alkohol, Kebo und Sabora enthielten, standen aufgereiht vor einem Maat aus dem Küchenstab und machten den Eindruck einer Alien-Stadt. Die Flaschen waren rot, braun, gelb und blau. Man konnte hier alles bekommen, angefangen bei braunen Flaschen mit Bass, einem auf der Erde gebrauten Bier, bis hin zu altarianischem Teufel, so genannt nach einem sanft schimmernden, tentakelbewehrten Lebewesen, das lebendig im Innern der grünen Flasche trieb. Kirk hatte das Getränk einmal probiert und für dieses Experiment bezahlt, indem er während der nächsten anderthalb Tage Schreie ertragen mußte, die nur er hören konnte. Manchen Leuten gefiel das. Er konnte sich nicht vorstellen, wieso.

Praktisch alle waren schon anwesend. Spock unterhielt sich mit McCoy. Sie mochten es, so zu tun, als könnten sie sich nicht ausstehen, doch wie ein schon lange verheiratetes Paar würde sich jeder von ihnen unvollständig fühlen, wenn sie für längere Zeit getrennt würden. Ihre Meinungsverschiedenheiten erleichterten Kirk oft die Arbeit, weil sie es ihm erlaubten, alle Seiten eines Problems zu betrachten, bevor er eine Entscheidung traf.

Lieutenant Uhura, die Kommunikationschefin, erzählte offenbar Lieutenant Commander Scott, dem Chefingenieur der *Enterprise*, Sulu und Chekov eine recht wüste Geschichte. Chekov war Kirks erster Navigator und Sulu der beste Steuermann der Flotte. Genaugenommen war keiner von ihnen Leiter einer Abteilung, doch sie wurden des öfteren verpflichtet, wenn es gesellschaftliche Verpflichtungen zu erfüllen galt. Nachdem nun auch Kirk eingetroffen war, fehlten nur noch Kent und Payton.

Kirk nahm ein Glas Chablis und gesellte sich zu Spock und McCoy. »Gentlemen«, sagte er und nickte ihnen zu.

McCoy grüßte ihn mit seinem Glas, das vermutlich etwas Gehaltvolles, aus den Südstaaten Stammendes enthielt. »Steife Party«, meinte er, »aber wenn man die Gästeliste betrachtet, hätten wir sie auch auf der Brücke abhalten können.«

»Die Party war nicht meine Idee. Wenn dir nicht gefällt, wie sie abläuft, solltest du dich bei Ms. Payton beschweren.«

McCoy grinste und sagte bewundernd: »Was für eine Frau.«

»Äußerlichkeiten sind nicht alles.«

»Eine sonderbare Bemerkung von einem Mann, der immer noch den Rekord der Starfleet-Akademie in gewissen nichtoffiziellen Wettbewerben hält.«

Spock sah Kirk fragend an.

»Ich war wirklich gut in Dame«, meinte Kirk. Er nippte an seinem Wein und deutete auf McCoy. »Die Methoden dieser Frau sind unorthodox, gelinde gesagt. Sieh uns doch an, aus dem wohlverdienten Urlaub gerissen, um Payton und ihren Boss zur Starbase 12 zu transportieren. Und schau dir diese Party an. Es ist mein Schiff, aber ihre Party.«

»Unorthodox, wie?« fragte McCoy. »Erinnert mich irgendwie an einen Captain namens Kirk.«

»Kein Grund, beleidigend zu werden, Pille.«

»Gestern hättest du vermutlich noch gesagt, ich würde dir ein Kompliment machen.«

»Das war gestern.« Kirk wußte, daß er sich nicht immer an die Starfleet-Regeln hielt, doch seiner Meinung nach hatte er immer einen guten Grund für das gehabt, was er tat. Und soweit es ihn betraf, waren Paytons Gründe eher fragwürdig. Und die Tatsache, daß sie für Kent arbeitete, erschien ihm in diesem Zusammenhang besonders suspekt.

Kirk wollte McCoy das alles gerade auseinandersetzen, als ihm bewußt wurde, daß die Gespräche ringsum verstummten. Er schaute zur Tür und sah Kent und Payton bei ihrem Auftritt.

Kirk nickte ihnen zu, weigerte sich jedoch, sie am Eingang zu begrüßen. Es war Paytons Party; sollte sie doch ihn begrüßen. Als sie durch den Raum schlenderten, um mit den anderen Gästen zu sprechen, mußte Kirk zugeben, daß McCoy zumindest in einem Punkt recht gehabt hatte. Payton war wirklich eine außergewöhnlich schöne Frau.

Beiläufig meinte Kirk: »Ist ein ungewöhnliches Schmuckstück, das ich da in Ms. Paytons Haar bemerke.«

»Ich nehme an, Captain, Sie beziehen sich auf das modifizierte Gedächtnis-Interface an ihrem Kopf«, sagte Spock.

Kirk bemühte sich, nicht zu auffällig hinzustarren. »Ich habe natürlich davon gehört, aber noch nie eines zu Gesicht bekommen.«

Das Interface ermöglichte es, einen Gedächtnischip direkt mit dem Gehirn zu verbinden. Dieser Chip gestattete dem Träger augenblicklichen Zugriff auf eine Fremdsprache, höhere Mathematik, die Regeln des dreidimensionalen Schachs – eine ganze Bibliothek verschiedener Chips stand zur Verfügung. Kirk war erleichtert gewesen, als er erfuhr, daß man die Informationen auf dem Chip nicht unbedingt auch *verstand.* So konnte man sich zwar beispielsweise mit einem Chip ausrüsten, der alles enthielt, was Starfleet darüber wußte, wie ein Captain ein Schiff der Constitution-Klasse zu führen hatte. Doch ohne entsprechendes Training waren die nackten Informationen nutzlos, ebenso wie ein Buch über Trigonometrie ohne die entsprechende Anleitung unverständlich blieb.

»Es ist eine relativ simple chirurgische Prozedur«, erklärte McCoy. »Kommen Sie einfach mal nachmittags zu mir in die Krankenstation, Spock, dann erledige ich das für Sie.«

»Vulkanier verstümmeln sich nicht auf diese Weise. Wir ziehen es vor, den Verstand zu trainieren, statt ihn künstlich zu erweitern.«

»Erstaunlich, daß Sie sich bereit finden, mit etwas so Künstlichem wie einem Raumschiff durchs All zu fliegen.«

»Ich muß sagen, Doktor, daß sich in diesem Punkt kaum Parallelen erkennen lassen.«

McCoy zuckte die Achseln, behielt sein Grinsen aber bei. Offenbar war er der Ansicht, diese Runde sei an ihn gegangen. Spocks Miene war undeutbar.

Während Spock und McCoy sich stritten, hatte Kirk weiterhin Kent und Payton im Auge behalten. Sie hatten sich für saurianischen Brandy entschieden und tauschten jetzt mit Uhura und den anderen scherzhafte Bemerkungen aus. Offensichtlich konnte Kent durchaus zuvorkommend sein, wenn es ihm in den Kram paßte. Wie es schien, war es ihm gleichgültig, was Kirk von ihm hielt, er legte jedoch sichtlich Wert darauf, sich mit dem Stab gut zu stellen.

Dann entschuldigten sich Kent und Payton und kamen zu Kirk herüber. Als sie auf Hörweite heran waren, sagte Kirk: »Nette Party.«

»Ja«, stimmte Kent zu. »Die Einrichtungen an Bord sind überraschend zivilisiert.«

Kirk spürte, wie das Lächeln auf seinem Gesicht erstarrte. »Vielen Dank. Wir haben sogar vor, in Kürze für elektrischen Strom und fließendes Wasser zu sorgen.«

Kent wirkte im ersten Moment überrascht von Kirks Worten. Dann lachte er herzlich und sagte: »Sie stimmen vielleicht nicht mit meinen Ansichten über Starfleet überein, Captain, aber Sie müssen zugeben, daß einige meiner Argumente durchaus verdienstvoll sind.«

»Ich gebe zu, daß Sie Argumente haben, die Ihnen nützen. Mehr nicht.«

»Dann sehen Sie sich doch die Tatsachen an, Kirk. Starfleet kämpft ständig gegen irgend jemand – die Klingonen, die Romulaner, ein paar kleinere, unbedeutendere Gegner. Eroberungskriege zur Vermehrung des eigenen Ruhms, mehr kennt man dort nicht.«

»Ich glaube, die Tatsachen deuten eher darauf hin, daß Sie sich irren«, sagte Spock. »Starfleets Ruf als Friedensbewahrer ist wohl bekannt.«

»Vielleicht bei den Befürwortern im Rat, aber ich bestehe ...«

»Sie können bestehen, worauf Sie wollen, Ratsherr«, mischte sich McCoy ein, »aber ich glaube, Sie haben einen anderen Grund für Ihre Kritik an Starfleet.«

»Und welcher sollte das sein?« fragte Kent mit eisigem Lächeln.

»Sie benutzen Starfleet, um sich selbst in der Öffentlichkeit zu profilieren. Es ist eine bekannte Tatsache, daß Sie danach streben, Präsident des Föderationsrates zu werden.«

Guter alter Pille, dachte Kirk: Stürmt einfach dort hinein, wohin sich Diplomaten nicht einmal auf Zehenspitzen wagen. Aber vermutlich war es ganz gut, daß McCoy diese Bemerkung von sich gegeben hatte, und nicht Kirk selbst. Captains standen mehr im Vordergrund und waren daher politischen Angriffen eher ausgesetzt als Schiffsärzte. Wenn Kent tatsächlich Ernst machte, konnte Kirk sein Schiff verlieren; McCoy hingegen hatte wenig zu verlieren, auch wenn er sich einen aufgeblasenen Ratsherrn zum Feind machte.

Kent runzelte die Stirn. Payton schaute ihn erwartungsvoll an. Entdeckte Kirk da ein winziges Lächeln – ein echtes Lächeln diesmal – auf ihren Lippen? Sie genoß Kents Unbehagen ebenso wie McCoy. Falls sie nicht wie Kent zu den Gegnern Starfleets gehörte, mochte Kirk vielleicht doch noch ein gewisses Interesse für sie entwickeln.

»Sehr gut, Doktor«, flüsterte Spock. »Ich bin überrascht über Ihre Kenntnis der aktuellen Situation.«

»Sie sind nicht der einzige hier, der lesen kann«, flüsterte McCoy zurück.

»Mein Interesse an der Präsidentschaft entwertet doch mein Interesse an Starfleet nicht, oder, Doktor«, sagte Kent. Kirk war überrascht, wie vornehm Kent wirken konnte.

»Natürlich nicht«, erwiderte McCoy. »Aber wenn Sie einen echten Grund suchen, einen von wirklicher Bedeutung, dann würde ich vorschlagen, Sie hören auf, abfällige Bemerkungen über Starfleet zu machen, und konzentrieren sich auf das medizinische Establishment.«

»Tatsächlich?« fragte Kent.

»Aber ja. Ist Ihnen bewußt, daß das medizinische Corps von Starfleet für die Erprobung neuer Medikamente und medizinischer Techniken Methoden verwendet, die seit mehr als fünfundzwanzig Jahren nicht mehr auf den neuesten Stand gebracht worden sind?«

»Nein, das wußte ich nicht.« Kent schien ernsthaft über diesen Punkt nachzudenken.

»Sie wissen ebensogut wie ich, daß Starfleet ein Instrument der Zivilisation ist und daß wir ohne die Flotte schon längst von den Klingonen überrannt worden wären. Ich weiß, daß der medizinische Fortschritt kein so eindrucksvolles Thema ist wie die Auflösung von Starfleet, aber dafür eines, um das zu kümmern es sich weitaus mehr lohnte.«

»Danke für Ihren Vorschlag, Doktor. Ich werde darüber nachdenken.«

Nach diesem Gespräch ging Kent, um sich mit Uhura zu unterhalten, während Chekov versuchte, Payton mit Beschlag zu belegen. Doch als er merkte, daß Kirk ebenfalls Interesse zeigte, zog er sich zurück und beteiligte sich an der Diskussion über den experimentellen Transwarpantrieb, die Scotty mit Sulu führte.

Kirk lächelte und fragte: »Darf ich Ihnen noch etwas zu trinken besorgen, Ms. Payton?«

»Nein, vielen Dank, Captain. Ich finde, ein kleiner saurianischer Brandy hält ziemlich lange vor.«

Kirk nickte und beobachtete seine Leute. Er besaß die beste Crew der Flotte, das stand außer Frage. Ohne sie wären die Wunder, die er mitunter angeblich vollbrachte, unmöglich gewesen. Er richtete seine Aufmerksamkeit wieder auf Payton. »Ich habe noch nie jemand gesehen, der ein kraniales Interface mit so viel Stil getragen hätte.«

»Danke, Captain.«

»Wäre es unhöflich, wenn ich frage, was für einen Chip Sie momentan benutzen?«

»Das wäre es, aber da ich nichts zu verbergen habe, kann ich Ihnen auch sagen, daß es sich lediglich um einen sensorisch verstärkten Speicher handelt. Ich mache eine Aufzeichnung von Mr. Kents Aktivitäten zu seinem eigenen, privaten Gebrauch. Alles, was ich höre und sehe, wird durch die Geräte in meiner Kabine gespeichert. Dabei kann ich Indexzeichen einfügen, indem ich an spezielle Codes denke.«

»Ich bin sicher, Mr. Spock wäre von Ihrer mentalen Disziplin beeindruckt. Erwarten Sie, daß auf diesem Empfang etwas Interessantes geschieht?«

»Das weiß man nie. Es gehört jedenfalls zur üblichen Vorgehensweise, Mr. Kents Aktivitäten aufzuzeichnen.«

»Das Aufzeichnen privater Unterhaltungen gehört nicht zu den üblichen Gepflogenheiten auf der *Enterprise*, Ms. Payton.«

»Ich versichere Ihnen, Captain, daß Mr. Kent und ich mit voller Zustimmung seitens Starfleet so vorgehen.«

»Meine Zustimmung haben Sie aber nicht. Bitte achten Sie darauf, Ihre Aufzeichnungen auf die frei zugänglichen Teile des Schiffes und die Aktivitäten in Ihren Kabinen zu beschränken.«

»Natürlich, Sir.«

Das Klima zwischen ihnen hatte sich merklich abgekühlt, seit Kirk das Interface erwähnt hatte. In einem Versuch, die Atmosphäre wieder zu verbessern, sagte er: »Wie lange arbeiten Sie und Mr. Kent denn schon zusammen?«

Payton überlegte einen Moment. »Vier, nein, fünf Jahre.«

»Sie geben ein gutes Team ab.«

»Wir haben jeder unsere Arbeit zu tun.«

»Und Ihr Job besteht darin, dafür zu sorgen, daß die Dinge auch wirklich erledigt werden.«

Ein Lächeln durchbrach Paytons kühle Haltung, und beide mußten lachen.

Dann fragte Kirk: »Teilen Sie seine Ansicht über Starfleet?«

Er konnte regelrecht sehen, wie die Bresche, die er eben geschaffen hatte, sich wieder schloß. Payton sagte steif: »Meine Ansichten sind für jeden außer mir selbst völlig ohne Bedeutung, Captain. Ich bin schließlich kein Mitglied des Föderationsrates.«

»Tut mir leid. Mir war nicht bewußt, daß ich ein heikles Thema berühre.«

»Nicht heikel, Captain, aber ich schätze es nicht, wenn jemand versucht, Mr. Kent und mich gegeneinander auszuspielen. Wenn Sie mich bitte entschuldigen ...« Sie ging quer durch den Raum und begann zu Chekovs Entzücken ein Gespräch mit ihm.

McCoy schlenderte herüber und fragte: »Kein Glück gehabt, Jim?«

»Sie ist eine Frau mit viel Esprit«, gab Kirk zu.

Beide nahmen einen Schluck aus ihren Gläsern. Dann erkundigte sich McCoy: »Wie lautete das Zauberwort, das den Klingonen vertrieben hat?«

»Zauberwort?«

»Die Gerüchteküche behauptet, du hättest uns gerettet, indem du ein weiteres Wunder vollbracht hast. Stell dir vor, damit sind mit uns beiden gleich zwei Zauberer auf demselben Schiff.«

»Ich weiß nichts von deinen Wundern, Pille, aber in meinem Fall hatten wir einfach Glück. Der klingonische Captain hat es vorgezogen, nach Hause zu fliegen, um von einer neuen Geheimwaffe der Föderation zu berichten, statt gegen uns zu kämpfen.«

»Was für eine neue Geheimwaffe?«

»Diejenige, die klingonische Schiffe in diesem Sektor vernichtet. Ohne es direkt zuzugeben, hat Kent den Klingonen gegenüber den Eindruck erweckt, wir wären dafür verantwortlich. Er sagte, er hätte sich diese Geschichte einfach so ausgedacht.«

»Wäre ich ein argwöhnischer Mensch, würde ich bei einer derartigen Behauptung argwöhnisch.«

Kirk nickte. »Vielleicht hat er auch mir nur um der Wirkung willen einen Bären aufgebunden. Wir waren beide ziemlich wütend. Möglicherweise ist jetzt ein geeigneter Zeitpunkt, um ihn noch mal danach zu fragen. Es kann noch Tage dauern, bis ich eine Antwort von Starfleet erhalte.« Er schaute zu Kent hinüber und sah, wie dieser über eine Bemerkung Uhuras lachte. Vielleicht sollte besser Uhura die Frage stellen. Kent wäre nicht der erste Mann, der sich von ihr fasziniert zeigte.

Er und McCoy gingen hinüber, um sich das Ende von Uhuras Geschichte anzuhören. Kirk kannte die Story bereits. Es ging um einen Kommunikationsoffizier namens Elliot, der das Klicken der Zangen einiger Krebstiere auf Prufrocks Welt für einen feindlichen Code gehalten hatte.

Als Kents Gelächter verstummte, sagte Kirk: »Tut mir leid, wenn ich heute nachmittag auf der Brücke etwas, äh, ungeduldig gewirkt habe.«

»Nein, nein, Captain. Ich bin derjenige, der sich entschuldigen sollte. Ich verstehe durchaus, wie nervös Sie werden müssen, wenn ein Fremder Sie beobachtet.«

»Das war nicht der …«, begann Kirk.

McCoy unterbrach ihn: »Ich glaube, du hattest eine Frage an Mr. Kent, Jim.« Der Doktor wippte unschuldig auf den Fußballen vor und zurück.

McCoy hatte natürlich völlig recht. Noch ein Streit würde niemandem helfen. Kirk nahm sich zusammen und sagte: »Die habe ich in der Tat. Mr. Kent, heute nachmittag sagten Sie, die Erwähnung einer Geheimwaffe sei einfach nur eine Geschichte für die Klingonen, aber ich frage mich, ob nicht doch mehr daran ist.«

»Sie möchten, daß ich hier darauf antworte, Captain? Jetzt?«

»Es sei denn, Sie haben Ihre Gründe, nicht hier und jetzt zu sprechen.«

»Keineswegs. Ich möchte Ihnen einfach nur empfehlen, sich mit Professor Omen über Ihren Verdacht zu unterhalten.«

Über diese Antwort waren sowohl Kirk wie McCoy überrascht. »Professor Omen?« fragte Kirk. »Der Föderationswissenschaftler, der das Team geleitet hat, auf dessen Konto die jüngste Generation unserer Schiffswaffen geht?«

»Genau der.«

»Und weshalb soll ich Omen fragen? Ist er für das Verschwinden verantwortlich?«

»Omen ist doch Waffenexperte, nicht wahr?« erwiderte Kent. »Wenn die Föderation klingonische Schiffe verschwinden lassen kann, ist er der Mann, der darüber Bescheid wissen müßte.«

»Dann gibt es also eine Waffe«, stellte Kirk fest.

»Das habe ich nicht gesagt.«

Kent war ziemlich nervtötend. »Sie treiben Ihre Spielchen mit mir, Mr. Kent«, sagte Kirk. »Wenn dieses

Ding geheim ist, dann sagen Sie das, und ich stelle keine weiteren Fragen. Wenn es sich um Ihre eigene Erfindung handelt, dann können wir alle auf meine Kosten lachen und hoffen, daß die Klingonen, wie Sie behaupten, sich überzeugen lassen, daß sie nicht von der Föderation angegriffen wurden. Aber ich schätze es nicht, absichtlich in die Irre geführt zu werden.«

»Fragen Sie Professor Omen.«

»Ich glaube nicht, daß ich Professor Omen hier draußen zufällig über den Weg laufe.«

»Nicht hier draußen, Captain.« Kent lächelte. »Aber auf Starbase 12. Und der Professor wird einen kleinen Auftrag für Sie haben.«

3

Was für eine Art von Auftrag ist denn das?« fragte Kirk.

»Das wird Professor Omen Ihnen sagen.«

»Ich mag diese Spielchen nicht, Mr. Kent.«

»Dann spielen Sie sie auch nicht mit mir, Kirk. Sie sind bereits früher unter ›versiegelter Order‹ geflogen. Sie kennen das Verfahren.«

»Meine Befehle kommen üblicherweise nicht von Zivilisten, die einen Groll hegen.«

Kent sah Kirk ein paar Sekunden lang amüsiert an und rief dann: »Kommen Sie, Ms. Payton. Ich glaube, der Empfang ist vorüber.«

Kent und Payton gingen so, wie sie gekommen waren, mit einem dramatischen Effekt.

Kirk wanderte unruhig auf und ab. Es war immer noch sein Schiff. Er konnte nach Pegasus IV zurückfliegen und sie dort loswerden. Wütend genug war er, um genau das zu tun, doch andererseits war er auch ein Angehöriger des Militärs und darauf gedrillt, Befehle zu befolgen. In diesem Fall stammten die Befehle jedoch nicht aus einer vertrauenswürdigen Quelle und wirkten auf den ersten Blick eher lächerlich. Nein, das, was Kirk wirklich davon abhielt, Kent und Payton nach Pegasus IV zurückzubringen, war Neugier – Neugier auf eine ganze Reihe von Dingen.

Zunächst einmal war ihr Urlaub abgebrochen worden, weil Kent speziell die *Enterprise* angefordert hatte, um ihn und Payton zur Starbase 12 zu bringen. Warum gerade die *Enterprise?*

Zweitens hatte Kent von einer Geheimwaffe gesprochen, die klingonische Schiffe verschlang und dabei nicht einmal Krümel hinterließ. Existierte diese Waffe tatsächlich? Kent behauptete, nein. Aber wie auch immer, Kent spielte ein gefährliches Spiel. Und wenn die Waffe doch existierte, war sie dann von Starfleet entwickelt worden? Oder von Professor Omen? Und kam das nicht auf das gleiche heraus?

Drittens, entweder war Professor Omen irgendwie in die Angelegenheit verwickelt, oder Kent bluffte einfach nur. Allerdings sprach nichts für einen Bluff – sie befanden sich ja bereits auf dem Weg zur Starbase 12. Was konnte es ihm da nützen, den Namen von Professor Omen zu erwähnen?

Kirk verfluchte sich selbst für seine Neugier – aber er mußte Kent seinen Willen lassen. Der Mann war schließlich nicht durch Dummheit in den Föderationsrat aufgestiegen. Und Payton tat nichts ohne Anweisung von Kent. Wie paßten Kirk und die *Enterprise* nun ins Bild?

Er warf einen Blick auf seine Leute. Sie aßen und tranken immer noch und ließen es sich gutgehen. »Gute Nacht, allerseits«, rief er. »Bitte lassen Sie sich nicht stören. Es könnte noch eine Weile dauern, bis wir wieder Urlaub bekommen. Mr. Spock?«

Spock folgte ihm auf den Korridor. Auf dem Weg zum Turbolift fragte Kirk: »Was wissen Sie über Professor Omen?«

»Hervorragender Wissenschaftler. Chefentwickler der gegenwärtigen Generation von Raumschiffphasern und Photonentorpedos. Ich glaube, die Bewaffnung der *Enterprise* geht auf seinen Entwurf zurück.«

»Sehr schön. Sonst noch etwas? Irgendwas, das nicht in den offiziellen Akten steht?«

»In gewisser Weise ist er ein geheimnisvoller Mann. Meines Wissens hat er keine engen Freunde, und er ist bekannt dafür, mitunter monatelang zu verschwinden, ohne eine Erklärung abzugeben.«

»Ein sehr geheimnisvoller Mann, wie? Sonst noch was?«

»Nichts außer den üblichen biographischen Daten. Darf ich fragen, weshalb Sie dieses plötzliche Interesse für Professor Omen entwickeln?«

»Conrad Franklin Kent behauptet, wir treffen ihn auf Starbase 12, und er würde uns über die Geheimwaffe unterrichten, von der die Klingonen gesprochen haben.«

»Tatsächlich?« Eine Augenbraue hob sich.

Sie erreichten den Turbolift, und Kirk erklärte, er gehe jetzt zu Bett. Das letzte, was er sah, bevor sich die Lifttüren schlossen, war Spock, der mit auf dem Rücken verschränkten Händen dastand und über das nachdachte, was Kirk ihm gerade erzählt hatte.

Als die *Enterprise* Starbase 12 erreichte, wurde Kirks Neugier von seiner Abneigung gegenüber Conrad Franklin Kent und seiner Assistentin überschattet. Die beiden waren ständig unterwegs, schnüffelten, provozierten, stellten unhöfliche Fragen. Und seit sie jenes sensorische Aufzeichnungsgerät bei dem bewußten Empfang erstmals vorgeführt hatte, schien Hazel Payton es ständig zu tragen. Und was zeichnete sie auf:

Conrad Franklin Kent in der Offizierslounge, wie er die Sterne jenseits der Sichtluke betrachtete.

Conrad Franklin Kent, der Kaffee und Doughnuts mit der Mannschaft unten in der Messe auf Deck siebzehn teilte.

Conrad Franklin Kent, der diverse Fehleinschätzungen ausräumte, die Chefingenieur Montgomery Scott in bezug auf die Warptechnologie hatte.

Trotz seiner Neugier auf Professor Omen hatte Kirk nicht übel Lust, seine Passagiere zur Starbase 12 hinüberzubeamen und mit Warpgeschwindigkeit zu verschwinden, noch bevor sie aufgehört hatten zu flimmern.

Doch als Sulu das übliche Starfleet-Protokoll beim Eintreffen an der Starbase durchging, empfing Uhura eine persönliche Nachricht an Kirk vom Kommandanten der Station, Commodore Favere. Favere bat um einen Besuch von Kirk und seinem Ersten Offizier zum frühestmöglichen Zeitpunkt, damit sie eine Angelegenheit von erheblicher Bedeutung besprechen könnten.

Kirk kannte Favere nicht, daher wußte er auch nicht, was jener unter ›erheblicher Bedeutung‹ verstand. Doch eine derartige Einladung zu ignorieren wäre zumindest unhöflich, und schlimmstenfalls entgingen Kirk dadurch wichtige Informationen, die Starfleet ihm ansonsten vielleicht erst Monate später zukommen lassen würde. Die *Enterprise* befand sich sehr weit draußen, und bei Starfleet hatte man andere Dinge zu bedenken. Davon abgesehen stellte ein neues Gesicht eine Abwechslung dar, die weder Raumschiff-Captains noch Starbase-Kommandanten alle Tage genießen konnten.

»Uhura«, sagte Kirk, »teilen Sie dem Commodore mit, Mr. Spock und ich würden uns auch dann über ein Treffen mit ihm freuen, wenn wir nichts von ›erheblicher Bedeutung‹ zu besprechen hätten.«

»Aye, Sir.«

Die offizielle Verabschiedung zwischen Kirk und seinen Passagieren verlief recht steif, auch wenn beide Seiten im Grunde sehr froh waren, daß ihre Wege sich trennten. Kirk hatte den Eindruck, Kent würde noch immer Geheimnisse wahren, die ihn interessierten; doch er war sich darüber klar, daß er zum gegenwärtigen Zeitpunkt nichts gewinnen konnte, wenn er weitere Fragen stellte; und er wollte Kent nicht das Vergnügen gönnen, ausweichende Antworten geben zu können. So seufzte er nur, als sie endlich verschwanden.

Commodore Favere empfing Kent und Payton im Transporterraum der Starbase.

»Schön, Sie wiederzusehen«, sagte Favere, als die beiden Männer sich die Hände schüttelten.

»Ich bin zwar sicher, daß Sie das nicht wirklich so meinen, Commodore, aber es ist nett, es wenigstens zu sagen.« Er warf einen Blick auf seine Assistentin und meinte: »Sie und Ms. Payton haben vermutlich eine Menge zu besprechen. Wenn Sie einen Maat rufen könnten, der mich zu meiner Unterkunft bringt, lasse ich Sie beide allein.«

»Jawohl, Sir«, erwiderte Favere erstaunt. Er winkte einem Maat, der vortrat und Kent bat, ihm zu folgen. Favere und Payton sahen ihnen kurz nach, dann sagte der Commodore: »Bitte hier entlang, Ms. Payton.« Payton versuchte vergeblich, ein Lächeln zu unterdrücken.

Favere nahm ihren Seesack und führte sie durch Starbase 12. Als sie sein Büro erreichten und die Tür sich zischend hinter ihnen schloß, ließ er den Seesack fallen und zog Payton an sich, um sie zu küssen. Sie schlang ihre Arme um ihn, und für geraume Zeit war in dem Raum – abgesehen vom konstanten und kaum noch bewußt wahrgenommenen Raunen der Klimaanlage – nur noch das Geräusch schwerer Atemzüge zu hören.

Schließlich lösten sich ihre Lippen wieder. Immer noch in enger Umarmung sagte Favere: »Wenn man weiß, wie Kent über Starfleet im allgemeinen und über unsere Beziehung im besonderen denkt, bin ich doch überrascht, daß er uns so einfach in Ruhe läßt.«

»Im Grunde mag er dich«, erklärte Payton. »Er hält dich für einen netten Mann, den man zu einer üblen Arbeit verleitet hat.«

»Meine Familie dient schon seit Generationen in der einen oder anderen Flotte.«

»Genau. Fehlgeleitet.« Sie löste sich sanft aus seinen

Armen und wanderte durch den Raum, berührte den dreihörnigen Schädel, die gelbe Tresse einer blauen Uniform, die über eine Kleiderpuppe drapiert war, die Lehne von Faveres Sessel.

Der Commodore lächelte versonnen, während er sie beobachtete. »Es ist über ein Jahr her.«

»Ich hatte schon damit gerechnet, du wärest inzwischen mit einem orionischen Sklavenmädchen verheiratet.«

»Dafür stehen die Chancen hier draußen ziemlich schlecht.«

Payton setzte sich in seinen Sessel und ließ ihn mit einer Bewegung der Beine nach hinten kippen. »Ist Professor Omen hier?«

»Ja, und er verschafft mir eine Gänsehaut.«

»Wir hätten auch deine Nerven schonen und den Test andernorts durchführen können.«

»Ja, das hättet ihr tun können«, stimmte Favere zu.

Sie lächelten sich zärtlich an.

Favere nahm auf dem Stuhl vor dem Schreibtisch Platz. »Ganz im Ernst, Hazel, er gefällt mir nicht.«

»Er ist schlauer als jeder andere. So was kann den Umgang mit ihm schwierig machen.«

»Bist du ihm schon mal begegnet?«

»Nein.«

»Du wirst schon sehen, was ich meine. Ich verstehe auch nicht, weshalb ihr ausgerechnet die *Enterprise* für den Test braucht. Das ist immerhin das Flaggschiff der Flotte.«

Payton schürzte die Lippen und dachte einen Moment nach. »Und wenn ich dich bitte, mir in diesem Punkt zu vertrauen?«

Favere zuckte die Achseln. »Ich nehme an, ich würde dir vertrauen.« Er schüttelte den Kopf. »Trotzdem, nachdem alles so sorgfältig arrangiert worden ist, damit Kent, Omen und die *Enterprise* zur gleichen Zeit hier sind, frage ich mich, ob es nicht doch um etwas geht, von dem ich offiziell Kenntnis haben sollte.«

Payton betrachtete die Schreibtischplatte und hob dann den Kopf, um ihn vielsagend anzublicken. »Es sollte doch außer Starfleet und der Föderationspolitik noch etwas anderes geben, worüber wir reden könnten.«

Faveres Gesicht lief rot an.

»Was ist denn?« fragte Payton.

Favere kam zu ihrer Seite des Tisches herüber, öffnete einen Schublade und nahm ein kleines Samtkästchen heraus. Payton beobachtete ihn schweigend und ohne sich zu rühren. Favere öffnete die Schachtel und enthüllte einen juwelenbesetzten Ring, der selbst im indirekten Licht des Büros wie Feuer funkelte.

»Heirate mich«, sagte Favere.

Payton sagte nichts. Sie rührte sich auch nicht. Ja, sie atmete kaum.

»Du liebst mich nicht«, meinte Favere.

»Doch, das tue ich. Aber ich muß auch an Mr. Kent denken. Ich glaube kaum, daß er zustimmen würde.«

»Du brauchst seine Zustimmung nicht«, sagte Favere verärgert. »Er ist dein Boss, nicht dein Vater. Und selbst wenn er dein Vater wäre, so bist du doch alt genug, um deine eigenen Entscheidungen zu treffen. Heirate mich.«

Payton stand auf und ging zur anderen Seite des Tisches hinüber. Dort stützte sie sich mit den Fingerspitzen auf und bewegte den Kopf leicht hin und her, als führe sie ein Streitgespräch mit sich selbst. Schließlich sagte sie: »Er ist wie ein Vater zu mir gewesen. Er sah etwas in mir, das sonst niemand bemerkt hat, und verschaffte mir Möglichkeiten, von denen ich nicht einmal hätte träumen können, wäre ich auf der Schule geblieben. Er hat mich unterrichtet und sich um mich gekümmert. Und manchmal habe ich das gleiche für ihn getan. Ich möchte ihn nicht verletzen.«

»Aber es ist *dein* Leben«, meinte Favere.

»Ja«, stimmte Payton zu. »Ich werde darüber nachdenken.«

Favere nickte. Payton wartete auf mehr: mehr Worte, mehr Küsse, mehr Aufmerksamkeiten. Doch Favere sagte lediglich: »Du gehst jetzt besser. In ein paar Minuten habe ich eine Besprechung mit Kirk und seinem Ersten Offizier. Deine Unterkunft ist auf Deck drei, Kabine 27.«

»Ich will wirklich darüber nachdenken«, sagte Payton.

Favere nickte abermals. Als Payton ging, setzte er sich in seinen Sessel und legte die Schachtel samt Ring mit einer endgültig wirkenden Bewegung in die Schublade zurück. Statt dessen nahm er eine leere Patronenhülse heraus und ließ sie spielerisch über die Finger wandern.

Nachdem er die Verwaltungsarbeiten erledigt hatte, die beim Andocken an einer Starbase anfielen, überließ Kirk Scotty die Brücke und beamte zusammen mit Mr. Spock zur Starbase 12 hinüber.

Wie es häufig geschah, hatte auch diese Starbase etwas von der Persönlichkeit ihres Kommandanten angenommen, und diese Persönlichkeit überlagerte nun das rein auf Zweckmäßigkeit ausgerichtete Starfleet-Design. In jedem Korridor hingen in Abständen Erinnerungen an den amerikanischen Wilden Westen des neunzehnten Jahrhunderts (nach alter Zeitrechnung). Es gab Bilder von berittenen Soldaten, die mit Eingeborenen verhandelten, federbesetzte Trommeln, meterlangen Kopfschmuck, gekreuzte Lanzen und gerahmte Bekanntmachungen, die von der erzwungenen Umsiedlung verschiedener Eingeborenenstämme berichteten.

Faveres Büro spiegelte den gleichen Geschmack wider, nur noch ausgeprägter. Zu seinen Ausstellungsstücken gehörten mehrere Kavallerieuniformen, Sporen, Knöpfe, Insignien, Zierborten, Pistolen und gekreuzte Säbel. In einer Ecke ruhte ein Sattel auf etwas, das ein hölzernes Geländer zur Befestigung von Pferdezügeln zu sein schien. Auf seinem Schreibtisch lag ein Tierschädel, der allerdings im Gegensatz zu irdischen Rindern drei Hörner aufwies. Hinter ihm, gleich neben einem Ständer mit sorgfältig polierten Flinten, hing ein Poster, das einen Mann namens John Wayne zeigte und für einen Film mit dem Titel *She Wore a Yellow Ribbon** warb. Favere selbst war ein schlanker, muskulöser Mann, etwas älter als Kirk, mit kurzgeschnittenem blondem Haar. Er dehnte seine Worte auf eine Weise, die Kirk sofort an McCoy erinnerte.

Als sie sich die Hände schüttelten, schaute sich Kirk anerkennend um und meinte: »Sie scheinen von der Kavallerie der Vereinigten Staaten fasziniert zu sein.«

»Nicht so sehr von der Kavallerie selbst als von dem System aus Forts, das nach dem Bürgerkrieg im Westen entstanden ist.«

»Das war nicht gerade eine glückliche Zeit für die Bewohner von Nordamerika«, bemerkte Spock. »Insbesondere nicht für die Eingeborenen.«

»Es war eine Zeit des Mutes und der Feigheit, eine Zeit großer Taten und auch einiger, die so verabscheuungswürdig waren, daß sich die Menschheit ihrer selbst heute noch schämt.«

»Es war eine Zeit des Lebens und des Sterbens«, sagte Kirk. »Genau wie jede Zeit.«

»Genau so sehe ich das auch. Die heutigen Starbases dienen dem gleichen Zweck wie die Forts im alten Westen. Wir vertreten die Zivilisation der Föderation gleichermaßen gegenüber den Siedlern wie den Gegnern. Wir beobachten. Wir löschen diplomatische und militärische Buschfeuer. Kurz gesagt, wir sind ›das Gesetz westlich des Pecos‹.«

---

* dt.: Der Teufelshauptmann

»Eine farbige, wenn auch nicht ganz zutreffende Beschreibung«, meinte Spock.

Kirk merkte, daß Favere durchaus geneigt schien, noch stundenlang über die Kavallerie des neunzehnten Jahrhunderts zu sprechen, und obgleich er dem Thema keineswegs abgeneigt war, konnte es sich dabei doch wohl kaum um jene Angelegenheit von erheblicher Bedeutung handeln, wegen der sie eigentlich gekommen waren.

Als Kirk eine entsprechende Bemerkung machte, lächelte Favere verlegen und sagte: »Sie haben völlig recht, Captain. Ich gerate bei meinem Hobby immer in Begeisterung, und gelegentlich vergesse ich darüber alles andere.« Er legte die leere Patronenhülse beiseite, mit der er gespielt hatte. »Etwas Unerklärliches geschieht in diesem Sektor, und es erreicht langsam epidemische Ausmaße.«

»Klingonische Schiffe verschwinden, ohne eine Spur zu hinterlassen«, vermutete Kirk.

»Nicht nur klingonische«, erwiderte Favere. »Auch romulanische und sogar Föderationsschiffe. Aber wieso wissen Sie davon?«

»Wir sind auf dem Weg hierher einem schlechtgelaunten Klingonen begegnet.«

»Ursprünglich hatten wir angenommen, eine Waffe der Föderation wäre dafür verantwortlich«, ergänzte Spock. »Offensichtlich ist das nicht der Fall.«

»Offensichtlich«, stimmte Kirk zu. Demnach hatte Kent also doch geblufft. Falls es den Diplomaten der Föderation gelang, die Klingonen davon zu überzeugen, daß Starfleet-Schiffe ebenso verschwanden wie klingonische, mochte ein Krieg trotz Kents Bluff immer noch vermeidbar sein. Doch was hatte das alles mit Professor Omen zu tun?

»Werfen Sie mal einen Blick darauf«, sagte Favere und reichte Kirk ein Memodisplay. Der Bericht wiederholte im wesentlichen die gleiche Geschichte, die auch

Torm von der *Kormak* erzählt hatte, wenn auch mit etwas höflicheren Worten. So wurde erst nach einigen Seiten erwähnt, daß die Schiffe verschwanden, ohne eine Spur zu hinterlassen. Ihnen blieb nicht einmal genug Zeit, um einen Notruf an die Basis zu senden oder eine Signalboje abzusetzen. Keinerlei Wrackteile blieben zurück, ja nicht einmal molekulare oder energetische Spuren – oder zumindest hatte man nichts dergleichen gefunden.

Kirk reichte den Bericht an Spock weiter und fragte Favere: »Was ist in dieser Angelegenheit unternommen worden?«

»Bisher noch nicht viel. Starfleet hat ein paar Scoutschiffe losgeschickt – daher haben wir all die negativen Informationen –, doch abgesehen davon hatte niemand eine Vorstellung, was man unternehmen könnte. Bis jetzt jedenfalls.«

»Bis jetzt?« wiederholte Kirk. Er begann zu ahnen, welchen Plan Starfleet ausgeheckt hatte. Es war praktisch unvermeidlich.

»Gestern habe ich ein Subraum-Kommuniqué von Starfleet erhalten, höchste Prioritätsstufe und verschlüsselt.«

Spock blickte vom Memodisplay hoch. »Entschuldigung, Commodore, zweifellos ist Ihnen die entscheidende Information in diesem Bericht nicht entgangen.«

»Worum geht es, Spock?« fragte Kirk.

»Wir wissen natürlich nicht besonders viel über die klingonischen und romulanischen Flotten, aber wenn die Starfleet-Schiffe weiterhin mit der gegenwärtigen Rate verschwinden, steht die Föderation in weniger als zwei Jahren ohne Flotte da.«

Spock sprach diese schockierende Erkenntnis völlig gelassen aus. Kirk, der Spock gut kannte, wäre auch überrascht gewesen, hätte er sich anders verhalten. Doch offenbar verfügte Favere nur über geringe Erfahrung mit Vulkaniern.

»Beunruhigt Sie das nicht, Mr. Spock?«

»Ich bin Vulkanier«, erklärte Spock. »Tatsachen pflegen mich weder zu beunruhigen noch zu erfreuen. Sie existieren einfach. Allerdings gebe ich zu, daß es klug wäre, etwas gegen die stückweise Auflösung von Starfleet zu unternehmen.«

»Vielleicht enthält das Starfleet-Kommuniqué ja einen Hinweis darauf, was zu geschehen hat«, meinte Kirk. Mit einem Gefühl von Ausweglosigkeit nahm Kirk den Chip von Favere entgegen und schob ihn in das Memodisplay. Er tippte seinen Code ein, und die verschlüsselte Botschaft wurde lesbar. Obwohl er die Details natürlich nicht gekannt hatte, stellte sich seine Vermutung über die allgemeine Tendenz der Nachricht als korrekt heraus. Er schluckte schwer und sagte: »Sie schicken die *Enterprise* los, damit wir herausfinden, was vorgeht, und die Sache beenden. Es heißt nicht einmal ›falls möglich‹. Wir sollen es einfach nur unterbinden.« Er lächelte und fügte fatalistisch hinzu: »Wir kriegen nie die einfachen Aufträge, nicht wahr, Spock?«

Spock zuckte die Achseln. »Offensichtlich eilt unser Ruf uns voraus.«

»Die Anweisung besagt, wir sollen Professor Omen mitnehmen. Starfleet glaubt, seine Erfahrungen in der Waffenentwicklung könnten hilfreich sein. Ist Professor Omen hier?«

»Ja«, erwiderte Favere.

»Wenigstens in dem Punkt hat Kent nicht gelogen«, meinte Kirk und stand auf. »Schön, dann können wir ja sofort aufbrechen.« Erfreulicherweise hatte sich das Geheimnis doch noch klären lassen. Kirk wußte allerdings nicht, weshalb Kent überhaupt ein Geheimnis daraus gemacht hatte. Aber vielleicht war das auch einfach nur ein weiteres Beispiel für die verschlungenen Pfade, die ein Politikergehirn einzuschlagen pflegte.

»Ich fürchte, das wird nicht gehen«, widersprach Favere. »Professor Omens Test ist für morgen angesetzt.«

»Test?« fragte Kirk. »Was für ein Test?«

Favere schaute unbehaglich drein. »Hat Mr. Kent Ihnen nichts davon erzählt?«

»Mr. Kent hat uns nur sehr wenig erzählt, was von Nutzen gewesen wäre«, bemerkte Spock.

»Omen hat einen neuen phasenverschobenen Schildgenerator entwickelt«, sagte Favere.

»Phasenverschoben?« fragte Spock mit hochgezogenen Augenbrauen. Wie Kirk wußte, war dies das vulkanische Äquivalent schrankenloser Neugier.

»Ja, phasenverschoben«, bestätigte Favere. »Obwohl ich nicht behaupten könnte, etwas davon zu begreifen.«

»Wie ich Kent kenne«, meinte Kirk ungehalten, »soll vermutlich die *Enterprise* als Zielobjekt dienen.«

»Nein, dafür haben wir einen alten Frachter. Die *Enterprise* soll den Angreifer spielen.«

Kirk nickte. Jetzt wurde klar, weshalb die *Enterprise* auf Starbase 12 benötigt wurde. Starfleet wollte zwei Fliegen mit einer Klappe erledigen – die neuen Generatoren testen und die *Enterprise* zur Verfügung haben, damit sie Professor Omen mitnahm, der das Problem der verschwindenden Schiffe lösen sollte. Dann kam Kirk ein neuer Gedanke. »Aber warum hier? Warum auf Starbase 12?«

»Nun«, meinte Favere, »das ist natürlich eine Frage der Geheimhaltung. Hier draußen kann man derlei Dinge wesentlich leichter geheimhalten.«

»Geheimhaltung, natürlich«, nickte Spock.

»Und dann ist da noch Hazel.«

»Hazel?« fragte Kirk.

»Ms. Payton. Kents Assistentin. Sie und ich, äh, wir stehen uns sehr nah. Wir hatten uns schon sehr lange nicht mehr gesehen. Wir dachten, Starbase 12 wäre für den Test ebensogut geeignet wie jeder andere Ort, und so hat sie ein paar Fäden gezogen.«

Mit einer gewissen Verlegenheit erinnerte sich Kirk daran, welche Gedanken er sich über Hazel Payton gemacht hatte. Jetzt, da er Bescheid wußte, war er froh, nicht versucht zu haben, seine Pläne in die Tat umzusetzen – zumal es mit Sicherheit, wie ihm jetzt klar wurde, doch nicht funktioniert hätte.

»Entschuldigen Sie, Commodore«, sagte Spock, »aber es gibt noch einen Punkt, den ich nicht verstehe. Die *Enterprise* und Professor Omen sind beide hier, um den Test durchzuführen und sich um die verschwundenen Schiffe zu kümmern. Nun kann ich zwar Ihre Freude über Ms. Paytons Gegenwart verstehen, aber welches Interesse hat Mr. Kent an der ganzen Angelegenheit? Ist er hier, um Ms. Payton einen Gefallen zu tun, oder hat er andere, persönlichere Gründe? Es kommt mir unwahrscheinlich vor, daß Starfleet einen Beobachter des Föderationsrates zuläßt, der gegenüber der Flotte so negativ eingestellt ist.«

»Das sehe ich ebenso, Mr. Spock«, sagte Favere. »Ich habe so eine Ahnung, daß noch etwas anderes im Gang ist. Aber es ist mir bisher nicht gelungen herauszufinden, worum es sich dabei handelt.«

»Das Konzept von Ahnungen ist mir vertraut, Commodore. Und obwohl ich glaube, daß Intuition bestenfalls eine sehr unzuverlässige Quelle ist, habe ich doch erfahren, daß einige Menschen erstaunlich zutreffende Schlußfolgerungen auf der Basis unzureichender Daten ziehen können.«

»Nennen Sie es, wie Sie wollen, Spock«, sagte Kirk. »Jedenfalls habe ich bei der ganzen Sache auch ein schlechtes Gefühl.«

4

Kirk erhielt seine Befehle für den Test. Sie waren simpel genug. Er sollte mit allem, was die *Enterprise* hatte, auf einen alten, ausgeschlachteten Frachter der Klasse J feuern, der lediglich durch einen Deflektor geschützt wurde, den einer von Professor Omens phasenverschobenen Feldgeneratoren erzeugte. Sollte der Frachter noch existieren, nachdem die *Enterprise* ihren Angriff beendet hatte, würde der Test als erfolgreich bezeichnet werden. Das Feuerwerk war schon seit Wochen das Hauptgesprächsthema auf Starbase 12. Kirk empfand es als etwas irritierend, daß diese Leute alle schon vor ihm von dem Test gewußt hatten. Kent hätte es ihm wirklich sagen können.

Spock verbrachte ein paar Stunden damit, alles nachzulesen, was in den Datenbanken der *Enterprise* und von Starbase 12 über konventionelle und phasenverschobene Kraftfelder verzeichnet war. Anschließend berichtete er Kirk: »Über die konventionellen Felder gab es erheblich mehr Informationen als über die phasenverschobenen. Bisher wurde die Stärke der Schilde durch das Material begrenzt, das beim Bau der Generatoren Verwendung fand, und es scheint, daß wir dort das theoretisch mögliche Limit erreicht haben. Falls Professor Omen es geschafft hat, dieses Limit durch eine Phasenverschiebung des Feldes zu erhöhen, dann ist ihm tatsächlich abermals ein Durchbruch gelungen. Ich freue mich darauf, heute abend beim Dinner mit ihm darüber sprechen zu können.«

Kirk selbst sah dem Dinner mit gemischten Gefühlen entgegen. Tatsächlich hatte er sogar erwogen, seine Teilnahme abzusagen, als er die Einladung von Commodore Favere erhielt. Kirk hatte kein Interesse daran, jemals wieder mit Conrad Franklin Kent an einem Tisch zu sitzen. Andererseits hatte er durchaus noch ein paar Fragen an Kent, und das Essen bot ihm die Gelegenheit, sie loszuwerden. Außerdem würde Professor Omen ebenfalls dort sein, und das wäre, auf die eine oder andere Art, sicher interessant – wenigstens so lange, bis er und Spock in eine mathematische Stratosphäre aufstiegen, wohin ihnen nur wenige folgen konnten.

Als McCoy zu Kirk und Spock auf die Transporterplattform stieg, zupfte er am Kragen seiner formellen Starfleet-Uniform und sagte: »Ich weiß wirklich nicht, warum du mich immer in diese diplomatischen Angelegenheiten hineinzerrst.«

»Warum soll ich denn als einziger leiden?« fragte Kirk.

McCoy und Spock tauschten einen Blick, dann sagte der Doktor: »Ich wollte gerade bemerken, daß ja bereits Spock bei dir ist, aber dann fiel mir ein, daß Spock es vorzieht, sein Leiden für sich zu behalten.«

»Genau. Mit ihm macht das keinen Spaß. Davon abgesehen mußt du ja schließlich auch mal was essen.« Er nickte Mr. Kyle zu und sagte: »Energie.«

Die Menschen versammelten sich in einem Raum, der nach den auf Starbase 12 geltenden Maßstäben eher kahl wirkte. Die Einrichtung war zeitgenössisch und in den üblichen Starfleet-Farben Grau, Rot oder Schwarz gehalten. Favere stand mit Kent und Payton in einer Ecke. Selbst wenn er nicht gewußt hätte, daß Favere Payton liebte, hätte Kirk es jetzt zumindest vermutet. Niemandem konnte die Art entgehen, wie Favere sich ihr zuneigte, wenn sie etwas sagte, wie er über ihre Scherze lachte und kaum den Blick von ihr nahm.

Payton trug wieder ihr sensorisches Aufzeichnungsgerät, was Kirk ein wenig nervös machte. Er war sicher, daß nur wenige andere Besucher des Empfangs wußten, was sich hinter dem hübschen Juwelenschmuck in Paytons Haar wirklich verbarg – und das empfand Kirk als ziemlich unfair; doch andererseits war kaum damit zu rechnen, daß sich an diesem Abend etwas ereignete, das von weitreichenderem Interesse wäre. Die Aufzeichnung würde also sehr wahrscheinlich in Kents Archiv begraben werden. Davon abgesehen gab es für Kirk genügend andere Punkte, wegen derer er mit Kent streiten konnte.

»Welcher von denen ist Omen?« fragte McCoy.

»Die verfügbaren Holos waren sehr alt, aber ich glaube, ich würde ihn trotzdem erkennen. Bisher ist er noch nicht eingetroffen.«

»Große Enttäuschung, wie, Spock?«

»Nein, Doktor. Ich mache mir nur Sorgen, ich könnte die Gelegenheit versäumen, mit jemandem zu sprechen, dessen Äußerungen nicht nur aus kindlich-emotionalen Ausbrüchen bestehen.«

»Ich kann durchaus geistvoll sein, sofern jemand in der Nähe ist, der das auch zu schätzen weiß«, meinte McCoy.

»Meine Herren, streiten können Sie auch auf dem Schiff«, warf Kirk ein. »Mischen wir uns unters Volk.« Er schnappte sich ein Glas von einem der automatischen Tabletts, die durch den Raum schwebten, und bewegte sich auf Kent zu. Er sah keinen Grund, ihre Diskussion vor sich herzuschieben. Doch bevor er das gegenüberliegende Ende des Raums erreicht hatte, öffnete ein Mann in Kavallerieuniform die Doppeltür und verkündete, das Dinner wäre serviert.

Sofort setzte sich die Menge in Bewegung und strömte durch die Türen in den benachbarten Raum. Die Offiziersmesse war im gleichen Stil dekoriert wie der Rest der Starbase. Zerfetzte Kavallerieflaggen hingen von der Stirnwand herab. Kirk nahm an, daß es sich um Nachbildungen von Flaggen handelte, die während eines Gefechtes im Einsatz gewesen waren.

Kirk entdeckte seine Namenskarte und nahm Platz. Unter seinem Namen stand der gedruckte Schriftzug: ›Dieses Essen wurde zu Ihrem Genuß bereitgestellt von Enyart's, in der ganzen Galaxis berühmt für vorzügliche Speisen.‹ Er hätte sich denken können, daß man Enyart's bemühen würde. Favere würde seine höchst wichtigen Gäste beeindrucken wollen, und Enyart's sorgte stets für ausgezeichnetes Essen. Ganz gleich, was sonst noch passieren mochte, das Dinner war es auf jeden Fall wert hierzusein.

Ein hübscher, rothaariger weiblicher Lieutenant setzte sich neben ihn, und auf seiner anderen Seite nahm eine ältere Zivilistin Platz. Die Zivilistin streckte ihre Hand aus und sagte: »Ich bin Dr. Kroeber. Und Sie müssen Captain Kirk von der *Enterprise* sein.« Dann beugte sie sich an Kirk vorbei zu der Rothaarigen hinüber und flüsterte in einer Lautstärke, die bis zum anderen Ende des Tisches trug: »Passen Sie bei dem hier bloß auf, meine Liebe. Er hat mehr Charme, als für eine von uns gut ist.«

Die Rothaarige schaute die alte Frau verblüfft an und wurde dann von McCoy abgelenkt, der sich mit sichtlichem Vergnügen neben sie gesetzt hatte. Er warf einen zweiten Blick auf seine Platzkarte und nickte zufrieden.

»Ich weiß nicht recht, ob ich mich jetzt geschmeichelt fühlen soll oder nicht«, sagte Kirk zu Dr. Kroeber.

»Das ist schon in Ordnung, mein Lieber«, erwiderte sie. »Ich weiß selbst nicht, wie ich es gemeint habe.«

Kirk mochte Dr. Kroeber vom ersten Moment an und stellte fest, daß er sich weitaus mehr mit ihr unterhielt als mit dem Lieutenant, deren Name Goshalk lautete. Aber McCoy sorgte dafür, daß die Rothaarige sich nicht einsam fühlte. Kirk beobachtete, wie die Damen rechts und links neben Spock versuchten, ihn in ein Gespräch zu verwickeln, allerdings mit wenig Erfolg. Spock zeigte sich zwar stets ausgesprochen höflich und verfügte auch über eine große Bandbreite an Gesprächsthemen, doch alles in allem hätte er eher in einen Seminarraum als auf eine Dinnerparty gepaßt.

Kirk neigte den Kopf, um einer sehr zweideutigen Geschichte zu lauschen, die Dr. Kroeber mit sichtlichem Genuß erzählte. Als sie zur höchst unwahrscheinlichen Pointe kam und Kirk den Kopf hob, um zu lachen, bemerkte er, daß Conrad Franklin Kent ihm direkt gegenüber saß. Ganz plötzlich war Kirk nicht mehr nach Lachen zumute. Er und Kent nickten einander höflich zu, doch bevor Kirk die Chance bekam, auch nur eine Frage zu stellen, tauchten Ordonnanzen mit schwer beladenen Tabletts auf. Kirk brummte leise vor sich hin.

Er nahm sich eine Scheibe Fleisch und ein wenig von sämtlichen Beilagen. Der Geschmack des Fleisches war zwar delikat, jedoch ungewohnt und sehr kräftig. Er vermutete, daß es von einer nichtintelligenten Alienrasse stammte, doch als sich jemand am Tisch nach der Herkunft erkundigte, erklärte Favere, es handle sich um Büffel. »Natürlich ist es kein echtes Büffelfleisch, aber eine sehr gelungene Nachbildung, hergestellt von Enyart's Lebensmittelreplikatoren. Ich habe keine Ahnung, wie sie an dieses Programm gekommen sind.«

Viele Leute am Tisch wußten gar nicht, was ein Büffel war, und Favere erklärte es ihnen mit Vergnügen. Er verwies auch auf die verschiedenen Beilagen und erläuterte sie ebenfalls. Wie es schien, waren die meisten aus Mais zubereitet – Replikator-Mais, natürlich –, ein paar aber auch aus nordamerikanischen Pflanzen, von denen Kirk noch nie gehört hatte. Spock, der kein Fleisch aß, würde angesichts der diversen Beilagen und Salate ebenfalls nicht hungern müssen.

Für geraume Zeit war nichts anderes zu vernehmen

als das Klirren von Besteck auf Porzellan. Mehreren der Gäste fiel auf, daß Professor Omen bisher noch nicht erschienen war.

»Um die Wahrheit zu sagen«, meinte Dr. Kroeber, »ich kenne überhaupt niemanden, der ihn je gesehen hat.«

»Ein einziges Mysterium, wie?« sagte Kirk.

»Es scheint so. Sein Stab muß natürlich mit ihm sprechen. Aber von diesen Leuten abgesehen, ist ihm noch kaum jemand begegnet. Und wie es aussieht, hat seine Rätselhaftigkeit abgefärbt.« Sie schaute die Tafel hinauf und hinab. »Aus Omens Stab ist ebenfalls niemand hier. Vielleicht bauen sie gerade den Feldgenerator in den Frachter ein, aber eigentlich bezweifle ich das.« Sie nahm einen Schluck Wein. »Wir können wahrscheinlich schon froh sein, wenn er zu dem Test erscheint.«

Kirk warf einen Blick über den Tisch und bemerkte einen weiblichen Lieutenant, der mit weit aufgerissenen Rehaugen jedem von Spocks wohlerwogenen Worten folgte. Es war schon erstaunlich. Je weniger Interesse Spock an Frauen zeigte, desto mehr fühlten sie sich von ihm angezogen. Die Reihe seiner Verehrerinnen endete keineswegs mit Schwester Chapel.

»Gefällt Ihnen das Dinner, Mr. Kent?« erkundigte sich Dr. Kroeber.

»Sehr sogar«, bestätigte Kent. »Nordamerikanische Geschichte hat mich schon immer interessiert. Es scheint angemessen, daß wir hier draußen an der Föderationsgrenze diese Art von Nahrung zu uns nehmen.«

»Sind Sie schon gespannt auf den großen Test, Sir?« wollte ein sommersprossiger Fähnrich wissen.

Kirk war schon im Begriff zu antworten, als Kent sagte: »Das bin ich in der Tat. Allerdings mit einem gewissen Unbehagen, sollte ich hinzufügen.«

»Warum das, Sir?«

Bevor er antwortete, verteilte Kent sorgfältig einen

Löffel Maiswürze über die Reste seines Büffelsteaks. Dann deutete er mit dem leeren Löffel auf den Fähnrich und sagte: »Ich glaube, wir von der Föderation sind die Verlierer, ganz gleich, wie der Test ausgeht.«

»Wieso?« fragte Dr. Kroeber.

»Nun, wenn der phasenverschobene Schildgenerator nicht funktioniert, hat ein bedeutender Föderationswissenschaftler Monate seiner Zeit verschwendet. Und wenn er funktioniert, besitzt Starfleet einen noch größeren Schild, um sich dahinter zu verbergen.«

In der plötzlichen Stille räusperte sich McCoy bedeutsam. Viele der übrigen Gäste verhielten sich ähnlich, und Kirk wußte, warum. Als ranghöchster Offizier in Hörweite von Kents Beleidigung war er verpflichtet, Starfleet zu verteidigen. War es Kents Absicht, ihn in ein Streitgespräch hineinzuziehen? Doch im Grunde spielten Kents Absichten keine Rolle. »Ich kann Ihnen da nicht ganz folgen, Ratsherr«, sagte Kirk.

»Ich meine folgendes: Mit einem Deflektor dieser Stärke wird Starfleet bereit sein, sich noch öfter auf Schlachten einzulassen, und größere Risiken für Besatzungen und Material eingehen.«

McCoy stieß ein unhöfliches »Hah!« aus.

»Was Dr. McCoy sagen will«, erklärte Kirk in ruhigem Ton, »ist, daß Starfleet stets mehr am Frieden als am Krieg interessiert war. Und ein Schild ist keine Offensivwaffe. Er ist überhaupt keine Waffe.«

»Nicht im herkömmlichen Sinn, nein«, gab Kent zu.

Kirk unterdrückte ein Grinsen und tupfte sich die Lippen mit der Serviette ab. »Wenn Sie überzeugt sind, daß wir in jedem Fall verlieren, dann frage ich mich allerdings, weshalb Sie überhaupt Ihre Zeit hier draußen an der, äh, Föderationsgrenze verschwenden, Sir.«

»Ich habe meine Gründe, Sir«, erklärte Kent.

»Geheime Gründe?«

»Geheime Gründe der Föderation.«

»Das ist ja praktisch«, knurrte McCoy.

Unschuldig bemerkte Kirk: »Ich nehme an, diese geheimen Gründe hängen auch mit der *anderen* Waffe zusammen, an der Professor Omen angeblich arbeitet. Jene, über die wir an Bord der *Enterprise* diskutierten. Aber Professor Omen ist nicht hier, um für sich selbst zu sprechen.«

»Dies ist kaum der geeignete Ort für ein derartiges Gespräch, Captain, wie Ihnen bekannt sein dürfte.«

»Dann vielleicht später ...«

»Vielleicht sollten Sie mit Professor Omen selbst darüber sprechen. Er wird zum Test morgen anwesend sein.«

Kirk hatte Kent ein wenig ins Schwitzen gebracht, und mehr hatte auch nicht in seiner Absicht gelegen. Eine Waffe von derartiger Macht durfte kein Diskussionsthema vor einer so großen Zuhörerschaft sein, vorausgesetzt, es gab tatsächlich etwas, worüber man diskutieren konnte. »Ich freue mich schon auf diese Gelegenheit«, sagte Kirk.

Selbst wenn Omen beim Test auftauchte, hielt Kirk es eher für unwahrscheinlich, daß er etwas zur Aufklärung des Problems beitragen konnte. Starfleet würde ihn nicht mit der *Enterprise* hinausschicken, wenn bereits bekannt wäre, was dort geschah. Und ob ein Waffenexperte ihnen tatsächlich helfen konnte, stand auch noch nicht fest. Kent wiederum leugnete immer noch, daß überhaupt eine Waffe existierte. Damit blieb ihnen als einzige Tatsache eine Reihe verschwundener Raumschiffe. Und sofern sich Kent und Omen nicht auf ein Geschäft zu ihren eigenen Gunsten eingelassen hatten, bezweifelte Kirk, daß einer von ihnen sich an Föderationsschiffen vergreifen würde.

Somit hatte Kirk es entweder mit einer Gruppe von Verrätern zu tun oder mit einem Rätsel. Angesichts der vorliegenden Beweise konnte Kirk Kent jedoch kaum des Verrats bezichtigen. Und gegen Omen hatte er noch weniger in der Hand. Somit blieb Kirk nichts anderes übrig, als wachsam zu sein und zuzuschlagen, sobald sich ein geeigneter Anlaß bot.

Das Dessert kam – Eiscreme mit Schokoladensoße –, und Favere versicherte jedermann, dies sei der einzige Teil des Mahles, der nicht den authentischen Gegebenheiten des amerikanischen Westens im neunzehnten Jahrhundert entspreche. »Aber dafür ist Eiscreme mit Schokoladensoße die Lieblingsspeise einer Person, die mir sehr am Herzen liegt.« Er sah Payton an, die daraufhin errötete.

Nach dem Essen entspannten sich die Gäste bei Kaffee und Tee. Lieutenant Goshalk bat Dr. Kroeber, sie für einen Moment unter vier Augen sprechen zu dürfen. Während die Rothaarige zur Tür ging, erklärte Dr. Kroeber Kirk: »Sie hat ein paar Probleme mit ihrem Freund. Ich helfe ihr ein bißchen.«

»Ihrem Freund?« fragte McCoy.

»Tut mir leid für Sie, Doktor«, meinte Kroeber und klopfte ihm auf die Schulter, als sie Lieutenant Goshalk folgte.

McCoy reckte sich und sagte: »Für einen Abend habe ich jetzt genug Enttäuschungen erlebt. Wie steht's mit dir, Jim?«

»Ich habe noch ein paar Dinge zu erledigen.«

McCoy sah zu Kent hinüber, der sich mit einem Maat unterhielt, der ihm Kaffee nachschenkte. Der Doktor beugte sich über den leeren Stuhl zwischen ihnen und flüsterte Kirk zu: »Ich möchte dich nicht mit einer blutigen Nase in der Krankenstation wiederfinden. Jedenfalls nicht heute abend.«

»Ich würde es doch nie wagen, deinen Schönheitsschlaf zu stören, Pille.«

Die beiden verabschiedeten sich voneinander, und McCoy machte sich auf den Weg.

Während Kent seinen Kaffee schlürfte, beobachtete er Payton und Favere aus zusammengekniffenen

Augen. Schließlich war es Kirk leid, darauf zu warten, daß Kent fertig wurde, und ging in den Empfangsraum hinüber, wo sich der größte Teil der Gäste versammelt hatte, um ausgiebig voneinander Abschied zu nehmen. Viele wünschten Kirk Glück für den bevorstehenden Test, als stünde seine Erfindung auf dem Prüfstand, nicht die Professor Omens.

Während es später und später wurde, fühlte sich Kirk zunehmend müde, sowohl körperlich wie geistig. Er ging noch mit sich selbst zu Rate, ob er tatsächlich eine weitere Konfrontation mit Kent erleben wollte, da schlenderte der Ratsherr inmitten einer Gruppe von Zivilisten in den Empfangsraum hinüber.

»Gute Nacht, Kirk«, sagte er und hob eher beiläufig die Hand.

»Kann ich mit Ihnen sprechen, Mr. Kent?« fragte Kirk.

»Heute abend?«

»Besser jetzt als später.«

Kent warf einen Blick auf die Leute, die bei ihm waren, entschuldigte sich dann und ging mit Kirk auf den Korridor hinaus.

»Ich habe Grund zu der Annahme«, sagte Kirk, »daß Professor Omen nichts über das Verschwinden der Schiffe weiß.«

Kent rieb sich über die Augen. »Was für Gründe sind das, Captain?«

»Wir haben alle unsere Geheimnisse, Ratsherr. Ich bin sicher, Sie verstehen das.«

Kent dachte einen Moment nach. »Er ist der Waffenexperte.«

»Sie haben gesagt, es gäbe keine Waffe.«

»Keine Föderationswaffe.«

Die beiden Männer starrten sich an, bis Mr. Spock in Begleitung des rehäugigen Lieutenants auftauchte. Das Mädchen hielt seinen Arm umklammert. Spock schien sich dabei nicht ganz wohl zu fühlen, machte aber keine Anstalten, seinen Arm zu befreien. Der Vulkanier war eben stets höflich und zuvorkommend.

»Nun, Mr. Spock«, sagte Kirk fröhlich.

»Guten Abend, Captain. Lieutenant Clarke bestand darauf, daß ich sie heimbegleite.«

»Natürlich.«

»Gute Nacht, Captain ..., Mr. Kent.«

»Gute Nacht«, sagten Kirk und Kent gleichzeitig.

Als die beiden gegangen waren, meinte Kent: »Sehen Sie, Kirk, wir haben beide unsere Gründe, an das zu glauben, was wir tun, und das ist gut so. Aber glauben Sie mir, wenn ich Ihnen sage: Falls Professor Omen Ihnen nicht erklären kann, was vorgeht, dann kann es niemand. Gute Nacht.«

Kent entfernte sich wie ein Mann vorgerückten Alters, der spät in der Nacht von einer Party nach Hause geht. Er wirkte harmlos, wie jemand, der tatsächlich nicht mehr wußte, als er vorgab. Trotzdem traute Kirk ihm nicht; er hatte keinen Grund dazu. Müde rieb er sich die Augen. Sie fühlten sich an, als säßen sie nicht richtig in ihren Höhlen. Es war schon spät, und er fing an, im Kreis zu denken. Außerdem mußte er morgen einen ausgeschlachteten Frachter der Klasse J angreifen. Eine bedeutende Aufgabe. Dafür war wirklich das Flaggschiff der Flotte erforderlich. Kirk schüttelte den Kopf, während er zum Transporter ging, ohne sich eine blutige Nase geholt zu haben.

McCoy würde froh sein, daß man ihn nicht störte.

Kirk befand sich am nächsten Morgen nicht gerade in Bestform; das war allerdings auch nur selten am Tag nach einer Party der Fall. Er hatte sich aber schon schlechter gefühlt. Außerdem unterschieden sich die Bordzeit der *Enterprise* und die auf der Starbase gültige nur um zwei Stunden, so daß die Differenz auch kein großes Problem darstellte. Der Test sollte um zehn Uhr Ortszeit durchgeführt werden. Kirk nahm in aller Ruhe ein einfaches Frühstück zu sich und begab sich dann auf die Brücke.

Statusmeldungen gingen aus allen Teilen des Schiffes ein. Uhura sprach mit der Startkontrolle von Starbase 12, und Spock erteilte einem Yeoman Befehle, der sich mächtig konzentrierte, um sich alles merken zu können. Auf dem Hauptschirm war unter einem taktischen Gitternetz die entfernt fischähnliche Form des Frachters zu sehen. Sulu und Chekov überprüften die Waffensysteme und rekalibrierten sie, wo es nötig war. Eine blonde Zivilistin in einem einfachen blauen Overall schaute Sulu über die Schulter. Der ernsthafte Ausdruck auf ihrem hübschen Gesicht vergrößerte ihre charmante Ausstrahlung.

Kirk ging zu McCoy hinüber, der auf dem Kommandosessel Platz genommen hatte. »Bequem?« fragte er.

»Oh, tut mir leid, Captain«, sagte McCoy, erhob sich und stellte sich neben den Sessel. »In der Krankenstation war nichts los, deshalb dachte ich, ich komme mal her und sehe mir das Feuerwerk an. Und das war der einzige freie Platz.«

»Ist schon in Ordnung, Pille, laß es nur nicht zur Gewohnheit werden. Mr. Sulu, vielleicht möchten Sie mir Ihre Freundin vorstellen.«

»Ja, Sir. Das ist Bahia Slocum. Sie ist als Beobachterin für Professor Omen hier.«

Überrascht fragte Kirk: »Der Professor selbst kommt nicht?«

»Der Professor hat viel zu tun«, erwiderte Slocum. »Er kann nicht überall gleichzeitig sein.«

»Natürlich. Bitte machen Sie weiter, Mr. Sulu. Status, Mr. Spock.«

»Wir lassen alle Systeme durch Diagnoseprogramme prüfen, Captain. Alle Sensoren sind auf Aufzeichnung geschaltet. Nach den letzten Meldungen liegen die Toleranzen bei nur fünf Prozent des zulässigen Rahmens.«

»Sehr schön. Wieviel Zeit noch?«

»Fünfzehn Minuten und siebzehn Sekunden.«

»Gut so.«

Kirk ließ die eifrigen Aktivitäten rings um ihn auf sich einwirken, und die fünfzehn Minuten verstrichen rasch. Als der vorgesehene Zeitpunkt näher rückte, begann Spock mit einem Countdown.

»Nachricht für Ms. Slocum«, meldete Uhura. »Nur über Audio.«

»Ms. Slocum, wenn Sie etwas mehr ...«

»Nein, Captain. Das ist Omen für einen letzten Check.«

»Also gut, Ms. Slocum. Lassen Sie hören, Lieutenant.«

»Aye, Captain.«

Uhura öffnete einen Kanal, und eine Stimme fragte: »Bahia, sind Sie da?« Es war eine kultivierte Stimme; zu kultiviert, dachte Kirk, tief, volltönend, ausgebildet. Er war offenbar sehr von sich eingenommen, trotzdem klang er nicht unfreundlich, als er mit Bahia Slocum sprach. Letzten Endes verriet die Stimme Kirk kaum mehr über Professor Omen als eine Pressemitteilung von Starfleet.

»Hier, Sir«, antwortete Slocum.

»Waffen?«

»Alle Tests zufriedenstellend beendet. Photonentorpedos scharf und abschußbereit. Phaser voll aufgeladen.«

»Waffensysteme?«

»Ich stehe in ständigem Kontakt zu Chefingenieur Scott. Er und Fähnrich Chekov versichern mir, daß die Zielsuch- und Abschußsysteme kalibriert und einsatzbereit sind. Ebenso die primären und sekundären Nachführ- und Feedback-Systeme.«

»Feuerprogramm?«

»Sequenzer sind programmiert und bereit. Automatisches Feuer beginnt auf Ihr Kommando.«

»Sensoren?«

»Bereit«, sagte Mr. Spock.

Slocum sah ihn an und sagte: »Bereit, Sir. Es wird uns nichts entgehen.«

»Sehr gut. Auf mein Zeichen hin setzen wir den Countdown bei drei Minuten, vierzehn Sekunden fort. Jetzt. Omen Ende.«

Slocum verließ ihren Platz hinter Sulu und stellte sich neben McCoy. Sie musterte ihn einen Moment und sagte: »Ich gehe davon aus, daß Sie eine Sicherheitsfreigabe für diesen Bereich haben.«

McCoy schien über die Frage erstaunt, antwortete jedoch recht höflich. »Ich denke, davon können Sie ausgehen.« Er sah den Captain um Bestätigung bittend an. Kirk nickte, ohne eine Miene zu verziehen.

Spock meldete alle zehn Sekunden den Stand des Countdowns; während der letzten dreißig Sekunden zählte er jede Sekunde. Bei zehn Sekunden war Omens Stimme wieder zu hören. »Sie können feuern, wenn Sie soweit sind, Captain.«

»Danke, Professor.«

Bei fünf Sekunden sagte Kirk: »Mr. Chekov, feuern Sie, wenn Sie bereit sind.«

»Aye, Captain.«

Als der Countdown endete, berührte Chekov eine einzige Kontrolle, und Kirk vernahm das typische elektronische Sirren, mit dem ein Photonentorpedo abgefeuert wurde. Dann noch einer und noch einer. Die *Enterprise* erzitterte unter der Gewalt der Abschüsse. Der Torpedofächer vereinigte sich über dem Frachter und explodierte in einem so grellen Licht, daß es fast körperlich spürbar war.

»Nachführprogramm hält das Ziel«, meldete Chekov.

»Spock?« fragte Kirk.

»Sensoren melden, daß sowohl Schild wie Hülle des Frachters intakt sind. Energieleistung des Frachters ist während des Angriffs um zwei Prozent zurückgegangen.«

»Das liegt innerhalb der vorgegebenen Parameter«, bemerkte Slocum.

»Schön, Mr. Chekov. Weitermachen.«

Phaserfeuer jagte auf den Frachter zu. Als die leuchtenden Strahlen den Schild berührten, konnte Kirk erkennen, wie er rot aufleuchtete, als befände sich ein Schmiedefeuer dahinter. Als der Angriff fortgesetzt und mehr Energie auf die Phaser gelegt wurde, verfärbte sich das Rot zu Violett und durchlief dann das Spektrum: Gelb, Grün, Blau, Indigo bis hin zu einem Violett, das an Intensität zunahm, bis der Frachter wie eine winzige weiße Sonne aussah. Strahlen wurden in den verschiedensten Winkeln zurückgeworfen. Dann wurde auch das weiße Licht durch eine Schwärze ersetzt, die einen frachterförmigen Ausschnitt der Sterne verdeckte.

»Spock?«

»Schilde haben jetzt das Maximum erreicht und strahlen im Ultraviolettbereich, halten dem Angriff jedoch stand. Sie reflektieren, was sie nicht absorbieren können. Schild und Hülle weiterhin intakt. Innentemperatur des Frachters liegt innerhalb der normalen Toleranzen.«

»Noch zehn Sekunden«, meldete Chekov. Er zählte bis Null, und die Phaserbänke schalteten sich ab. Plötzlich herrschte Stille. Die Brücke, die während der letzten Minuten von grellem Licht erhellt worden war, wirkte in der normalen Beleuchtung fast düster.

»Schild und Hülle weiterhin intakt«, erklärte Spock. »Lebensbedingungen innerhalb des Frachters ebenfalls normal.«

»Wir haben es geschafft«, rief Slocum und schüttelte begeistert McCoys Hand.

»Glückwunsch, Ms. Slocum«, sagte Kirk.

»In der Tat«, stimmte Spock zu. »Sehr beeindrukkend. Ich würde sehr gern mit Professor Omen über seine Entdeckung sprechen.«

»Ich fürchte, da sind Sie nicht der einzige, Mr. Spock. Aber Ihre Zeit wird kommen.«

»Aye, Captain.«

Kirk und Spock wußten beide, daß Omen am nächsten Tag mit ihnen zusammen aufbrechen würde, um nach jenem Ding zu suchen, das Raumschiffe verschlang. Und die Chancen standen gut, daß Spock zu den wenigen an Bord gehörte, die kompetent genug waren, um sich mit Omen über technische Fragen zu unterhalten.

»Ich muß jetzt gehen, Captain«, sagte Slocum. »Omen wird die Testergebnisse genau unter die Lupe nehmen wollen.«

»Lassen Sie sich nicht aufhalten, Ms. Slocum. Und richten Sie dem Professor bitte die Glückwünsche der *Enterprise* aus.«

»Vielen Dank, Captain.« Sie eilte hinaus.

»Captain, eine Nachricht vom Ratsherrn Kent«, meldete Uhura.

»Sagen Sie ihm, wir sind beschäftigt, Lieutenant.«

»Das habe ich schon versucht, Captain. Er ist sehr hartnäckig.«

»Vielleicht will er sich einfach nur verabschieden«, flüsterte McCoy.

Kirk grinste. »Auf den Schirm, Lieutenant.«

Kents heiter wirkende Miene ersetzte das Bild des Frachters. »Meinen Glückwunsch, Kirk.«

»Sarkasmus, Mr. Kent?«

»Keineswegs, Kirk. Was ich auch immer über die politischen Implikationen denken mag, so ist doch die Tatsache, daß der Schild funktioniert, ein beeindruckender technischer Fortschritt.«

Kirk erwog, Kent darauf hinzuweisen, daß er nichts mit der Entwicklung des Schildes zu tun hatte, entschied sich dann aber dagegen. Kent war Politiker – er gab nichts als die üblichen politischen Gemeinplätze von sich. Also sagte er nur: »Danke, Mr. Kent.«

»Fein. Und um dieses Ereignis zu feiern, würde ich gerne Sie, Mr. Spock und Dr. McCoy zu einem Umtrunk in meiner Kabine einladen.«

Kirk sah zu Spock hinüber. Er wußte, daß der Vulkanier überlegte, ob Omen ebenfalls dort sein würde. Normalerweise hatte Kirk nichts dagegen, Spocks Neugier zu befriedigen, doch in diesem Fall konnte Spock warten. Während der nächsten Wochen würden sie noch genug von Omen zu sehen bekommen. Davon abgesehen versuchte Kirk stets, Einladungen von Leuten zu vermeiden, die er nicht leiden konnte. So etwas war nicht gut für die Seele. »Ich fürchte, das wird nicht möglich sein, Mr. Kent. Die *Enterprise* wird morgen mit der Flut zu einer Mission von höchster Bedeutung auslaufen. Meine Mannschaft und ich haben noch viel zu tun, bevor wir ablegen.«

»Mit der Flut?«

»Nur eine Redensart. Tatsache bleibt, daß wir keine Zeit zum Feiern haben.«

»Ich versichere Ihnen, Captain, daß Sie Starfleet nicht gerade helfen, wenn Sie meine Einladung ablehnen.«

»Mr. Kent, wenn sich Ihre Ansichten über Starfleet ändern, nur weil ich mit Ihnen trinke, dann habe ich die Intensität Ihrer Überzeugungen überschätzt. Kirk Ende.« Er gab Uhura das Zeichen, die Verbindung zu unterbrechen, und der Frachter erschien wieder auf dem Hauptschirm.

»Ist es nicht sehr befriedigend, wenn man nicht gezwungen ist, unter Narren zu leiden?« fragte McCoy.

»Er ist kein Narr, Pille. Aber befriedigend war es schon.«

Dieses Gefühl der Befriedigung hielt bis zum Mittagessen an. Danach zog sich Kirk in seine Kabine zurück und las alles, was über den Raumsektor, in dem sie kreuzen sollten, zu finden war. Mehr konnte er im Moment nicht tun. Auf die geheimnisvolle Waffe konnte er sich jedenfalls nicht vorbereiten, weil er praktisch nichts darüber wußte. Dann rief Uhura an, um zu melden, daß drei Nachrichten für ihn eingegangen waren.

Die erste war eine Antwort auf seine Anfrage bezüglich der Waffe. Starfleet empfahl, er sollte sich mit Commodore Favere von Raumbasis 12 in Verbindung setzen. Kirk zuckte die Achseln.

Bei der zweiten Nachricht handelte es sich um eine persönliche Botschaft von Admiral Nogura, der abermals darum bat – in einer Form, die beinahe einem Befehl gleichkam, wenn auch nicht ganz –, Kirk möge auf jede erdenkliche Weise mit Conrad Franklin Kent zusammenarbeiten. Kirk fragte sich, ob Nogura dem Mann eigentlich jemals begegnet war, kam dann aber zu dem Schluß, daß es keine Rolle spielte, was Nogura von Kent hielt. Ein Admiral war stets nicht nur Starfleet-Offizier, sondern auch immer Diplomat und Politiker. Nogura ging wahrscheinlich ganz einfach davon aus, eine Zusammenarbeit mit Kent würde sich positiv auswirken. Möglicherweise hatte er damit recht, aber gefallen mußte es Kirk deswegen trotzdem nicht.

Die dritte Nachricht schließlich war diejenige, die Kirk am meisten mißfiel. Offensichtlich hatte Kent jemandem erzählt, Kirk sei nicht zur Zusammenarbeit bereit und lehne es sogar ab, an einem Umtrunk teilzunehmen. Die Geschichte war weitergetragen worden und hatte Nogura erreicht, woraufhin Nogura Kent versichert hatte, die Zusammenarbeit werde sich verbessern – daher auch seine Mitteilung. Bei der dritten Nachricht handelte es sich um eine Einladung Kents zum Dinner. »Und bitte bringen Sie Mr. Spock und Dr. McCoy mit. Mir scheint, daß es sich um Ihre Vertrauten handelt, daher sollten sie ebenfalls anwesend sein.«

Kirk mochte es nicht, Befehle von Zivilisten entgegenzunehmen, selbst wenn diese Befehle in die Form einer Einladung gekleidet waren, und schon gar nicht, wenn er den Zivilisten, der die Einladung aussprach, nicht leiden konnte. Doch er sah keinen Ausweg. Vielleicht würden sie dort endlich Omen begegnen. Das wäre immerhin etwas.

5

Kirk beschloß, diesmal nicht seine Ausgehuniform anzulegen. Kents kleine Party konnte kaum als offizielles Ereignis eingestuft werden. Und innerhalb der engen Parameter von Noguras Anweisungen wollte Kirk allen Manövrierraum nutzen, der ihm noch geblieben war.

Als McCoy den Transporterraum betrat, sagte er: »Ich habe zu tun, Jim. Ich kann nicht jedesmal quer durch die ganze Schöpfung beamen, nur weil irgendein Großmaul meint, er müßte mal wieder eine Party schmeißen.«

»Ich weiß, Pille. Mr. Spock hat das auch schon gesagt.«

»Er hat gesagt, *ich* müßte so etwas tun?«

»Ich habe lediglich darauf hingewiesen, Doktor, daß die Teilnahme an einer weiteren Dinnerparty nicht unbedingt die beste Nutzung unserer verfügbaren Zeit darstellt.«

»Meine Herren, ich stimme völlig mit Ihnen überein. Aber Starfleet läßt uns keine Alternative. Wir werden hingehen. Wir werden etwas essen. Und wir werden so bald wie möglich wieder gehen.«

Sie beamten zur Starbase 12 hinunter und erfuhren vom diensthabenden Offizier, wo sich Kents Kabine befand. Verglichen mit den Unterkünften auf der *Enterprise* war sie ausgesprochen luxuriös. Sie verfügte sogar über einen eigenen Speiseraum und ein separates Schlafzimmer. Ein frischer, würziger Duft erfüllte den Raum. Kirk erkannte darin rigelianische Schoten, die großen, glockenförmigen Samen des Flüsterschmiedes. Kirk mochte die Pflanze nicht besonders, konnte sie zur Not aber herunterwürgen.

»Wo ist Ms. Payton?« fragte McCoy.

»Irgendwo draußen bei Commodore Favere.« Kent schüttelte den Kopf.

»Favere ist ein ehrenhafter Starfleet-Offizier«, bemerkte Spock.

»Genau«, sagte Kent in einem Ton, als stelle der Beruf eines Starfleet-Offiziers eine Art zweifelhafter Besessenheit dar.

»Ich bin überrascht, daß sie nicht hier ist, um unsere Begegnung für die Nachwelt aufzuzeichnen«, sagte Kirk.

»Sie haben eine schlechte Meinung von mir, Captain. Aber ich versichere Ihnen, daß nicht jeder meiner wachen Momente aufgezeichnet wird.«

»Ein ganzes Leben zu dokumentieren wäre tatsächlich ein Problem«, warf Spock ein. »Beispielsweise würde man ein weiteres Leben brauchen, nur um die Aufzeichnung abzuspielen.«

»Ganz recht, Mr. Spock«, stimmte Kent zu, während er die Männer ins Eßzimmer führte. »Und soweit es mich betrifft, habe ich nur ein Leben zur Verfügung.«

»Erwarten Sie sonst niemand zum Dinner?« fragte Spock.

»Professor Omen hat mit Bedauern abgesagt.«

Kirk stellte fest, daß es mitunter seine Vorteile hatte, Zivilist zu sein, verzichtete jedoch darauf, diesen Kommentar laut zu äußern. McCoy nickte. Vermutlich war ihm gerade der gleiche Gedanke gekommen.

Der Tisch war sehr ansprechend gedeckt, nicht in der rustikalen Art, die Favere bevorzugte. In der Mitte des Tisches lag die rigelianische Schote, eine Frucht, die groß genug war, um mit Leichtigkeit vier Menschen zu sättigen.

»Ich hoffe, das trifft Ihren Geschmack, Mr. Spock. Es

ist eines der wenigen vegetarischen Gerichte, auf deren Zubereitung ich mich verstehe.«

»Sie haben das selbst gekocht?« erkundigte sich McCoy.

»Mich mit Starfleet anzulegen ist nicht mein einziges Talent. Bitte nehmen Sie Platz.« Kent schenkte den Wein ein (Spock trank Wasser) und reichte die Schote herum. Jeder nahm sich eine der kleinen Kapseln aus dem Innern der Schote, öffnete sie und schnitt das graue Fleisch in Stücke. Spock machte Kent ein Kompliment für dessen Kochkünste. Kirk würde den vulkanischen Geschmack nie begreifen.

Nachdem sie eine Weile schweigend gegessen hatten, meinte Kent: »Ich nehme an, Captain, Sie haben bereits einen Plan entwickelt, um herauszufinden, was mit den verschwundenen Raumschiffen geschehen ist.«

Verblüfft fragte Kirk: »Wieso sollte ich dafür einen Plan haben?«

»Starfleet hat doch immer irgendeinen Plan, und wenn es ein schlechter ist.«

»Ich habe keine Ahnung, wovon Sie eigentlich sprechen.«

»Nun kommen Sie, Captain. Ich handle mit Informationen. Ich weiß, daß nicht nur klingonische Schiffe verschwunden sind, sondern auch romulanische und solche der Föderation. Die *Enterprise* hat den Auftrag, das Rätsel zu untersuchen.«

»Gut geraten«, meinte McCoy.

Kirk wußte, daß es sich nicht um Raten handelte, und die Tatsache, daß Kent einen direkten Draht zu Starfleet Command hatte, ärgerte ihn. Offensichtlich wanderten die Informationen über diesen Draht in beide Richtungen.

»Keineswegs, Doktor«, bemerkte Spock. »Angesichts der Situation und der gleichzeitigen Anwesenheit der *Enterprise* und Professor Omens scheint das eine logische Schlußfolgerung zu sein.«

Kirk bemühte sich, ruhig zu bleiben. »Dann wissen Sie also, daß wir es nicht mit einer Starfleet-Waffe zu tun haben.«

»Natürlich.«

»Bei früheren Gelegenheiten schienen Sie zu zögern, das zuzugeben«, sagte Spock.

»Da hatten Sie auch Ihre Befehle noch nicht erhalten.«

»Ich verstehe«, sagte Kirk.

»Und wie sieht nun Ihr Plan aus?«

»Das ist geheim.«

Spock wollte etwas sagen, entschied sich dann aber dagegen.

»Nun kommen Sie, Kirk«, meinte Kent.

»Nun kommen Sie, Mr. Kent. Sie haben Ihre Geheimnisse für sich behalten, alle Ihnen zur Verfügung stehenden Mittel ausgenutzt, um mich herumzustoßen, haben mich provoziert und beleidigt, und das alles nur, weil Sie etwas gegen Starfleet haben. Nun, Tatsache ist, daß Starfleet auch nicht besonders viel von Ihnen hält. Aus diesem Grund und einer Reihe anderer, von denen manche offiziell sind und andere nicht, bleibt mein Plan geheim.«

»Bravo«, sagte McCoy, salutierte mit seinem Glas und leerte es in einem Zug. Spock zeigte sich wie üblich ungerührt. Doch immerhin deutete eine hochgezogene Augenbraue an, daß er Kirks Ausbruch nicht billigte.

Kent wirkte überrascht, aber nicht verärgert. Vielleicht hatte er gerade bekommen, wonach er schon lange gesucht hatte: einen Vorwand, um Kirk ernsthafte Schwierigkeiten zu machen. Niemand sprach ungestraft so zu einem Ratsmitglied. Kirk erhob sich und sagte: »Wir brechen jetzt auf, Ratsherr. Vielen Dank für den lehrreichen Abend.«

McCoy und Spock standen ebenfalls auf und machten Anstalten, Kirk zu folgen, der die Tür schon fast erreicht hatte, als Kent sie aufhielt. »Ich weiß Ehrlichkeit zu schätzen, Captain, selbst wenn ich das unglückliche Zielobjekt bin.«

Kirk drehte sich um und sagte: »Das ändert gar nichts.«

»Das sollte es aber. Es bedeutet, Sie kommen nicht vor ein Kriegsgericht. Als Gegenleistung für diesen kleinen Gefallen möchte ich Sie ebenfalls um einen Gefallen bitten.«

Kirk mußte unwillkürlich lächeln. »Sie haben Nerven, das muß man Ihnen lassen.«

»Das hat man mir schon früher gesagt. Nehmen Sie wieder Platz?«

Spock und McCoy blickten zu Kirk hinüber, um zu sehen, wie er reagieren würde. Kirk war sich selbst nicht schlüssig. In seinem Kopf kämpften widersprüchliche Emotionen gegeneinander. Er empfand keine Sympathie für Kent oder das, was er repräsentierte. Aber wenn er jetzt einfach hinausmarschierte, würde das ziemlich kindisch wirken. Blieb er hingegen, konnte er das als moralischen Sieg verbuchen. »Gentlemen, setzen wir uns wieder.«

Kent zeigte sich erfreut. Er füllte ihre Gläser wieder, das von Spock aus einer Wasserkaraffe. Dann sah er Kirk direkt in die Augen. »Captain, ich möchte, daß Sie Hazel Payton mit auf Ihre Untersuchungsreise nehmen.«

Die Bitte verblüffte Kirk, und für einen Moment wußte er nicht, was er darauf antworten sollte. Er hatte keine Ahnung gehabt, worum Kent bitten würde, und dieses Ansinnen bestätigte, daß er tatsächlich zu allem fähig war. Es war einfach unglaublich. Und jedem am Tisch, sogar Kent selbst, war das völlig klar. Für Kirk gab es jedoch keinen Grund, verärgert zu reagieren oder sich gar zu rechtfertigen. Er konnte es sich leisten, höflich zu bleiben. »Es tut mir leid, aber das geht nicht.«

»Weshalb nicht?«

»Ich muß meine Entscheidungen nicht vor Ihnen rechtfertigen, Mr. Kent. Aber damit wir uns richtig verstehen, möchte ich Sie darauf hinweisen, daß die *Enterprise* kein Kreuzfahrtschiff ist, und die Mission, zu der wir morgen aufbrechen, wird auch keine Vergnügungsreise sein. Es wird gefährlich werden, und jedes einzelne Mitglied meiner Crew wird mit höchstem Einsatz arbeiten müssen, wenn wir alle lebendig zurückkehren wollen. Unter solchen Umständen wird jeder Zivilist, und insbesondere einer, dessen einzige Fähigkeiten im politischen Bereich liegen, zu unnützem Ballast. Habe ich mich verständlich ausgedrückt, Mr. Kent?«

»Genau aus den Gründen, die Sie anführen, muß diese Reise dokumentiert werden.«

»Wir haben unsere Logs, Sir.«

»Die sind nicht gut genug.«

»Gut genug für Starfleet.«

»Genau das meine ich.«

»Die Antwort lautet nein, Mr. Kent.« Kirk erhob sich wieder und sagte: »Gentlemen, ich glaube, diesmal sind wir wirklich länger als erwünscht geblieben. Gute Nacht, Mr. Kent.«

Während Kirk hinausging, hörte er, wie Spock und McCoy sich eilig verabschiedeten. Spock lobte noch einmal das von Kent zubereitete Essen. Und dann standen sie alle draußen im Korridor. Kirk empfand eine gewisse Hochstimmung wegen seines dramatischen Abgangs, aber er wußte, daß dieses Gefühl verfliegen und nur Ärger zurückbleiben würde. Ärger über Kent und dessen unverschämtes Ansinnen, und Ärger über sich selbst, weil er es zuließ, daß ihn dieses Ansinnen derart wurmte.

»Ich dachte schon, du würdest nie aufhören, für diesen Mann den Fußabstreifer zu spielen«, bemerkte McCoy.

»Ich bin mir gar nicht so sicher, ob das wirklich vorbei ist. Offensichtlich legt Kent großen Wert darauf, Ms. Payton auf die *Enterprise* zu schaffen. Ich fürchte, das letzte Wort in dieser Angelegenheit ist noch nicht gesprochen.«

»In der Tat, Captain. Wir wissen, daß er vorzügliche Kontakte zu den oberen Etagen von Starfleet hat. Sicher ist es nur eine Frage der Zeit, bis einer von ihnen von sich hören läßt.«

Die drei Männer schlenderten in Richtung des Transporters. »Natürlich gibt es immer noch die Möglichkeit der Meuterei«, meinte Kirk heiter.

»Sie sind schon jetzt als eine Art Freigeist bekannt, Captain«, erwiderte Spock. »Bisher haben Sie es aber immer noch geschafft, einen direkten Befehl nicht zu mißachten. Wollen Sie wirklich jetzt damit anfangen?«

»Keine Angst, Spock«, meinte McCoy. »Ich glaube, der Captain gibt sich nur ein paar angenehmen Phantasievorstellungen hin.«

»Ich mache mir keine Sorgen, Doktor. Ich fürchte nur, Starfleet könnte einen seiner besten Kommandanten wegen einer Trivialität verlieren.«

»Danke, Mr. Spock«, sagte Kirk. »Aber es gibt keinen Grund zur Beunruhigung. Dr. McCoy hat recht, das war nur eine kleine Phantasievorstellung.«

»Und was wirst du jetzt tun?« fragte McCoy.

»Das Übliche, Pille. Immer das, was im Moment eine gute Idee zu sein scheint.«

Als sie zur *Enterprise* zurückkehrten, waren nur noch die Mitglieder der Wachmannschaft auf den Beinen. Bevor Kirk zu Bett ging, sah er noch ein paar Berichte durch und vergewisserte sich, daß das Schiff startklar war. Wie es häufig der Fall war, hatte Mr. Scott aus purer Begeisterung dafür gesorgt, daß jedermann an Bord die entsprechenden Vorbereitungen längst getroffen hatte.

Am nächsten Morgen war Kirk bereits angezogen, als die Brücke sich meldete. Admiral Nogura wollte mit ihm sprechen. Kirk knurrte. Er wußte zwar, was Nogura wollte, war aber nicht bereit, kampflos nachzugeben. »Ich nehme das Gespräch hier unten entgegen«, erklärte er dem Kommunikationsoffizier vom Dienst.

Einen Moment später tauchten die asiatischen Züge von Admiral Nogura auf dem Schirm auf. Er betrachtete seine vor ihm gefalteten Hände, als sei dort eine Botschaft verborgen. Dann hob er plötzlich den Kopf, als wäre er überrascht, Kirk vor sich zu sehen. »Ah, Kirk«, meinte er. Er schien tatsächlich etwas verlegen zu sein. Vielleicht wollte Nogura ihm keinen Befehl geben, sondern nur eine Bitte äußern. Falls das der Fall war, könnte Kirk immer noch gewinnen.

»Guten Morgen, Sir«, grüßte Kirk.

Es dauerte ein paar Sekunden, bis Nogura antwortete. Starbase 12 befand sich sehr weit draußen, und selbst ein Subraumsignal brauchte seine Zeit, um diese Entfernung zurückzulegen.

»Ist es Morgen bei Ihnen?« Nogura warf einen Blick auf ein Display. »Natürlich. Kann ja nicht anders sein.« Er lächelte über seine eigene Vergeßlichkeit. Leute, die Nogura nicht kannten, vermuteten mitunter, er sei schon ein wenig senil. Wenn sie sich dann mit ihm anlegten, mußten sie auf die harte Art erfahren, daß sie mit ihrer Einschätzung falsch lagen. »Wie stehen die Dinge, Kirk?«

»Ausgezeichnet. In weniger als einer Stunde sind wir unterwegs.«

»Gut. Gut. Ich habe mit Ratsmitglied Carter gesprochen.«

»Der Vorsitzenden des Komitees für Starfleet-Operationen?«

»Genau.« Nogura blickte unbehaglich drein. »Sie läßt Sie grüßen und bittet Sie um einen Gefallen.«

»Sie bittet mich, Hazel Payton mitzunehmen, wenn

sich die *Enterprise* auf die Suche nach der geheimnisvollen Waffe begibt.«

»Ja.«

»Admiral, ich habe diese Sache bereits mit Mr. Kent durchgesprochen. Diese Mission dürfte sehr wahrscheinlich höchst gefährlich werden, und dabei ist kein Platz für eine Zivilistin mit einer Kamera im Kopf.«

»Genau das habe ich auch Ms. Carter gesagt. Nehmen Sie Payton mit?«

Kirk bezweifelte, daß Nogura Ms. Carter etwas Derartiges gesagt hatte. »Sie können mir befehlen, sie mitzunehmen.«

»Verdammt, Jim, zwingen Sie mich nicht dazu. Wir würden dann beide nicht besonders gut dastehen. Ich sage nur, daß Ms. Carter und ihre Freunde Starfleet in eine sehr unangenehme Lage bringen können.«

Kirk trommelte mit den Fingern auf dem Tisch, sagte aber nichts.

»Hören Sie zu, Jim, ich kann mir vorstellen, wie Sie sich fühlen. Tatsache ist aber, daß es Starfleet helfen würde, wenn Sie Ms. Payton mitnehmen. Lassen Sie sie mit ihrem Implantat aufnehmen, was immer sie will, dann demonstrieren wir auf diese Weise Mr. Kent, Ms. Carter und dem Rest der Föderation, daß Starfleet nichts zu verbergen hat.«

»Damit würden wir aus Kents Kreuzzug die Luft rauslassen.«

»Genau.«

»Trotzdem ist es eine gefährliche Mission.«

»Ms. Payton hat bereits eine entsprechende Erklärung unterschrieben. Sie erwartet nicht, verhätschelt zu werden.« Nogura sah Kirk direkt an. Sein Lächeln war verschwunden. Offenbar hielt er diese Angelegenheit für wichtig, und vielleicht war sie das auch. Zu seinem Leidwesen mußte sich Kirk eingestehen, daß er die Richtigkeit von Noguras Argumentation einsah.

»Also schön, Sir«, sagte Kirk.

»Sehr gut. Viel Glück, Kirk.«

»Noch etwas, Admiral.«

»Ja, Kirk?«

»Haben Sie in letzter Zeit irgend etwas von den Klingonen gehört?«

Nogura grinste. »Sie wollen wissen, wie sie Kents Erklärung, keine Föderationswaffe sei für das Verschwinden der Schiffe verantwortlich, aufgenommen haben.«

»Demnach haben Sie also von ihnen gehört?«

»In der Tat. Und wie Sie sich vermutlich denken können, haben sie Mr. Kents kleinen Scherz sehr schlecht aufgenommen. Damit sie mit ihrem Geschrei aufhörten, waren wir gezwungen, ihnen zu beweisen, daß auch Föderationsschiffe verschwunden sind. Dann verlangten sie, aus Ihrer Mission ein Gemeinschaftsunternehmen zu machen.«

Kirk versteifte sich. Die Vorstellung, ein Klingone, selbst ein klingonischer Wissenschaftler, könnte frei auf seinem Schiff herumlaufen, war erschreckend. »Wie wurde letztlich entschieden?«

»Wir haben sie überredet, ein komplettes Log Ihrer Mission zu akzeptieren, einschließlich aller wissenschaftlichen Daten und sämtlicher Geistesblitze, die jemand aus Ihrem Stab vielleicht hat.«

Kirk stieß den unbewußt angehaltenen Atem aus. »Jemand, der glaubt, es sei eine lustige Idee, mit seinen Gegnern Spielchen zu treiben, ist nicht unbedingt der Mann, den ich als Präsidenten sehen möchte. Und erst recht gefällt es mir nicht, wenn so jemand darüber entscheidet, wen ich an Bord meines Schiffes lassen soll.«

»Was die Präsidentschaft angeht, so kann ich nichts dazu sagen, Kirk, aber soweit es Ms. Payton betrifft, fürchte ich, sitzen wir fest. Sonst noch etwas?«

»Nein, Sir.«

»Sehr schön. Nogura Ende.«

Kirk rief die Brücke und bat den Kommunikationsoffizier, Ms. Payton die besten Empfehlungen des Captains zu übermitteln und sie zu bitten, sich, sobald es ihr möglich wäre, an Bord einzufinden. Die *Enterprise* werde um neun Uhr Schiffszeit ablegen, und wer dann nicht an Bord sei, werde zurückgelassen.

Trotz der Tatsache, daß Kirk nichts von dem, was er sich vorgenommen hatte, erreicht hatte, war er erleichtert, daß die Angelegenheit damit erledigt war. Er mußte sich nicht weiter mit Kent auseinandersetzen, sondern konnte sich auf die *Enterprise* konzentrieren und dafür sorgen, daß die Crew heil zurückkehrte. Möglicherweise hatte Nogura recht mit den Aufzeichnungen, die Payton mit Sicherheit machen würde; und selbst wenn nicht, sollte sie ruhig alles aufnehmen und dann damit machen, was sie wollte.

Kirk fuhr mit dem Turbolift zur Brücke, wo trügerische Ruhe herrschte. Die Luft war mit Spannung aufgeladen, wie stets kurz vor dem Beginn einer Mission. Alles, was zu tun war, war längst erledigt, und nun lag es bei Kirk, das Signal zu geben, der *Enterprise* den einen leichten Stoß zu versetzen, der sie über die Klippe und in die Leere schickte.

Kirk ließ sich auf dem Kommandosessel nieder und spürte förmlich, wie sich die Zügel in seiner Hand strafften, als die Abteilungen nacheinander Bereitschaft meldeten. Auf dem Hauptschirm hing Starbase 12 vor der samtenen Schwärze des Alls.

Hinter ihm sagte Uhura: »Ms. Payton hat gerade um Erlaubnis gebeten, an Bord beamen zu dürfen.«

»Erteilt. Und Professor Omen?«

»Der Professor ist vor einer halben Stunde hergebeamt worden, zusammen mit einer halben Tonne Ausrüstung, wie Mr. Kyle es ausgedrückt hat.«

»Ich bin sicher, Mr. Kyle übertreibt«, bemerkte Spock.

Es wäre zumindest höflich gewesen, wenn Omen

um Kirks Erlaubnis nachgesucht hätte, an Bord kommen zu dürfen. Offensichtlich hielt er jedoch nichts von derartigen Feinheiten. »Wo ist der Professor jetzt?«

»Im physikalischen Labor. Fähnrich Plumtree hilft ihm dabei, seine Ausrüstung aufzubauen.«

»Schön. Geben Sie ihnen Bescheid, daß wir in fünf Minuten starten.«

»Aye, Captain.«

Der Turbolift öffnete sich zischend, und einen Moment später erschien Payton neben Kirk. Sie schwenkte ihren Kopf langsam, als wäre sie selbst eine Kamera. Sogar in dem gedämpften Licht der Brücke funkelte der sensorische Verstärker in ihrem Haar.

Spock vertrat die Ansicht, Payton hätte sich mit der Implantierung des Gerätes selbst verstümmelt. Doch Kirk konnte eine gewisse Logik darin erkennen – er mußte bei dem Wort unwillkürlich lächeln –, wenn man augenblicklichen Zugriff auf Informationen hatte oder in der Lage war, auch unter schwierigen oder lebensbedrohenden Umständen Aufzeichnungen zu machen. Das hieß keineswegs, daß er Payton gerne auf dem Schiff sah. Aber andererseits war das immer noch besser, als einen Klingonen auf sein Schiff zu lassen.

Sulu und Chekov sahen zu Kirk hinüber, bereit, seinen Anweisungen zu folgen. Die Tatsache, daß sie praktisch um Anweisungen baten, zeigte deutlich, daß sie sich durch die Anwesenheit der Frau ebenso gestört fühlten wie Kirk selbst.

Kirk nickte ihnen beruhigend zu, und sie wandten sich wieder ihrer Arbeit zu. »Ms. Payton, Sie lenken meine Mannschaft ab.«

»Das möchte ich nicht, Captain. Aber wenn ich eine komplette Aufzeichnung dieser Reise machen soll, muß ich mit dem Start anfangen.«

Nach ihren eigenen Maßstäben hatte sie damit natürlich recht. Und nach Noguras Ansicht ebenfalls. Kirk hatte die Situation zwar akzeptiert, doch jetzt, wo er sich tatsächlich damit konfrontiert sah, fiel es ihm schwer, sich damit abzufinden. »Also gut. Aber versuchen Sie, niemandem im Weg zu stehen.«

»Ja, Captain.«

Hatte Payton gerade gelächelt? Genoß sie sein Unbehagen? Das Lächeln störte ihn, und vielleicht hatte genau das in Paytons Absicht gelegen. Sie arbeitete für Kent, und obgleich das nicht unbedingt bedeutete, daß sie auch seine Einstellung gegenüber Starfleet teilte, konnte er sich auch nicht auf ihre Loyalität verlassen, nur weil sie mit Commodore Favere verbunden war. Vielleicht hielt sie ihn ja einfach nur für die Ausnahme von der Regel.

»Captain«, meldete Sulu, »noch eine Minute bis zum Start.«

»Danke, Mr. Sulu. Haben wir Startfreigabe, Lieutenant Uhura?«

»Alles klar, Captain.«

»Sehr schön. Mr. Sulu, alle Traktorstrahl-Verankerungen lösen.«

»Traktorstrahl-Verankerungen sind gelöst.«

»Steuermann, mit einem Viertel Impulskraft voraus.«

»Ein Viertel Impulskraft liegt an, Sir.«

Starbase 12 und die *Enterprise* wurden zu einem simplen Beispiel von Relativität. Kirk spürte nichts, doch auf dem Schirm glitt die Starbase langsam zur Seite und machte den Sternen Platz. Ein paar Minuten später meldete Chekov: »Wir sind von Starbase 12 frei und können Fahrt aufnehmen.«

»Kurs auf Sektor 412 liegt an?«

»Aye, Sir.«

»Flugdauer?«

»Sechs Stunden, dreiundzwanzig Minuten bei Warp vier.«

»Danke, Mr. Chekov. Mr. Sulu, Warpantrieb einschalten. Warp vier nach Sektor 412.«

»Aye, Captain.«

Die Warptriebwerke nahmen ihre Arbeit auf, und Kirk spürte eine harmonische Vibration in seinen Knochen, die so subtil war, daß er sich darauf konzentrieren mußte, um sie überhaupt wahrzunehmen. In ein paar Minuten würde er gar nicht mehr daran denken, würde die Vibration zu einem Teil seiner selbst geworden sein. Doch im Moment empfand er diesen Baßton wie einen Donner, der seinen ganzen Körper erfüllte.

Kirk erhob sich. »Mr. Spock, begleiten Sie mich zum physikalischen Labor?«

»Aye, Captain.« Spock drückte ein paar Tasten an seinem Kontrollpult und folgte Kirk zum Lift.

Mit leichter Verärgerung bemerkte Kirk, daß Payton sich ihnen anschloß. »Wollen Sie jetzt auch noch aufzeichnen, wie Mr. Spock und ich Professor Omen begrüßen?«

»Ja.«

Die Antwort klang völlig arglos, trotzdem fiel es Kirk immer noch sehr leicht, Paytons Haltung zu mißbilligen. »Also schön«, seufzte er. Wenn Ms. Payton sich weiterhin um solche Belanglosigkeiten kümmerte, würde sie kaum Admiral Noguras Zweck dienen, mochte aber andererseits zu beschäftigt sein, um Kirk und seine Leute bei der Arbeit zu stören. Sollte Conrad Franklin Kent doch selber zusehen, wie er einen Bericht aus Begrüßungsszenen und Small talk im Aufenthaltsraum zusammenstellte.

6

Das Schweigen im Turbolift machte Kirk nervös. Zu gern hätte er Spock gefragt, ob er begeistert sei, Professor Omen nun doch noch zu begegnen – derartig harmlose Sticheleien stellten ein Vergnügen dar, das sowohl er wie McCoy genossen –, doch solange Payton mit von der Partie war, war so etwas fehl am Platze. Vermutlich würde es noch dahingehend interpretiert, daß bei Starfleet Offiziere schlecht behandelt werden.

Spock sah Kirk nachdenklich und mit einer hochgezogenen Augenbraue an. Kirk hatte den starken Verdacht, daß Spock die verbalen Auseinandersetzungen mit ihm und McCoy mochte und genauso über Kirks Schweigen enttäuscht war wie der Captain selbst. Schließlich war der Raum zwischen den Sternen gewaltig, und selbst mit Warpgeschwindigkeit mochte ein Raumschiff Wochen und Monate unterwegs sein, ohne etwas Interessanterem als einem Wasserstoffatom zu begegnen. Entspannung mußte man dort suchen, wo man sie finden konnte. Und das Schärfen der Schlagfertigkeit war eine willkommene Ablenkung, auch vom Lesen, dreidimensionalem Schach oder dem Training im Sportraum.

Die Fahrt mit dem Lift war nur kurz, da sich die wissenschaftlichen Labors auf dem Deck direkt unterhalb der Brücke befanden. In der Zeit, die sie brauchten, um Deck zwei zu erreichen, überlegte sich Kirk eine Möglichkeit, wie er es Payton heimzahlen könnte. Vor den Türen des Physiklabors blieb Kirk stehen und sagte:

»Ms. Payton, soweit es mich betrifft, können Sie überall im Schiff Ihre Aufnahmen machen, aber Professor Omen ist Zivilist, kein Mitglied von Starfleet. Ich würde empfehlen, ihn um seine Erlaubnis zu fragen, bevor Sie irgend etwas aufzeichnen.« Wenn Omen tatsächlich so verschlossen war, wie es den Anschein hatte, würde Payton diese Erlaubnis vermutlich niemals erhalten.

Payton nickte.

Nachdem sie eingetreten waren, blieben sie an der Tür stehen und schauten sich in dem weitläufigen Raum um. Eine Wand wurde von einem großen Fenster eingenommen, das sich so einstellen ließ, daß es jede der Föderationswissenschaft bekannte Strahlung und jedes Partikel wahlweise durchlassen oder abblocken konnte. Normalerweise wurde alles ausgefiltert, was eine Gefahr darstellte. Der Raum war mit großen Maschinen angefüllt, gewaltigen Bildschirmen, Zähl- und Sortiermaschinen sowie Analysatoren, neben denen die Menschen, die auf der anderen Seite des Raumes an einem dieser Geräte arbeiteten, zwergenhaft wirkten. Einer der beiden Männer trug das blaue Hemd der Wissenschaftsabteilung, der andere einen einfachen grauen Overall.

»Haben Sie auch alles gut aufgezeichnet, Ms. Payton?« fragte Spock.

Kirk wußte, Spock würde es leugnen, doch er vermutete sehr, daß der Vulkanier die Bemerkung sarkastisch gemeint hatte. Wie auch immer, dem Vulkanier gelang es jedenfalls, Payton zu verblüffen. »Wie, äh, ja, danke.«

Die beiden Männer blickten nicht auf, als Spock, Kirk und Payton näher kamen. Kirk war Plumtree schon ein- oder zweimal begegnet. Er war ein dünner Mann mit hellem Haar, das wie eine braune Wolke um seinen Kopf zu schweben schien. Er war zwar ein Mensch, stellte aber ständig die Miene einer besorgten Schildkröte zur Schau.

Ein paar Sekunden lang schauten sie zu, wie Omen und Plumtree eine Maschine an zwei Griffen hielten und die blitzende Sonde auf die Schaltkreise im Innern einer hohen Metallsäule richteten, die ihrerseits einen großen, von Strahlungsringen umgebenen Zylinder trug. Die Metallsäule besaß den Durchmesser eines Elefantenbeins. Die Sonde läutete jedesmal, wenn sie aufblitzte, wie eine winzige Glocke.

»Kann ich helfen?« fragte Spock.

Der ältere der beiden Männer, derjenige, der den Overall trug, schaute hoch und bemerkte Kirk, Spock und Payton offenbar jetzt erst. Er war etwas kleiner als der Durchschnitt, besaß einen muskulösen Körper und das Gesicht eines entschlossenen Fauns. Bärte waren momentan in der Föderation nicht besonders populär, doch dieser Mann trug einen. Er umrahmte schwarz sein Gesicht und verlieh ihm ein düsteres Aussehen. Selbst sein freundliches Lächeln konnte Kirks Eindruck nicht mindern, daß dieser Mann – offensichtlich Professor Omen – üblicherweise einen Weg fand, das zu bekommen, was er wollte, und daß er sich dabei wegen der Methoden, mit denen er sein Ziel erreichte, keine großen Gedanken machte. Kirk fragte sich kurz, wer wohl gewinnen würde, wenn es zu einer Auseinandersetzung zwischen Omen und Payton käme.

»Nein, vielen Dank, wir schaffen das schon.« Es war die gleiche, kultivierte Stimme, die mit Bahia Slocum gesprochen hatte. Omen klang ein wenig müde, als wäre es schwierig, mit Sterblichen zu sprechen, und eigentlich auch gar nicht der Mühe wert. Er und Plumtree zogen die Sonde heraus, und Omen drückte auf einen Knopf, der die Abdeckung herabsenkte.

Kirk hieß Omen offiziell willkommen und stellte dann sich und Mr. Spock vor. Als die Reihe an Payton kam, schüttelte sie Omen die Hand und sagte: »Wie geht es Ihnen, Professor? Ich benutze mein Schädelimplantat, um die Suche nach dem, was unsere Schiffe vernichtet, aufzuzeichnen. Ich hoffe, Sie gestatten mir, auch jene Teile zu verwenden, in denen Sie aufgenommen werden.« Sie wartete, ohne ihn aus den Augen zu lassen.

Omen sah sie einfach nur an. Er hatte die schwärzesten Augen, die Kirk je gesehen hatte; sie schienen die Oberfläche zu durchdringen, in ihren Verstand, ihre Seele zu blicken. Payton war gewiß eine schöne Frau, doch Omen schien ihre Schönheit gar nicht zu registrieren. Er betrachtete sie eher, wie er ein natürliches Phänomen studieren würde, das er zum erstenmal sah. Es war ein machtvoller Blick, und Payton mußte die Augen niederschlagen.

Kirk erwartete, er werde Paytons Bitte ohne Umschweife ablehnen, doch statt dessen sagte Omen: »Aber natürlich, meine Liebe. Auch der Nachwelt muß gedient werden.«

»Vielen Dank.«

»Nun, Professor«, sagte Kirk, »haben Sie eine Vorstellung, wonach wir eigentlich suchen?«

»Theoretisieren ohne die nötigen Daten ist stets ein fruchtloses Geschäft, Captain. Ich habe gewisse Verdachtsmomente. Mehr nicht.«

»Mr. Spock nimmt eine ähnliche Haltung ein, was das Theoretisieren angeht. Ich bin sicher, Sie beide werden gut miteinander auskommen.«

Nun richtete sich Omens Blick auf Spock. Spock hielt ihm stand – das unverrückbare Objekt unter der unwiderstehlichen Kraft von Omens Blick. »Sie sind Vulkanier, nicht wahr?« fragte Omen.

»Ja.«

»Vulkanier sind für ihre pazifistischen Ansichten bekannt. Es überrascht mich jedesmal, wenn einer von ihnen auf einem Kriegsschiff Dienst tut.«

»Die *Enterprise* ist kein Kriegsschiff, Sir. Unsere Mission ist friedlicher Natur. Wir erforschen die Galaxis, helfen, wenn wir können, und tragen die Zivilisation der Föderation zu jenen, die sie haben möchten und denen sie nützt.«

»Sie vergessen, daß ich die Waffen dieses Schiffes entworfen habe, Mr. Spock. Ich erkenne ein Kriegsschiff, wenn ich eines sehe.«

»Ihre Haltung ist höchst ungewöhnlich.«

»Das mag schon sein.«

Omen war offensichtlich nicht einer Meinung mit Spock, schien aber auch nicht bereit, darüber zu diskutieren – möglicherweise aus dem gleichen Grund, aus dem er so müde klang. Vielleicht langweilte ihn einfach alles, was sich nicht auf eine Gleichung reduzieren ließ. Doch weder Omens Langeweile noch seine Intelligenz erklärten die Haltung, die Spock als ›höchst ungewöhnlich‹ bezeichnet hatte. Kirk hoffte, sie wäre tatsächlich ungewöhnlich, denn sie erinnerte ihn sehr an Kents Einstellung. Starfleet war offenbar dort von Gegnern umgeben, wo man hätte erwarten können, Freunde zu finden.

Um das Thema zu wechseln, sagte Kirk: »Mr. Kent hat den Eindruck erweckt, Sie verfügten über Informationen bezüglich der verschwundenen Schiffe, die über einen Verdacht hinausgehen.«

Für einen Moment zeigte sich ein Lächeln auf Omens Lippen. »Ich weiß nur, daß die eingesetzte Waffe nicht der Föderation gehört.«

»Ich verstehe. In dem Punkt stimmt Mr. Kent immerhin mit Ihnen überein. Aber er hat mir versichert, Sie hätten einige Theorien entwickelt.«

»Mr. Kent und ich haben kurz über das Problem gesprochen. Vielleicht ist er dabei zu Schlußfolgerungen gelangt, die mir entgangen sind.«

Kirk hielt Omens Vermutung für unwahrscheinlich. Hatte Kent gelogen oder sich lediglich geirrt? Log Omen jetzt? Unter diesen Umständen war das kaum zu entscheiden. Kirk wußte nur, daß er es nicht leiden konnte, angelogen zu werden, ganz gleich, wer der

Lügner war und welche Gründe er haben mochte. Omens Unwissenheit kam ihm jedenfalls verdächtig vor.

Aber wenn er Omen nicht zur Sicherheitsabteilung zerren und einen Lügendetektortest durchführen lassen wollte, blieben ihm nur wenige Möglichkeiten, von denen ihm zudem die meisten auch nicht besonders gefielen. Er konnte sich mit Omen streiten, Kent eine wütende Nachricht schicken oder die Situation auf sich beruhen lassen. Kirk war nicht gerade ein von Natur aus geduldiger Mensch, trotzdem erkannte er, wann eine Lage aussichtslos war. Er konnte lediglich hoffen, mehr in Erfahrung zu bringen, wenn er Augen und Ohren offen hielt. »Schon möglich«, sagte er. »Aber ich möchte Ihnen zu dem neuen Schildgenerator gratulieren.«

Mit überraschendem Widerwillen sagte Omen: »Danke, Captain.«

»Ich würde gerne erfahren, wie Sie ein Feld von dieser Dichte und Stärke geschaffen haben«, erklärte Spock. »Die Unterlagen bleiben in diesem Punkt eher vage, aber ich nehme an, Sie haben eine Möglichkeit gefunden, wie man die Polarisierung der Schirmfelder ändern kann.«

Zum erstenmal wirkte Omen sichtlich angetan, aber jetzt ging es ja auch um ein technisches Problem. »Nein, Mr. Spock. Tatsächlich habe ich eine viel elegantere Lösung gefunden. Statt das Feld sprunghaft zu ändern, wie man es früher beim elektrischen Strom gemacht hat, schalte ich das Feld in jeder Nanosekunde Tausende von Malen ein und aus.«

»Ich verstehe. Auf diese Weise ist der Generator in der Lage, ein stärkeres Deflektorfeld zu errichten, ohne daß dabei die Schaltkreise ausbrennen. Sie müssen die Delta Hyperdyne modifiziert haben.«

»Ganz genau, Mr. Spock. Sehen Sie her.« Er ging zu einem Computerterminal und tippte rasch etwas ein.

»Wie Sie sehen, wird das dritte Integral unbestimmt, wenn die Subfrequenz hoch genug liegt.«

Spock nickte. »Wirklich hervorragend.«

»Meine Herren«, sagte Kirk, »ich würde gerne noch bleiben und dabei zuschauen, wie Sie die mathematischen Gefilde durchstreifen, aber ich muß mich auch noch um mein Schiff kümmern. In weniger als sechs Stunden erreichen wir Sektor 412. Sind Sie bis dahin bereit, Ihr Sensorennetz auszuwerfen, Professor?«

»Wenn Sie auf Mr. Spock verzichten können.«

Kirk wertete es als Sieg, daß Omen immerhin weit genug aufgetaut war, um Spock als wertvollen Mitarbeiter zu akzeptieren. »Ich nehme an, für ein paar Stunden werden wir ohne ihn auskommen. Ms. Payton, was haben Sie vor?«

»Ich würde gern noch eine Weile bleiben und zusehen.«

»Sehr schön.«

Während Kirk allein zur Brücke zurückkehrte, dachte er über das Nest aus Rätseln nach, in dem er sich befand. Das wichtigste Rätsel war natürlich jenes der verschwundenen Schiffe. Doch darum drängte sich eine Schar unbedeutender Rätsel, von denen ein jedes ebenfalls nach einer Antwort verlangte. Wer log worüber und warum? Weshalb hatte Professor Omen, ein Mann, der die Öffentlichkeit so sehr scheute, daß er nicht einmal auf einer zu seinen Ehren gegebenen Dinnerparty erschien, es Payton erlaubt, seine Aktionen aufzuzeichnen? Und weshalb hatte er beinahe ausgespuckt, als Kirk ihm zum erfolgreichen Test der neuen Schilde gratulierte?

Ein paar Stunden später erschienen Spock und Omen auf der Brücke. Der Jargon, in dem sie sich unterhielten, klang so technisch, daß Kirk bestenfalls eines von drei Wörtern verstand; und selbst das, was er verstand, bezog sich auf Dinge, an die er sich nur sehr undeutlich aus seiner Zeit an der Akademie erinnern konnte. Payton folgte mit respektvollem Abstand, ließ sich aber nichts entgehen. An Spocks Konsole begannen die beiden Männer damit, die Sensoren so einzustellen, daß sie die im Physiklabor untergebrachten Geräte ausnutzen konnten.

»Wir erreichen Sektor 412 in zehn Minuten, Captain«, meldete Chekov.

»Sehr gut. Mr. Spock, sind Sie und der Professor fertig?«

»Aye, Captain.«

»Sulu, sobald wir den Sektor erreichen, gehen Sie auf volle Impulskraft herunter.«

»Aye, Captain.«

Auf dem Hauptschirm war die sternerfüllte Leere zu sehen. Kirk wußte, daß die Sinne der *Enterprise* bald weit in diese Leere hinausreichen würden, daß sie fühlen, sehen und hören würden, auf vielen Frequenzen und Ebenen. Wenn es etwas dort draußen gab, würden Spock und Omen es finden; dessen war sich Kirk sicher. Weniger sicher war er allerdings, ob die *Enterprise* auch damit fertig werden würde. Raumschiffe, die spurlos verschwanden, waren ganz offensichtlich etwas sehr Mächtigem und Ungewöhnlichem begegnet.

Für eine Weile war jeder auf der Brücke so wachsam wie Seeleute, die darauf warten, endlich Land zu erblicken. Doch mit der Zeit ließen Spannung und Erwartung nach. Chekov meldete regelmäßig, wenn ein Sektor überprüft war und hinter ihnen lag, und die Menschen empfanden schließlich Langeweile bei dem sich ständig wiederholenden Vorgang.

Payton verließ die Brücke – auf der Jagd nach aufregenderem Stoff für ihr Implantat, vermutete Kirk. Die Suche ging weiter.

»Maschinenraum an Captain Kirk.«

»Kirk hier, Scotty. Was gibt's?«

»Es geht um diese Frau, Captain. Sie läßt meine Leute nicht in Ruhe. Wenn ich es nicht besser wüßte, würde ich sagen, sie bringt sogar die Maschinen durcheinander.«

Kirk lächelte. »Hält sie tatsächlich jemand von der Arbeit ab?«

»Nein, Sir, aber sie macht alle nervös. Wir sind Ingenieure, keine Schauspieler.«

»Benehmen Sie sich einfach wie immer, Scotty. Ignorieren Sie sie, wenn das möglich ist!«

»Aye, Captain«, meinte Scott unsicher.

Die Suche dauerte den ganzen Tag an, wobei Kirk wenig zu tun blieb. Hin und wieder wurde die Ruhe durch den Anruf eines Sektionsleiters durchbrochen, der sich darüber beschwerte, daß Payton überall auftauchte, Fragen stellte und alles aufzeichnete, was die Besatzung tat. Und jedesmal sagte Kirk mehr oder weniger das gleiche, was er auch Scott schon geraten hatte. Es ärgerte ihn, so etwas seiner Crew zumuten zu müssen, doch Nogura vertrat die Ansicht, daß es Starfleet nützte; und die Ansichten eines Admirals waren zu respektieren.

Die Wache wechselte, und die Nachtschicht erschien zum Dienst. Spock stellte die Sensoren auf Automatik. Wenn sie irgend etwas entdeckten, was sie nicht identifizieren konnten, würden er und Omen sofort alarmiert werden.

Kirk begab sich mit dem Rest der Tagschicht zur Offiziersmesse. Dort traf er McCoy, der gelangweilt einen Kaffee schlürfte. Kirk holte sich Hackbraten und Kaffee vom Replikator und nahm ihm gegenüber Platz. »Was ist los, Pille? Hast du einen Zungenspatel verloren?«

»Ich habe nur Ms. Payton und ihr Implantat durch die Krankenstation geführt.«

Kirk setzte eine strahlende Miene auf. »Das kann dir doch nicht unangenehm gewesen sein, Pille. Ms. Payton ist schließlich eine sehr hübsche Frau.«

»Impertinent ist sie. Sie hat nach allem und jedem gefragt – meinen Behandlungsmethoden, meiner Ausrüstung, meinem Stab. Ihrer Ansicht nach ist alles, was wir haben, entweder zu teuer, veraltet oder noch nicht gründlich genug getestet. Wenn man ihren Worten glaubt, ist die modernste medizinische Einrichtung von Starfleet eine reine Schreckenskammer. Schließlich bin ich abgehauen.«

»Ja, das sehe ich.«

»Jetzt steckt sie drüben mit dem bärtigen Mann zusammen. Ich wußte gar nicht, daß Bärte erlaubt sind.«

Kirk warf einen Blick in die Richtung, die McCoy angedeutet hatte. »Das, mein lieber Doktor, ist Professor Omen.« Payton und Omen flüsterten intensiv miteinander.

»Spock muß sich ja wie im siebten Himmel fühlen.«

»Schwer zu sagen.«

»Ja.« McCoy nahm noch einen Schluck Kaffee. »Was glaubst du, worüber sie reden?«

Genau das hatte Kirk auch schon überlegt. Möglicherweise interviewte Payton den Professor nur, doch dafür hatte das Gespräch den falschen Rhythmus. Ein Interview bestand üblicherweise aus kurzen Fragen und langen Antworten. Payton schaute sich ständig um, während sie und Omen kurze, rasche Sätze wechselten. Doch nicht einmal als Captain des Schiffes fühlte sich Kirk berechtigt, sich nach dem Inhalt eines privaten Gesprächs zu erkundigen.

»Wahrscheinlich hecken sie einen Putsch in der Föderation aus«, meinte McCoy.

»Wahrscheinlich nicht. Hör zu, Pille, mir gefällt es auch nicht, sie um mich zu haben. Aber Payton ist Gast von Starfleet und Omen der angesehenste Waffenexperte der Föderation. Sie haben das Recht, hier zu sein, und jeder von ihnen erfüllt eine bestimmte Funktion.« Er dachte daran, wie Payton und Kent ihre kleine Dokumentation zusammenstellten. »Hoffe ich jedenfalls.«

»Über Omen weiß ich nichts, aber Paytons Funktion besteht offensichtlich darin, uns alle in den Wahnsinn zu treiben.«

»Jetzt übertreibst du.«

»Gib ihr noch ein paar Tage, dann wirst du schon sehen, ob ich übertreibe.«

Als Kirk zu Bett ging, rechnete er damit, jeden Moment wieder auf die Brücke gerufen zu werden. Er lag mit offenen Augen auf seinem Bett. Doch nichts geschah, und nach einer Weile benutzte er eine vulkanische Technik, die Spock ihm beigebracht hatte, und konnte endlich einschlafen.

Als Kirk am nächsten Morgen auf der Brücke erschien, waren Spock und Omen bereits damit beschäftigt, minimale Modifikationen in den Mustern und der Sensitivität des Sensorennetzes vorzunehmen. Payton war ebenfalls da und zeichnete alles mit ihrem Implantat auf.

Er hatte kaum Platz genommen, als Spock meldete: »Captain, wir haben etwas.«

Jeder Muskel in Kirks Körper spannte sich. »Auf den Schirm.«

Das Bild wechselte, und der Schirm zeigte etwas, das wie ein langsam näher kommender Felsen aussah. Kirk betrachtete es einen Moment lang und fragte dann: »Was ist das, Spock?«

Blaues Licht fiel auf Spocks Gesicht, als er sich über das Sensordisplay beugte. »Ein Asteroid von schätzungsweise fünf Kilometern Durchmesser. Er besteht hauptsächlich aus Eisen, Nickel und einigen Spuren von Blei. Die Sensoren registrieren außerdem, daß er auch noch über eine künstlich hergestellte Ausstattung verfügt.«

»Was für eine Ausstattung?«

»Unbekannt, Captain. Die Daten geben keine eindeutigen Werte.«

»Fünffache Vergrößerung«, befahl Kirk.

Das Bild verschwamm kurz, und aus dem Felsen wurde ein Asteroid, besetzt mit Sensorschüsseln, Warpzylindern, Waffenbänken sowie Spitzen, Flächen und Vorsprüngen, die Kirk nicht einordnen konnte. »Das meiste von dem Zeug kann ich nicht identifizieren«, meinte er, »aber nach Alien-Technologie sieht es nicht aus.«

»Ganz recht, Captain. Es handelt sich eindeutig um menschliches Design.«

»Könnte es das sein, wonach wir suchen, Professor Omen?«

»Ich denke, dafür kann ich garantieren, Captain.«

Kirk drehte sich um. Omen stand neben Spock und betrachtete den näher kommenden Asteroiden mit einem sanften, fast glücklichen Ausdruck auf dem Gesicht.

»Dafür garantieren, Professor? Was soll das heißen?«

»Alles, was Sie dort sehen, Captain, habe ich selbst gebaut. Dieser Asteroid ist mein Heim.«

7

Kirk war so verblüfft, daß er einige Sekunden lang nicht wußte, was er sagen sollte. Während er verstohlen den Knopf an seiner Sessellehne berührte, der ein Sicherheitsteam auf die Brücke rufen würde, fragte er: »Ihr Heim?«

»Ja, Captain«, sagte Omen ruhig. »Ich nenne es *Erehwon*.«

»Nach der idealen Gesellschaft in Samuel Butlers gleichnamigem Buch, nehme ich an«, meinte Spock.

»Ausgezeichnet, Mr. Spock. Wie ich sehe, sind Sie ein rundum gebildeter Vulkanier.«

Kirk erinnerte sich plötzlich an Khan und seine Besessenheit, was John Milton anging. Warum interessierten sich die Verrückten grundsätzlich für die Klassiker? Vielleicht mußten sich übergroße Egos mit großen Werken identifizieren, damit sie sich überlegen fühlen konnten. Und möglicherweise glaubten sie auch, ihrem Anliegen dadurch mehr Glaubwürdigkeit zu verleihen.

Payton beobachtete alles mit großen, besorgt blickenden Augen, doch sie schien über Omens Aussage nicht überrascht zu sein.

»Der Asteroid hat gestoppt und befindet sich jetzt tausend Kilometer seitlich von unserem Kurs«, meldete Spock.

Omen stand weiterhin neben Spock, der eine Miene machte, als wäre Omen lediglich Teil eines zwar interessanten, aber nicht sehr wichtigen Spiels.

Kirk erhob sich und sah Omen direkt an. »Sie haben

gesagt, Sie wüßten nichts über das Verschwinden der Schiffe.«

»Nein, Captain, ich habe gesagt, die Waffe gehöre nicht der Föderation, was durchaus zutrifft. Sie gehört mir.«

Zwei Sicherheitsleute tauchten auf der Brücke auf. »Bringen Sie Professor Omen zur Arrestzelle«, befahl Kirk.

Einer der Sicherheitsleute nickte. Er und sein Kollege näherten sich dem Professor mit gezogenen Phasern.

»Der militärische Verstand arbeitet einfach lächerlich«, sagte Omen.

Mit einem einzigen, schnellen Druck auf die Schulter sorgte Spock dafür, daß Omen zu Boden sank.

»Danke, Mr. Spock. Und jetzt ab mit ihm in die Arrestzelle.«

Die beiden Sicherheitsleute nahmen Omen in die Mitte und schleppten ihn fort. Spock hatte sich unterdessen schon wieder über sein Sensordisplay gebeugt.

»Lächerlich ist, wer sich lächerlich verhält, nicht wahr, Spock?«

»Wie Sie meinen, Captain.«

»Etwas Neues von *Erehwon?*«

»Ich empfange minimale Energieabstrahlungen, deren Natur ich nicht identifizieren kann.«

»Sind wir in Gefahr?«

»Unbekannt, Captain, aber die erzeugte Energie ist sehr gering. Ich vermute, sie dient nur der Erhaltung des gegenwärtigen Status.«

»Ich verstehe. Hält sich jemand dort drüben auf?«

»Ich kann Bäume ausmachen sowie einige andere Pflanzen, die vermutlich dekorativen Zwecken dienen, aber kein intelligentes Leben.«

»Sehr schön. Mr. Sulu, übernehmen Sie die Brücke. Uhura, bitten Sie Dr. McCoy, mit Mr. Spock und mir zu den Arrestzellen zu kommen. Und er soll ein Medikit mitbringen.«

»Aye, Sir.«

Payton folgte Kirk und Spock zum Turbolift. Kirk wollte ihr untersagen, sie zu begleiten, entschied sich dann aber anders. Sie würde doch nur mit ihm streiten, und außerdem wollte er ihr ohnehin ein paar Fragen stellen.

Im Turbolift wandte sich Kirk an Payton. »Wieviel wissen Sie von alledem?«

Die Überraschung, die Kirk vorhin vermißt hatte, zeichnete sich jetzt auf ihrem Gesicht ab. »Wieso fragen Sie?« wollte sie wissen. Kirk war sich durchaus bewußt, daß alles, was einer von ihnen sagte oder tat, aufgezeichnet wurde. Allerdings hatte er seine Zweifel, ob Payton im Moment ebenfalls daran dachte. Sie wirkte ziemlich durcheinander.

»Zum einen hat Omen Ihnen gestattet, ihn aufzunehmen. Zum anderen schienen Sie darauf gewartet zu haben, daß der Asteroid oder etwas Ähnliches auftauchte.«

»Stellen Sie Professor Omen diese Fragen.«

»Das hat Mr. Kent auch immer gesagt.«

»Und ich sage es ebenfalls. Omen wird alles erklären.«

Kirk sah sie zweifelnd an.

»Wirklich«, meinte Payton.

Kirk spürte, daß sie einer Art Höhepunkt zusteuerten, und Payton mochte durchaus recht haben. Er würde seine Antworten schon bekommen, wenn nicht von Omen, dann spätestens, wenn sie *Erehwon* untersuchten. Mit der Ankunft bei dem Asteroiden war das Spiel beendet; jetzt noch Geheimnisse zu wahren wäre sinnlos. Kirk fragte sich, ob sie sich morgen um diese Zeit schon wieder auf dem Rückflug zur Starbase 23 und dem wohlverdienten Urlaub befinden würden. »Was meinen Sie, Spock?«

»Bis jetzt gar nichts, Captain. Außer, daß Professor Omen offenbar seine eigenen Beweggründe hat und auch über das notwendige technische Wissen verfügt, um sie in die Tat umzusetzen.«

»Bisher jedenfalls.«

»Ja, Sir. Allerdings muß ich darauf hinweisen, daß wir keine Ahnung haben, wozu sein Asteroid fähig ist.«

»Möchten Sie das kommentieren, Ms. Payton?«

Payton schlang die Arme um sich und lehnte sich an die Liftwand. Sie mochte wissen, was vor sich ging, aber Kirk hatte den Eindruck, daß sie nicht völlig damit einverstanden war. Dennoch zeichnete sie weiterhin auf, wenn auch im Moment offenbar nur den Boden des Turboliftes.

McCoy wartete am Arrestbereich auf sie. Er warf Payton einen angewiderten Blick zu und fragte: »Was ist los, Jim?«

»Es scheint, daß Professor Omen für das Verschwinden der Schiffe verantwortlich ist.«

»Was du nicht sagst«, meinte McCoy. Diese Enthüllung schien ihm zu behagen. »Ich hoffe, daß Kent auch mit drinhängt.« Er warf einen Blick durch das Sicherheitsfeld auf Omen, der schlafend auf der Pritsche lag.

»Ein Kommentar, Ms. Payton?« fragte Kirk.

Sie schüttelte den Kopf.

»Pille, würdest du Professor Omen aufwecken?«

»Was fehlt ihm denn?«

»Ich sah mich genötigt, ihn bewußtlos zu machen«, erklärte Spock.

»Der berühmte vulkanische Nervengriff. Ich verstehe.« Er nickte dem Sicherheitsmann neben der Tür zu, und das Kraftfeld verschwand mit einem scharfen Knacken. McCoy betrat die Zelle und berührte Omens Nacken mit einem Injektor. Es zischte, und einen Augenblick später setzte sich Omen benommen auf. Der Doktor blieb abwartend neben ihm stehen. Wie Kirk wußte, war für McCoy Patient gleich Patient; er machte da keine Unterschiede. Schließlich winkte McCoy die anderen herein, und hinter ihnen baute sich das Kraftfeld wieder auf.

»Wie fühlen Sie sich?« fragte Kirk den Professor.

»Ich lebe noch, Captain. Ich lebe noch. Wie ist das geschehen?«

»Wie Sie außer Gefecht gesetzt wurden? Fragen Sie Mr. Spock.«

»Es handelte sich lediglich um die Anwendung der Kenntnis menschlicher Physiologie«, erklärte Spock.

Omen lächelte schwach. »Aha, der vulkanische Nervengriff. Ich habe davon gehört, hätte aber nie erwartet, es selbst einmal zu erleben. Sehr interessant.« Er setzte eine nachdenkliche Miene auf.

Kirk wurde langsam ungeduldig. Ihm mißfiel, daß die Befragung langsam die Atmosphäre einer Teeparty annahm. »Wir wollen ein paar Antworten haben, Professor.«

»Ja. Ja, natürlich. Ich bin bereit, Ihnen alle Antworten zu geben, soweit Ihr Verständnis dafür ausreicht.«

»Danke«, sagte Kirk trocken. Er hatte schon oft genug mit sich überlegen fühlenden Passagieren zu tun gehabt.

»Aber vielleicht«, fügte Omen hinzu, »möchte ja Ms. Payton den Anfang machen.«

Payton machte ein erschrockenes Gesicht und ließ sich auf die Pritsche sinken. »Oh, ja, Ms. Payton, Sie können ja nicht frei agieren. Als Assistentin von Conrad Franklin Kent tragen Sie eine gewisse Verantwortung dafür, daß die Sache weitergeführt wird.«

»Die Sache, Ms. Payton?« fragte Kirk.

Payton erschauerte und krümmte sich noch mehr zusammen. »Wie Ihnen sicher bekannt ist, Captain, glaubt Mr. Kent, Starfleet wäre mehr daran interessiert, Kriege zu beginnen, als sie zu verhindern.«

»Ich habe seine Theorien gehört, Ms. Payton.«

»Er meint, das würde ihm helfen, Präsident der Föderation zu werden«, warf McCoy ein.

»Er ist Politiker«, erwiderte Payton. »Er entwickelt genauso automatisch einen Plan, Präsident zu werden, wie der Captain einen Schlachtplan entwickeln würde. Sich planlos abzumühen wäre ja auch idiotisch.«

»Schon gut«, meinte Kirk. »Wir kommen vom Thema ab. Was haben Mr. Kents Theorien mit dem Asteroiden dort draußen zu tun?« Er deutete mit dem Daumen zur Schiffswand.

Payton wartete ab, ob Omen etwas sagen würde. Als das nicht geschah, fuhr sie fort. »Mr. Kent hat kein Geheimnis aus seinen Empfindungen gemacht. Professor Omen kam zu ihm und bot ihm an, den Beweis zu liefern, daß seine Theorien richtig waren.«

»Was für einen Beweis?«

»Ich weiß es nicht. Ich glaube auch nicht, daß Mr. Kent es weiß.«

»Soweit es also Mr. Kent betrifft, sollte unsere Mission nicht darin bestehen, die neue Waffe zu finden, sondern zu Omens Asteroid zu gelangen«, sagte Kirk.

Payton schüttelte den Kopf. »Nicht genau. Ich wußte nichts von dem Asteroiden, und ich bezweifle, daß Mr. Kent davon wußte. Professor Omen sagte, er hätte den Beweis, und Mr. Kent hat mich ausgesandt, um ihn aufzuzeichnen. Das ist alles, was ich darüber weiß.«

»Merkwürdige Prioritäten setzt ihr Leute«, meinte McCoy.

»Ich hatte nicht die Absicht, die *Enterprise* von der Suche nach der Waffe abzuhalten. Und soweit Mr. Kent und ich wußten, hatte Professor Omen ebenfalls nicht diese Absicht.«

Trotz Paytons überzeugender Argumentation empfand Kirk zunehmende Abscheu. Wenn zu viele Menschen ihren eigenen, geheimen Beweggründen folgten, mußte irgend jemand versuchen, das ganze Durcheinander wieder zu entwirren. Kirk mißfiel der Gedanke, daß in diesem Fall vermutlich er selbst diese Aufgabe übernehmen mußte. »Wer sonst wußte von unserem wirklichen Ziel? Favere? Kent?«

Payton erklärte nervös, sie wisse es nicht. »Professor Omen und Mr. Kent stehen seit geraumer Zeit miteinander in Kontakt. Ich vermute, als sie von dem Verschwinden hörten, nahmen sie das als Anlaß, um uns alle hier draußen zusammenzubringen.«

»Weshalb hier draußen?«

»Um Teil von Professor Omens Beweis zu sein.«

»Den Sie noch immer nicht kennen«, bemerkte McCoy.

Kirk fragte sich, ob Payton tatsächlich in allen Punkten die Wahrheit sagte. Im Moment spielte das aber vermutlich gar keine Rolle. Wer was wann gewußt hatte, interessierte Kirk weitaus weniger als die Frage, was er jetzt, in dieser Situation, tun sollte.

Nach einem Moment des Schweigens sagte Spock: »Es scheint, Professor, daß Sie jetzt an der Reihe sind zu reden.«

Omen rieb sich die Stirn, und McCoy legte ihm eine Hand auf die Schulter. »Es geht schon, Doktor. Mein Kopf ist wieder ziemlich klar.«

»Also los«, sagte Kirk.

»Nur Geduld, Captain. Ich erzähle es Ihnen auf meine Weise, und ich nehme mir dafür soviel Zeit, wie ich brauche.« Er rieb sich über die Stelle, an der Spock ihn berührt hatte. »Seht interessant«, sagte er abermals. »Ich habe vor, den Beweis für Mr. Kents These zu liefern, indem ich ein altes Fehlurteil korrigiere.«

»Und das wäre?« fragte Kirk.

»Wie Sie wissen, Captain, habe ich den größten Teil meines Erwachsenenlebens damit zugebracht, die Föderation mit Waffen von großer Zerstörungskraft zu versorgen.«

Kirk war geneigt, dem entgegenzuhalten, daß diese Waffen zur Verteidigung eingesetzt worden waren, doch er wollte nicht schon wieder vom Thema ablenken. »Und das Fehlurteil?«

»Das bestand natürlich darin, diese Kriegswaffen überhaupt zu entwickeln. Ich habe meinen Fehler korrigiert, indem ich eine Waffe des Friedens konstruiert habe.« Er schloß die Augen halb und beugte sich zu Payton hinüber, um zu fragen, ob mit ihr alles in Ordnung wäre. Sie antwortete, es gehe ihr gut, und scheuchte ihn weg.

Kirk weigerte sich, auf Omens Ablenkungsmanöver zu reagieren, und offenbar hatte Spock den gleichen Entschluß gefaßt. Kirk war sicher, daß Omen die Erklärung nicht mehr sehr viel länger für sich behalten konnte. In wenigen Minuten würde alles aus ihm herausbrechen, das verlangte schon sein Ego von ihm.

»Erzählen Sie uns jetzt, wie Ihre Waffe des Friedens aussieht, oder sollen wir raten?« fragte McCoy.

Guter alter Pille.

Omen konnte sein Lächeln kaum unterdrücken. »Man könnte sagen, ich habe eine Art Mausefalle gebaut. Ich habe ein Aleph erfunden.«

Wieder warteten alle. Diesmal sagte McCoy nichts, sondern verschränkte nur die Arme.

Spock erklärte: »Cantor benutzte das Aleph, den ersten Buchstaben des hebräischen Alphabets, um damit die transfinite Zahl zu bezeichnen, deren Teile genauso groß wie das Ganze sind.«

»Sehr richtig, Mr. Spock. Es handelt sich also um ein altes kabbalistisches Symbol für die Gottheit. Man sagt auch, es stelle den Umriß eines Mannes dar, der gleichzeitig zum Himmel und zur Erde zeigt, um anzudeuten, daß die niedere Welt die höhere reflektiert.«

»Falls Sie die Absicht haben, unverständlich zu bleiben, muß ich sagen, daß Ihnen das gut gelingt«, meinte Kirk.

Omen sah Kirk nicht an, sagte aber verärgert: »Ich spreche über diffizile, abstrakte Dinge. Ich hatte gehofft, wenn ich sie zu der irdischen Kultur in Beziehung setzte, wären sie einfacher zu verstehen. Aber vielleicht hätte ich das gar nicht erst versuchen sollen.«

»Vielleicht sollten Sie jetzt endlich auf den Punkt kommen«, meinte McCoy.

»Also schön, mein ungeduldiger Freund. Mein Aleph ist nach dem literarischen Konstrukt eines Autors aus dem zwanzigsten Jahrhundert namens Borges benannt. Er beschrieb sein Aleph als mathematischen Punkt, als Nexus, an dem sich alle Teile des Universums berühren, vielleicht sogar alle Teile aller Universen.«

Kirk verlor langsam den Boden unter den Füßen, doch Spock sagte: »Faszinierend. Ich habe über solche Dinge gelesen, doch lediglich als theoretische Demonstration, die nur der Unterhaltung diente. Die Realität wäre« – er starrte Omen an – »ein topologischer Alptraum.«

»Nur für jene, die es nicht verstehen«, erwiderte Omen.

Kirk hatte immer eine gewisse Ehrfurcht vor Leuten empfunden, die mathematische Zeitschriften zur Entspannung lasen. Wenn es sein mußte, konnte er ein Raumschiff auch ohne Computer steuern, doch seine Mathematik war lediglich ein Werkzeug, das er benutzte, um bestimmte Probleme zu lösen, so wie man einen Schraubenzieher benutzte, um eine Schraube zu lösen. Abstrakte Mathematik war für ihn so greifbar wie Rauch oder Spiegelbilder. »Traum oder Alptraum«, meinte er, »ich verstehe nicht, wie eine mathematische Abstraktion als Waffe eingesetzt werden kann.«

»Die Maus versteht selten die Falle, Captain. Wären Sie weniger verwirrt, wenn ich Ihnen sagen würde, daß ich alle verschwundenen Raumschiffe – die der Klingonen, der Romulaner und der Föderation – durch ein Aleph geschickt habe?«

Kirks Grad der Verwirrung war nichts, worüber er mit Omen diskutieren wollte. »Wo befinden sie sich jetzt?«

Spock wollte etwas sagen. Vielleicht wußte er aufgrund seiner Studien, wohin Raumschiffe verschwanden, die durch ein Aleph geschickt wurden. Doch er besann sich anders und überließ Omen die Antwort.

»Fort«, sagte Omen.

»Einfach fort?« fragte McCoy. »Das klingt aber ein bißchen vage, finden Sie nicht?«

»Es ist die beste Antwort, die ich geben kann, Doktor. Ich bin mir selbst nicht ganz sicher, wohin sie verschwinden. Die Berechnungen sind da nicht ganz eindeutig. Aber eines weiß ich: Ich habe niemanden getötet. Die Schiffe verschwinden einfach dorthin, wo sie niemandem mehr schaden können.«

»Und die Mannschaften?« fragte Kirk.

Omen zuckte die Achseln, seine Stimme klang müde. »Darum mache ich mir keine Gedanken. Ich habe ein paar hundert Leben geopfert, um Tausende, ja Millionen zu retten.«

»Aber den Mannschaften blieb keine Wahl«, wandte Spock ein.

»Nicht mehr als den Lebewesen, auf die von Föderationsschiffen aus geschossen wurde.«

Kirk glaubte, ein Muster zu erkennen, doch einzelne Teile fehlten noch. »Wieviel weiß Kent über Ihr Aleph?«

»Gar nichts. Ich habe ihm versprochen, den Beweis zu liefern, daß Starfleet kriegslüstern ist. Das war alles.«

Für einen Moment verstummten alle.

»Aber es gibt keinen Beweis«, sagte Spock schließlich.

»Keinen Beweis«, stimmte Omen zu. »Nur meine neue Methode, die Galaxis vom Krieg zu befreien.«

Kirk bemühte sich, ruhig zu bleiben, als er sagte: »Ich kann Ihren Wunsch, den Krieg zu beenden, durchaus verstehen. Ob Sie es glauben oder nicht, Professor, genau das wollen wir alle. Aber finden Sie nicht, daß Ihre Methode ein wenig extrem ist?«

»Krieg und Frieden sind auch Extreme. Weshalb sollte meine Methode da anders sein?«

Omen war offensichtlich verrückt. Noch immer brillant, doch irgend etwas hatte ihn über eine psychische Klippe gestoßen. Wenigstens saß er schon in der Arrestzelle, was Kirk als guten Anfang betrachtete, ihn an der Ausführung seiner Pläne zu hindern, wie die auch aussehen mochten. Wenn sie ihn zur Starbase 12 zurückbrachten, würde er dort alle Hilfe bekommen, die er brauchte. Nur sehr wenige mentale Erkrankungen ließen sich nicht behandeln.

»Bisher, Sir, haben Sie im geheimen gehandelt«, sagte Spock. »Ms. Paytons Anwesenheit macht jedoch deutlich, daß Sie sich entschlossen haben, Ihre Aktivitäten bekannt werden zu lassen.«

»Ganz recht, Mr. Spock. Und genau deshalb habe ich Mr. Kent dazu benutzt, die *Enterprise* hierher zu bringen.«

Omens Geständnis löste etwas in Kirk aus. Plötzlich wußte er, weshalb Omen all die Mühen auf sich genommen hatte. »Die *Enterprise* ist das Flaggschiff der Flotte, die beste Maus von allen.«

»Ich hoffe, die Wahrheit steigt Ihnen nicht zu Kopfe, Captain.«

»Ich hoffe, Ms. Payton«, sagte McCoy, »Sie begreifen, in was für einen Schlamassel Sie und Mr. Kent uns gebracht haben.«

»Mr. Kent ist sich seiner Sache sehr sicher.«

»Und was ist mit Ihnen selbst?« fragte Kirk.

»Ich bin nur eine Kamera. Sie und Professor Omen würden sich kaum anders verhalten, wäre ich nicht hier.«

»Aber dann würde die ganze Angelegenheit nicht zu einem Teil von Kents politischer Kampagne werden«, wandte McCoy ein.

Payton erwiderte seinen Blick und hielt ihm stand. Beide waren sicher, recht zu haben, und im Universum der Meinungen war vielleicht auch Platz für beide Standpunkte.

Payton hatte den Ruf, ihre Arbeit gewissenhaft zu erledigen. Auf Kents Anweisung hin hatte sie den Prozeß eingeleitet, der die *Enterprise* in jene gefährdete Position geführt hatte, in der sie sich jetzt befand. Payton behauptete, sie hätte nicht gewußt, was Omen vorhatte, und Kent ebensowenig. Machte sie das weniger schuldig? Kirk wußte es nicht. Doch die ganze Angelegenheit hatte ihn derart erschüttert, daß er sich im Moment berechtigt fühlte, jeden für alles verantwortlich zu machen.

Doch andererseits, was bedeutete Payton für Kirk, oder er für sie. Ihre Loyalität galt Kent, so wie die Loyalität der Besatzung Kirk galt. Doch würde sich das nicht ändern, wenn Kirk verrückt würde? War es nicht die Pflicht einer Crew, keine Befehle mehr entgegenzunehmen, nicht mehr loyal zu sein, wenn die Befehle der verantwortlichen Person keinen Sinn mehr ergaben?

Doch offensichtlich waren Kents Befehle für Payton immer noch sinnvoll. Oder waren es zumindest bis zu diesem Gespräch gewesen. Payton hatte sich niemals zu ihrer eigenen Haltung gegenüber Starfleet geäußert, und dieser Umstand veranlaßte Kirk zu der Vermutung, daß sie mit Kents Kreuzzug nicht annähernd so stark sympathisierte, wie sie vorgab. Doch selbst wenn Payton mehr oder weniger auf Kirks Seite stand, lehnte er die Vorstellung ab, von ihrem Wohlverhalten abzuhängen, um sein Schiff zu retten.

Angesichts ihrer Gefühle fragte sich Kirk allerdings, weshalb sie überhaupt für Kent arbeitete. Es gab viele mögliche Antworten, doch trotz Kirks Neugier spielte das letztlich keine Rolle. Nicht jetzt, jedenfalls. Nicht in diesem Moment. »In einem Punkt hatte Kent zumindest recht«, sagte er. »Sie, Professor Omen, waren tatsächlich in der Lage, alles zu erklären.«

Omen nickte höflich.

»Mr. Spock, lassen Sie Scotty die *Erehwon* ins Schlepp nehmen. Wir brechen sofort zur Starbase 12 auf. Mit Höchstgeschwindigkeit.«

»Aye, Captain.«

Omen hielt Spock auf dem Weg zur Tür auf, indem er sagte: »Trotz dieser Diskussion, Captain, unterschätzen Sie mich noch immer. Ich gebe hier jetzt die Befehle.«

»Ach, tatsächlich? Und wie lauten Ihre Befehle?« Er wußte zwar, daß Omen machtlos war, trotzdem beunruhigte ihn die kalte Selbstsicherheit des Wissenschaftlers.

»Sie werden hier warten, bis ich bereit bin, mich mit Ihnen zu befassen.« Bevor ihn jemand aufhalten konnte, schob Omen den Ärmel seines Overalls zurück und enthüllte etwas, das wie ein juwelenbesetztes Armband aussah. Er berührte einen grünen Stein, und das Funkeln eines Transporterstrahls umhüllte ihn. Einen Moment später war er verschwunden.

»Ich dachte, die Arrestzellen wären gegen Transporterstrahlen gesichert.«

Kirk wußte, daß McCoy mit dieser Bemerkung recht hatte. »Spock?«

»Omens Transportereffekt schien sich erheblich vom Standardsystem der Föderation zu unterscheiden. Wie es aussieht, sind die Unterschiede nicht nur kosmetischer Natur.«

Ein kräftiger Ruck durchfuhr das Schiff. Kirk eilte zu

einem Interkom und schlug mit der Faust auf den Knopf. »Brücke, hier spricht der Captain. Was geht da vor?«

»Sulu hier, Sir. Wir werden von einer Art Traktorstrahl festgehalten.«

»Kommen Sie, Spock.«

»Und was ist mit ihr?« fragte McCoy.

Kirk warf einen Blick auf Payton. Sie schien sich über ihren gegenwärtigen Status im unklaren zu sein, und um der Wahrheit die Ehre zu geben, auch Kirk hatte da seine Zweifel. Schließlich verließ er sich auf seinen Instinkt und sagte: »Ob es nun gut ist oder nicht, sie ist immer noch Gast von Starfleet.« Er und Spock eilten zum Turbolift. McCoy folgte ihnen. Zu dritt erschienen sie auf der Brücke. Kirk rief: »Status, Mr. Sulu?«, als sie zu ihren Stationen gingen. McCoy stellte sich neben Kirks Sessel. Alle betrachteten den Asteroiden auf dem Schirm.

»Keine Veränderung, Captain«, sagte Sulu. »Wir werden festgehalten.«

»Spock?«

»Die Quelle des Strahls befindet sich tatsächlich auf Omens Asteroiden.« Er veränderte ein paar Einstellungen und fuhr fort. »Er ist um mehrere Größenordnungen stärker als jeder der Föderation bekannte Traktorstrahl, und mit der Modulation der verwendeten Energie bin ich ebenfalls nicht vertraut.«

»Wie es aussieht, hat der Fisch uns gefangen«, meinte McCoy.

»Zum Teufel mit dem Fisch. Chekov, geben Sie einen Kurs zurück zu Starbase 12 ein.«

Chekov berührte ein paar Schaltungen. »Fertig, Captain.«

»Schön.« Er sah zu Spock hinüber, der ihn mit hochgezogenen Brauen beobachtete.

»Ich hoffe, du weißt, was du tust, Jim«, bemerkte McCoy.

Kirk antwortete mit einem kaum wahrnehmbaren Achselzucken. »Mr. Sulu, ein Viertel Impulskraft voraus.«

Das Schiff begann zu vibrieren, zunächst kaum spürbar, dann stärker. Die Impulstriebwerke arbeiteten schwerer. Doch das Bild auf dem Schirm veränderte sich nicht.

»Wir bewegen uns nicht, Captain«, sagte Sulu.

»Halbe Impulskraft.«

Die Vibrationen verwandelten sich in ein Zittern. Die Maschinen stöhnten wie ein verwundetes Tier. Kirks Stimme klang gepreßt, als er anordnete: »Drei Viertel Impulskraft.«

»Scotty an Brücke. Captain, hier unten bricht langsam alles auseinander!«

»Unser Erfolg ist gleich Null, Captain«, warnte Spock, »und das Schiff wird gleich ernsthaften Schaden nehmen.«

Kirk sah zu Spock hinüber. Er kannte diesen Gesichtsausdruck. Spock wartete darauf, daß er die logische Entscheidung traf. Und warum auch nicht? Diesmal hatte er keine Vorahnung, auf die er sich berufen konnte, also gab er nach und verhielt sich logisch. »Also schön, Mr. Sulu. Maschinen aus.«

»Aye, Captain.«

Die Vibrationen und der Lärm ließen nach. Sie hingen immer noch an der gleichen Stelle im All, und der Asteroid hatte auf ihren Versuch, ihn wegzuschleppen, nicht die geringste Reaktion gezeigt. Was im Grunde unmöglich war, es sei denn, Omen hatte eine Möglichkeit gefunden, ihn irgendwo zu verankern.

»Setzt er einfach nur seine Maschinen gegen unsere ein, Spock?« fragte Kirk.

»Die Sensoren registrieren keinerlei Maschinenaktivitäten.«

»Und wie hält er uns dann fest?«

»Omen hat kürzlich in einer Veröffentlichung eine Theorie angedeutet, die das erklären könnte.« Spock verfiel ins Grübeln, schien sich in einem theoretischen Irrgarten.

»Spock?«

»Ja, Captain. Ich habe nur überlegt, wie diese Theorie hiermit zusammenhängen könnte.«

»Und Ihre Schlußfolgerung?«

»Professor Omen sprach von einem Hyper-Anker. Nach dieser Theorie könnte er uns mit einem Traktorstrahl festhalten und die *Erehwon* im Gewebe des Raum-Zeit-Kontinuums selbst verankern.«

»Das ist nicht möglich«, sagte Chekov.

»Offensichtlich, Fähnrich, befinden Sie sich im Irrtum.«

Für einen Moment geschah gar nichts. Dann sagte Kirk: »Spock, können Sie die Quelle entweder des Traktorstrahls oder des Hyper-Ankers punktgenau ausfindig machen?«

»Aye, Captain. Ich habe den Traktorstrahl-Generator mit den Sensoren erfaßt.«

»Geben Sie die Koordinaten an Chekov weiter. Phaserfeuer auf mein Kommando.«

»Ich habe die Koordinaten«, meldete Chekov. »Phaser feuerbereit.«

»Feuer.«

Kirk hörte das vertraute Schrillen der Phaser, als sie auf den Asteroiden zujagten. Der Punkt, an dem sie einschlugen, flammte auf, durchlief das Spektrum und wurde dann schwarz. Kirk wurde an den Deflektortest auf Starbase 12 erinnert.

»Feuer aufrechterhalten. Spock?«

»Wir werden noch immer festgehalten, Captain.« Er drehte sich zu Kirk um. »Offenbar hat Professor Omen nicht die offiziellen Testergebnisse abgewartet, bevor er seinen Asteroiden mit den neuen Schilden ausstattete.«

Kirk wußte, daß ihm kaum eine Chance blieb, den Traktorstrahl-Generator oder den Hyper-Anker – falls es ihnen überhaupt gelang, dessen Ursprung ausfindig zu machen – mit einer der Waffen an Bord der *Enterprise* zu zerstören. Dafür würde Omen schon gesorgt haben. Doch kampflos wollte Kirk auch nicht aufgeben.

Bewies er damit zugleich Omens Vorstellungen von Starfleet? Kirk mußte an sich selbst und an seine guten Absichten glauben. Er kämpfte nur darum, sein Schiff zu befreien, mehr nicht. Mochte Omen daraus machen, was er wollte.

»Uhura, schicken Sie eine Nachricht an Starbase 12. Melden Sie unsere Position und unseren Status. Informieren Sie Commodore Favere, daß Professor Omens Asteroid der Ursprung der Waffe ist.«

Überrascht sagte Uhura: »Aye, Sir.«

»Sagen Sie ihm, wir versuchen, Omen an weiteren Aktionen zu hindern, und wir werden ihn weiterhin auf dem laufenden halten.«

Großspurige Reden, dachte Kirk. Weshalb hatte kein anderes Schiff eine derartige Nachricht gesendet? »Photonentorpedos bereitmachen, Mr. Chekov.«

Der Torpedo raste dröhnend los, und rings um *Erehwon* erschien ein Deflektorfeld. Das Geschoß explodierte, sobald es den Schild berührte. Als das Leuchten verging, war alles wie zuvor.

»Traktorstrahl?«

»Steht noch immer, Sir«, meldete Chekov.

»Captain«, sagte Uhura, »ich sende, aber nichts kommt durch. Vom Asteroiden gehen Interferenzen aus.«

Kirk rieb sich das Kinn. »Es ist wirklich aussichtslos, nicht wahr, Mr. Spock?«

»Das würde ich auch sagen, Captain.«

Als Payton auftauchte und sich neben McCoy stellte, sagte Kirk: »Ich hoffe, Ihnen gelingen ein paar interessante Aufnahmen, Ms. Payton.«

»Captain, ich weiß nicht, was Sie von mir denken, aber ich versichere Ihnen, ich bin genauso entsetzt wie Sie.«

»Ich bezweifle, daß das möglich ist, Ms. Payton. Mr. Sulu, versuchen wir, im rechten Winkel zum Traktorstrahl auszuscheren. Volle Impulskraft.«

»Aye, Captain.«

Uhura meldete sich. »Captain, ich empfange eine Nachricht vom Asteroiden.«

»Stoppen Sie den Befehl, Mr. Sulu. Auf den Schirm, Lieutenant.«

Der Asteroid waberte und wurde durch das müde, mißgelaunte Gesicht Professor Omens ersetzt. »Sind Sie bald fertig, Captain Kirk? Sie verschwenden Zeit und Energie, die wir beide besser verwenden könnten.«

»Geben Sie mein Schiff frei.«

»Das ist leider unmöglich, Captain. Die *Enterprise* ist für Größeres bestimmt, als einfach zur Starbase 12 zurückzuschleichen.«

»Sie können der Schlagkraft eines Schiffes der Constitution-Klasse nicht für immer widerstehen.« Das war eine reine Mutmaßung, und Kirk befürchtete, daß Omen das ebenfalls erkannte.

»Ich habe die Waffen Ihres Schiffes entworfen, Captain, und ich garantiere Ihnen, daß ich das kann. Mit der neuen Technologie, die ich rund um den Aleph entwickelt habe, kann ich schon vor dem Frühstück sechs unmögliche Dinge tun.«

Jetzt zitierte der Kerl auch noch aus *Through the Looking Glass**. Noch mehr Klassiker. Kirk fragte sich, wo das alles enden würde.

»Kein Föderationsschiff, gleich welcher Klasse, war in der Lage, dem Aleph zu entkommen«, erklärte Omen. »Die Romulaner konnten nicht entkommen. Die

---

* Lewis Carroll, dt.: Alice hinter den Spiegeln

Klingonen konnten nicht entkommen. Und Sie werden es auch nicht schaffen.« Der Schirm wurde leer.

»Ende der Sendung, Sir«, meldete Uhura.

»Sieht so aus«, meinte McCoy, »als wären wir im Begriff, dorthin zu gehen, wo noch nie zuvor ein Mensch gewesen ist.«

8

Zumindest in einem Punkt hatte Mr. Kent recht«, sagte Payton. »Föderationsschiffe können keine Wunder vollbringen.«

»Lassen Sie Jim Kirk und der *Enterprise* nur etwas Zeit, dann werden sie Wunder vollbringen, daß sich Ihnen der Kopf dreht«, knurrte McCoy.

»Danke für diese Vertrauenskundgebung, Pille. In fünf Minuten treffen wir uns im Konferenzraum. Lieutenant Uhura, lassen Sie auch diesen Historiker kommen – wie war der Name, Foss? Und Mr. Scott. Mr. Spock? Doktor? Sie kommen auch mit, Ms. Payton. Ich möchte nicht, daß Ihnen etwas Interessantes entgeht. Und Uhura – versuchen Sie, diese Interferenz zu durchbrechen.«

»Ja, Sir.«

Ein paar Minuten später saß Kirk am Kopfende des Tisches im Konferenzraum. Foss war ein großer schlanker Mann, der sich umschaute, als benötige er eine altmodische Brille, habe sie aber gerade verlegt. Er warf nervöse Blicke auf Payton, erinnerte sich wieder daran, wo er sich befand, und machte sich hastig ein paar Notizen auf seinem Memodisplay.

Kirk forderte Foss auf, so viel wie möglich über Professor Omen herauszufinden. »Ich möchte wissen, wie er denkt. Ich will seine Stärken und Schwächen kennenlernen. Wenden Sie sich an Mr. Spock oder einen seiner Leute, falls Sie bei irgendwelchen technischen Informationen Hilfe benötigen.«

»Aye, Sir.«

»Nun, dann an die Arbeit, Mr. Foss.«

»Ja, Sir.« Foss sprang auf und eilte aus dem Raum.

»Vorschläge, Gentlemen?« fragte Kirk.

Scott sagte: »Ich habe all seine technischen Arbeiten gelesen. Wenn nur die Hälfte seiner Theorien stimmt und er seine Waffen aufgrund der richtigen Hälfte entwickelt hat, haben wir nichts, womit wir ihn bekämpfen könnten.«

»Mr. Spock, können Sie uns etwas mehr Optimismus bieten?«

»Nein, Captain. Ich glaube, Mr. Scott hat den wesentlichen Punkt unserer Situation beschrieben. Professor Omen kennt unsere Waffen und Deflektoren sehr genau. Über seine Waffen wissen wir nichts, abgesehen von den bruchstückhaften Informationen, die wir anläßlich unserer Fluchtversuche erhalten haben. Ich schlage vor, wir verhandeln.«

»Keine technischen Lösungen, Spock?« fragte McCoy etwas überrascht.

»Diesmal nicht, Doktor. Doch das Problem verdient durchaus weitere Studien.«

»Doktor? Ms. Payton?«

»Ich wäre entzückt, eines der berühmten Starfleet-Wunder für die Nachwelt festhalten zu dürfen, Captain«, sagte Payton.

»Ich werde sehen, was sich machen läßt. Es würde mir jedenfalls großes Vergnügen bereiten, Mr. Kent enttäuschen zu können. Doktor?«

McCoy sah Spock an und sagte: »Ich weiß, was Sie denken.«

»Nanu, Doktor«, meinte Spock, »ich wußte gar nicht, daß Telepathie ebenfalls zu Ihren Fertigkeiten gehört.«

»Sie glauben, daß Professor Omens Idee logisch ist. Sie ergibt ja auch durchaus Sinn. Ohne Raumschiffe ist ein Krieg nicht möglich.«

»Ihre Argumentation enthält einen Trugschluß, Doktor, und die von Professor Omen ebenfalls. Die Angehörigen vieler Spezies haben sich bereits gegenseitig mit Keulen umgebracht, lange bevor der Photonentorpedo erfunden wurde. Wenn keine Raumschiffe mehr existierten, würden die verschiedenen Rassen andere Möglichkeiten finden, um ihre Waffen einzusetzen. Die Organianer haben ebenfalls versucht, der Galaxis den Frieden zu bringen, und zwar mit Methoden, die beträchtlich ausgefeilter waren als die von Professor Omen, doch selbst sie sind letzten Endes nicht erfolgreich gewesen.«

Kirk lächelte. »Sie glauben, wer am Aleph lebt, wird auch so sterben?«

»Ich glaube, Professor Omen hat seine Prämisse nicht bis in alle Konsequenzen durchdacht. Und derartige Nachlässigkeit führt häufig dazu, daß die eigenen Pläne sich gegen einen selbst wenden.«

»Er ist also nicht perfekt«, meinte Kirk. »Omen mag clever sein, aber er ist weder ein Gott noch ein Übermensch. Ich vertraue darauf, daß Sie und Mr. Scott allem, was er erfindet, etwas entgegenzusetzen haben.«

»Aye, Captain«, sagte Scotty. »Und unsere praktische Erfahrung mag dabei von Vorteil sein.«

»Das hoffe ich sehr, Mr. Scott. Sorgen Sie dafür, daß Professor Omens Pläne sich gegen ihn selbst wenden. Und beeilen Sie sich. Wir kennen seine Zeitplanung nicht.«

»Aye, Captain.« Scott erhob sich. »Kommen Sie mit, Mr. Spock?«

»Bin schon unterwegs.«

»Brücke an Captain Kirk«, erklang Uhuras Stimme.

Kirk hob die Hand, Scott und Spock blieben an der Tür stehen.

Kirk schaltete das Interkom ein. »Kirk hier.«

»Nachricht von *Erehwon*.«

»Ich kann's kaum erwarten«, brummte McCoy.

»Stellen Sie es durch, Lieutenant.«

»Aye, Sir.«

Der dreiteilige Bildschirm auf dem Konferenztisch erhellte sich und zeigte Omen, der sagte: »Ich nehme an, Captain, Sie versuchen noch immer, meinem Traktorstrahl zu entkommen.«

»Nehmen Sie an, was immer Ihnen beliebt, Professor. Haben Sie sonst noch etwas zu sagen? Wir sind sehr beschäftigt.«

»Ich wollte Ihnen nur nochmals versichern, daß ein Entkommen unmöglich ist. Ihr Schiff verfügt nicht über die dafür nötige Ausrüstung.«

»Sie würden überrascht sein, Professor, was für eine Ausrüstung wir haben. Wenn Sie vorhaben, uns zu vernichten, dann tun Sie das. Ihre Häme macht mir Kopfschmerzen.«

Wieder überkam Omen jene unendliche Müdigkeit. Er sagte: »Sie betrachten mich immer noch als eine Art größenwahnsinnigen Schurken wie aus einem billigen Roman. Aber das bin ich nicht. Das, was ich tue, mache ich weder aus Spaß noch um persönlichen Gewinn daraus zu ziehen.«

»Im Moment interessieren mich Ihre Gründe weitaus weniger als Ihre Absichten, Professor. Geben Sie mein Schiff frei, und ich höre Ihnen den ganzen Rückweg zur Starbase 12 gerne zu.«

»Ich habe einen Gegenvorschlag. Ich lade Sie und Ms. Payton nach *Erehwon* ein, und dort werde ich sogar Ihnen klarmachen können, daß das, was ich tue, nicht nur wünschenswert, sondern notwendig ist.«

Kirk überlegte, ob es die Situation verschlimmern könnte, wenn er sich nach *Erehwon* begab. Abgesehen von seinem Wunsch nach Verständnis hatte Omen offensichtlich bereits alles erreicht, was er sich vorgenommen hatte; daher stand nicht zu befürchten, daß er Kirk oder Payton festhielt, um seine Forderungen durchzusetzen. Auf der anderen Seite würde ein Besuch Spock und Scotty mehr Zeit verschaffen, und vielleicht gelang es Kirk überdies, dabei etwas Nützliches herauszufinden.

Kirk schaltete die Tonübertragung für einen Moment aus. »Was sagen Sie dazu, Ms. Payton?«

»Ich bin dazu bereit, wenn Sie es sind.«

Kirk nickte und wandte sich wieder Omen zu. »Wir beamen sofort hinüber.«

»Sehr gut. Ich übermittle Ihnen die Koordinaten. Und kommen Sie bitte unbewaffnet, Captain. Omen Ende.« Der Schirm erlosch.

»Er hat den Drang, seine Handlungsweise zu erklären«, stellte Kirk fest.

»Ja«, stimmte Spock zu. »Und vielleicht gibt er uns einen Hinweis, der uns helfen könnte, ihn zu überwältigen.«

»Ich würde ihn lieber heilen als überwältigen. Irgendwelche Ideen, Doktor?«

»Auf diese Entfernung kann ich ihn sicher nicht heilen. Und eine einzige Spritze wird da auch nicht helfen. Die Psychiatrie ist seit Freud sehr viel weiter gekommen, trotzdem ist es ein Gebiet, bei dem Intuition, Talent und auch Glück immer noch eine große Rolle spielen. Omen benötigt auf jeden Fall eine Therapie, und so etwas braucht immer seine Zeit.«

»Dann werden wir dafür sorgen müssen, daß die Psychiatrie sich so lange mit dem Professor beschäftigen kann wie nötig ist.« Kirk sah zwar im Moment keinen Weg, wie er dafür sorgen könnte, doch er hatte gelernt, seine Karten eine nach der anderen auszuspielen. Auch wenn die Zukunft selbst nicht vorhersagbar war, so hatte er doch bisher stets eine Möglichkeit gefunden zu überleben.

Kirk besorgte sich einen Kommunikator aus dem Lager. Ein Kommunikator war keine Waffe, daher würde Omen ihn vielleicht nicht orten können. Als er zu Payton auf die Transporterplattform stieg, wies er Mr. Kyle an, ständig einen Transferfokus auf sie zu richten. »Vielleicht bleiben Ihnen nur Sekunden, um uns drei zurückzubeamen.«

»Sie drei, Sir?« fragte Kyle.

»Ja. Wir wollen doch mal sehen, ob wir Omen nicht auf die *Enterprise* zurückholen und diesmal hierbehalten können.«

»Ich verstehe.«

»Energie, Mr. Kyle.«

Kirk empfand für einen kurzen Moment eine Mischung aus Euphorie und Desorientierung, als der Transporterraum sich um ihn herum auflöste und durch einen so großen Raum ersetzt wurde, daß er fast glaubte, er stünde auf der Oberfläche eines Planeten.

Er und Payton waren neben einer kreisförmigen Kontrollstation im Zentrum des Raums materialisiert. Oberhalb dieser Station hing ein Bildschirm, der gegenwärtig ein dreidimensionales Abbild der *Enterprise* zeigte, deren Positionslichter langsam blinkten. Rote Strebepfeiler vereinigten sich hoch über dem Schirm. Drei Schritte unterhalb der Station erstreckte sich ein kleiner Wald aus zierlichen, mit silbrigen Blättern besetzten Bäumen bis zur Wand des runden Raums. Die Bäume standen in sonderbar geformten Beeten. Kleine, zwitschernde Kreaturen flogen von Ast zu Ast.

Im Vergleich zu diesem Ort wirkte ein Raumschiff eng, fast schäbig. Es war unmöglich, nicht beeindruckt zu sein, obwohl Kirk sich bemühte, sich nichts anmerken zu lassen.

Omen hatte seinen grauen Overall durch einen kurzen braunen Umhang ergänzt. Er erhob sich von einem Sessel am Rand der Kontrollstation und sagte: »Willkommen auf *Erehwon*. Darf ich Ihnen eine Erfrischung anbieten?«

»Wir sind nicht hergekommen, um zu plaudern, Professor. Sagen Sie, was Sie zu sagen haben, und lassen Sie es damit gut sein.«

»Ich merke, Captain, daß sich bei Ihnen wie bei allen

Raumschiff-Captains unter der Uniform ein Barbar verbirgt. Vielleicht habe ich einen Fehler gemacht, als ich annahm, eine Erklärung könnte etwas an Ihrer Einstellung ändern.«

»Vielleicht haben Sie damit recht. Wenn Sie meinen Transporterchef anfunken, beamen Ms. Payton und ich sofort zur *Enterprise* zurück, und jeder von uns kann sich wieder um seine eigenen Angelegenheiten kümmern.« Natürlich bluffte Kirk nur.

Omen betrachtete einen Moment lang das dreidimensionale Abbild der *Enterprise* und sagte dann: »Kommen Sie mit, Captain. Ich habe Ihnen eine Erklärung versprochen, und die sollen Sie auch bekommen.«

Ohne ein weiteres Wort führte Omen sie zu einem langen Gang, der aus der Hauptkammer hinausführte wie die Speiche eines Rades. Der Gang stellte sich als eine Art Kunstgalerie heraus, in der komplizierte Skulpturen aus Licht und Draht auf kleinen Holzpodesten standen und Gemälde von Aliens die Wände säumten.

»Schön«, sagte Payton.

»Meine Tochter Barbara hat das alles geschaffen.« Omen deutete auf die Holographie einer hübschen, blonden Frau, die eine blau gesprenkelte Blume in der Hand hielt.

Payton schlenderte den Korridor entlang und sah nach rechts und nach links. »Ihre Tochter ist sehr talentiert.«

Soweit Kirk das beurteilen konnte, hatte sie damit recht. Kirk selbst war nicht gerade ein Kunstkenner, aber er wußte, was ihm gefiel. Er hätte sogar einige der Arbeiten Barbara Omens gekauft, um sie seiner eigenen Sammlung sonderbarer Artefakte aus allen Teilen der Galaxis hinzuzufügen – das größte Kompliment, das er zu vergeben hatte.

Er wollte sich gerade entsprechend äußern, als

Omen sagte: »*War* sehr talentiert, Ms. Payton, *war*. Sie ist tot.«

»Oh. Das tut mir leid.«

»Sie war Lieutenant an Bord des Föderations-Scoutschiffs *Crockett*. Sie wurde in ihre Atome zerstrahlt«, Omens Stimme wurde härter, »während einer Raumschlacht mit den Klingonen.« Omen starrte Kirk an, als wäre der Captain persönlich dafür verantwortlich.

»Niemand wird gezwungen, bei Starfleet zu dienen«, erklärte Kirk. »Ihre Tochter hat sich freiwillig gemeldet, genau wie wir anderen auch. Offensichtlich glaubte sie, das Risiko sei es wert.«

»Weshalb sie getötet wurde, ist nicht wichtig. Sie ist tot.«

»Sie können sie nicht zurückholen, ganz gleich, wie viele Raumschiffe Sie vernichten.«

»Nein, aber ich kann andere wie sie retten.«

Kirk schüttelte den Kopf. »Sie können die Klingonen nicht von einem Angriff abhalten, wenn sie dazu entschlossen sind.«

»In meinem Universum, Captain, wird niemand bewaffnet sein.«

»Wir sprechen aber nicht über die Zerstörung von Waffen, nicht wahr, Professor? Wir sprechen über die Vernichtung von Schiffen voller Menschen, Individuen, ebenso unschuldig wie Ihre Tochter.«

»Tausende leiden, damit Millionen leben können.«

»Intellektuelle Haarspalterei.«

»Sie weigern sich zu verstehen.« Omen zuckte die Achseln. »Aber vielleicht spielt es auch wirklich keine Rolle.«

Kirk hingegen war der Ansicht, er habe es durchaus verstanden. Zuvor hatte er Omen als verrückt bezeichnet, doch das war lediglich eine Metapher für Kirks Überzeugung gewesen, daß der Professor einem schrecklichen Irrtum unterlag. Jetzt jedoch war klar, daß Omen versuchte, seine Tochter zurückzuholen, indem er die Waffen eliminierte, die sie getötet hatten – Waffen, die weitgehend denen glichen, die er selbst entworfen hatte. Natürlich war sein Vorhaben sinnlos; auf einer intellektuellen Ebene mußte selbst Omen das wissen. Doch Schuldgefühle und der Wunsch eines Vaters, Wiedergutmachung für den Tod seiner Tochter zu leisten, waren starke und keineswegs rationale Triebkräfte. McCoy hatte recht gehabt: Niemand an Bord der *Enterprise* hatte die Zeit oder die Qualifikation, Omen zu heilen.

»Ja, das Verständnis eines einzelnen Raumschiff-Captains spielt wirklich keine Rolle«, sagte Omen.

»Und die Vernichtung eines einzelnen Raumschiffs?« fragte Kirk.

»Zugegeben, das ist lediglich eine symbolische Handlung. Aber wir sprechen von der *Enterprise*, dem Flaggschiff. Wenn es verschwunden ist, wird Ms. Payton mich interviewen. Ich werde meine Gründe erläutern, und jeder, der sich überhaupt die Mühe macht zuzuhören, wird nicht umhinkönnen, mich zu verstehen.«

»Das ist der Punkt, an dem Conrad Franklin Kent ins Spiel kommt«, sagte Kirk.

»Ganz genau. Einem Mann in seiner Position fällt es erheblich leichter, mein Ultimatum zu verbreiten.«

Kirk war verwirrt. Omen wollte, daß die Galaxis in Frieden lebte, doch um das zu erreichen, wollte er jedes Raumschiff vernichten, das vorbeiflog. Er konnte versuchen, sich gegenüber den betroffenen Parteien zu rechtfertigen, doch Kirk glaubte nicht, daß ihm irgend jemand Sympathie entgegenbringen würde. »Ultimatum?« fragte er.

»Ja, Captain. Sicher glauben Sie doch nicht, ich könnte so herzlos sein, Raumschiffe in den Aleph zu schleudern, ohne den Besatzungen Gelegenheit zu geben, sich zu besinnen.«

»Besinnen?«

»Habe ich Sie so sehr beeindruckt, Captain, daß Ihre Fragen nur noch aus einzelnen Wörtern bestehen?«

Kirk reagierte auf Omens Spott eingeschnappt. »Antworten Sie doch, wenn Sie können.«

Omen seufzte. »In dem Bericht, den Ms. Payton für Mr. Kent verfassen wird, biete ich den Flotten der Galaxis eine Wahl an. Werden sie vollständig entwaffnet, zerstöre ich die Schiffe nicht.«

Mit Sicherheit würden Klingonen und Romulaner nicht auf Omens Plan eingehen, was bedeutete, selbst wenn Starfleet im Prinzip bereit wäre, die eigenen Schiffe unbewaffnet hinauszuschicken, könnte man dieses Risiko nicht eingehen. Kirk versuchte, Professor Omen diese Einschätzung zu vermitteln.

»Dann geht das, was dann geschieht, auf deren Konto, nicht auf meins.« Omen ging durch den Korridor zurück und blieb hier und dort stehen, um eines der Kunstwerke seiner Tochter zu bewundern.

Kirk gewann den Eindruck, sie hätten eine Pattsituation erreicht, und er würde vermutlich nicht noch mehr von Omen erfahren. Außerdem würde er gerne wissen, wie weit Spock und Scotty inzwischen gekommen waren. Falls es ihnen gelungen war, eine Möglichkeit zu finden, dem Traktorstrahl zu entkommen, waren Omens Pläne hinfällig. Und schließlich mochte auch Uhura mittlerweile einen Weg gefunden haben, um eine Nachricht an Starbase 12 zu senden.

Kirk wollte gerade nach seinem Kommunikator greifen, als Payton rief: »Professor?«

Omen drehte sich zu ihr um und blinzelte, als wäre er gerade aufgewacht.

»Ich bleibe nicht hier.«

»Was?«

Kirk war genauso überrascht.

»Ich habe die Mannschaft der *Enterprise* bei der Arbeit beobachtet«, sagte Payton, »und ich habe mir Ihre Argumente angehört. Daher bin ich mir sicher, daß niemand bei Starfleet so verrückt ist wie Sie. Ich werde keinen Bericht verfassen – oder zumindest keinen in der Art, wie Sie sich das vorstellen –, also können Sie uns ebensogut alle gehen lassen.«

»Sie machen einen schweren Fehler, Ms. Payton.«

»Das glaube ich nicht. Captain, ich hoffe, es ist noch nicht zu spät, um die Erlaubnis zu erbitten, an Bord der *Enterprise* bleiben zu dürfen.«

Kirk nickte lächelnd. »Willkommen an Bord, Ms. Payton.« Sie war also doch nicht so vernagelt, wie er angenommen hatte. Trotz ihrer Loyalität zu Conrad Franklin Kent hatte sie ihre eigenen Ansichten und auch den Mut, sich entsprechend zu verhalten.

Omen blieb in der Mitte des Ganges stehen, als fürchte er, ihre Ideen könnten ansteckend sein. »Ohne meine Unterstützung kann Mr. Kent nicht Präsident des Rates werden.«

»Wir werden sehen«, meinte Payton. »Jedenfalls ist Mr. Kents politische Zukunft nicht so wichtig wie das Fortbestehen von Starfleet und der *Enterprise*.«

Omen schüttelte traurig den Kopf. »Dann muß ich ohne Sie weitermachen. Genau wie Mr. Kent. Bereiten Sie sich auf die Rückkehr zu Ihrem Schiff vor. Sie werden schon bald aus erster Hand erfahren, was es mit dem Aleph auf sich hat.« Er drehte sich um und ging in Richtung des Hauptraums.

»Bleiben Sie dicht bei mir«, flüsterte Kirk Payton zu. Er zog den Kommunikator hervor und klappte ihn auf. »Mr. Kyle.«

»Bereit, Captain.«

»Was haben Sie vor?« fragte Payton.

Kirk sprach in den Kommunikator: »Auf mein Kommando, Mr. Kyle. Drei Personen zurückbeamen.«

»Aye, Sir.«

Sie holten Omen am Eingang zum Hauptraum ein. Kirk packte seinen Arm, und Omen drehte sich erstaunt um. »Jetzt, Mr. Kyle«, rief Kirk.

Der Transportereffekt setzte ein, und Sekunden später befand sich Kirk wieder im Transporterraum der *Enterprise,* doch seine Hand umklammerte nichts. Payton stand neben ihm, doch von Omen war keine Spur zu entdecken.

»Was ist mit Omen passiert?« rief Kirk, während er von der Plattform sprang und einen Blick auf die Displays der Kontrollen warf.

Kyle nahm hastig ein paar Einstellungen vor. »Ich weiß nicht, Captain. Ich hatte ihn, aber dann ist der Trägerstrahl einfach abgerutscht.«

»Abgerutscht?«

»Ich verstehe es selbst nicht. Er scheint auf irgendeine Art abgeschirmt zu sein.«

»Ein Glück, daß er uns nicht auch abschirmen konnte«, meinte Kirk.

»Ja, Sir.«

»Oder vielleicht hat er auch einfach nicht daran gedacht, es zu versuchen.« Diese Vorstellung gefiel Kirk. Es wäre ein weiterer Hinweis darauf, daß Omen weder so perfekt noch so schlau war, wie er selbst glaubte. Kirk beugte sich über das Kontrollpult und schaltete das Interkom ein. »Kirk an Brücke. Irgend etwas von Omen?«

»Bisher nicht, Sir. Und ich versuche immer noch, die Interferenzen zu durchdringen.«

»Halten Sie mich auf dem laufenden. Ich bin bei Spock und Mr. Scott im Maschinenraum.«

»Aye, Captain.«

Kirk drehte sich zu Payton um, die noch immer auf der Transporterplattform stand. »Sie beeindrucken mich«, sagte er.

»Ich bin froh, daß wenigstens einer so denkt«, meinte Payton. »Ich selbst komme mir einfach dumm vor. Ich habe mit einem Schlag einen Job und einen Ehemann verloren.«

»Einen Ehemann?«

»Ja. Bevor wir abflogen, hat mich Commodore Favere gebeten, ihn zu heiraten. Ich habe ihm gesagt, ich würde es mir überlegen.« Sie schüttelte den Kopf. »Er wird es verstehen müssen. Eine Frau muß tun, was eine Frau tun muß.«

»Ich hoffe, Sie entkommen dem Commodore nicht so leicht, Ms. Payton. Spock und Scotty haben vielleicht schon ein paar Antworten für uns.«

»Uns?«

»Genau. Sie haben damit angefangen, einen Bericht zu erstellen. Jetzt können Sie ihn ebensogut auch beenden. Mr. Kent dürfte es interessieren, auf welche Weise wir unsere Wunder vollbringen.«

»Sehr gerne, Captain.«

Sie eilten zum Maschinenraum, wo Spock Zahlen in ein Terminal eintippte und die Ergebnisse an Mr. Scott weiterleitete, der die Werte in die Matrix der Deflektoren eingab.

»Meldung«, sagte Kirk zu Lieutenant Foss, der mit besorgter Miene zuschaute.

»Captain«, rief Foss überrascht.

»Ich warte, Foss.«

»Ja, Sir. Ich glaube, ich habe die Ursache für Professor Omens Verwirrung entdeckt, wenn ich es mal so ausdrücken darf.«

»Sie dürfen. Worum handelt es sich?«

»Er hatte eine Tochter, die während eines Gefechts auf einem Starfleet-Schiff umkam.«

»Von der Tochter weiß ich«, sagte Kirk. »Sonst noch etwas?«

Foss war verblüfft, doch Kirk sah sich nicht verpflichtet, dem Mann zu erklären, wieso er von der Tochter wußte. Foss richtete sich auf und sagte: »Eines der populärwissenschaftlichen Magazine berichtet,

Professor Omen wollte, sobald seine Arbeit am phasenverschobenen Deflektor beendet wäre, sich einer gänzlich neuen Arbeit zuwenden, einer Waffe, welche die kleinen Dimensionen nutzt.«

»Kleine Dimensionen?«

»Ich bin Historiker, Sir, daher möchte ich nicht behaupten, etwas von diesen Dingen zu verstehen. Aber Mr. Spock sagt, dies sei der Schlüssel zu dem ganzen Problem.«

»Sehr gut, Mr. Foss.«

»Danke, Sir.«

Sie schauten Scotty und Spock bei der Arbeit zu. Spock blieb ruhig, doch Scott wurde zusehends hektischer, als er die langen Zahlenkolonnen eingab, die Spock ihm vorlas. Schließlich unterbrach Scott seine Arbeit und rief: »Können Sie nicht etwas langsamer machen, Mr. Spock? Ich bin nur ein Mensch.« Sein schottischer Akzent war sehr stark ausgeprägt, wie stets, wenn er unter Druck stand.

»Ihre Menschlichkeit steht außer Zweifel, Mr. Scott«, antwortete Spock. »Aber darf ich Sie daran erinnern, daß wir nicht wissen, wieviel Zeit wir haben?«

Scotty warf Kirk einen flehenden Blick zu, und der Captain fragte: »Was hat es mit den kleinen Dimensionen auf sich, Mr. Spock?«

Spock verschränkte die Arme und erklärte: »Die N-dimensionale Mathematik postuliert, daß sich unser Universum in viele Richtungen erstreckt, die über die drei des Raumes und die eine der Zeit hinausgehen. Nur unsere physischen und geistigen Beschränkungen hindern uns daran, sie wahrzunehmen. Die Dimensionen elf bis dreiundzwanzig werden als die kleinen Dimensionen bezeichnet, weil sie im Grunde gar keine Ausdehnung besitzen.«

»Das verstehe ich nicht. Wie können es Dimensionen sein, wenn sie keine Ausdehnung besitzen?«

»Ich kann Ihnen versichern, Captain, daß sich diese

Schlußfolgerung eindeutig aus den mathematischen Berechnungen ergibt.«

Er hatte schon früher Spocks mathematische Vorlesungen erlebt. Mitunter dröhnte es noch Tage später in Kirks Kopf, ohne daß er deswegen klüger geworden wäre. »Ich bin sicher, es verhält sich so, Mr. Spock. Aber wie hilft uns das weiter?«

»Ich gehe von der Annahme aus, daß es sich bei dem Aleph um jene Waffe handelt, die Professor Omen in der Zeitschrift erwähnt hat, und daß sie auf seiner Arbeit mit den N-Dimensionen beruht.«

»Und?«

»Unter Ausnutzung dessen, was ich über N-dimensionale Geometrie weiß, justieren Mr. Scott und ich die Schilde so, daß sie den Aleph abstoßen. Statt das Schiff zu verschlingen, wird die Einwirkung des Aleph dazu führen, die *Enterprise* von dem Traktorstrahl zu befreien.«

»Sind Sie sich dessen sicher?« fragte Kirk.

»Wir sind zuversichtlich«, meinte Spock.

Kirk sah zu Scotty hinüber, der die Achseln zuckte.

»Also gut, meine Herren. Machen Sie weiter. Ich gehe zur Brücke. Ms. Payton?«

»Ich habe hier unten genug gesehen.«

»Dann kommen Sie mit.«

Während sie im Turbolift standen, musterte Kirk Payton. Mehr als einmal hatte sie ihn mit ihrem Einfallsreichtum und ihrem Mut überrascht. Sie war, wie Kent gesagt hatte, eine Frau, die ihre Arbeit erledigt. Kirk merkte, daß seine Bewunderung langsam in ein anderes Gefühl umschlug, doch er wußte auch, daß solche Empfindungen sinnlos waren. Wenn sie den Aleph überlebten, würde sie zu Favere zurückkehren. Überlebten sie nicht, blieb ihnen kaum noch Zeit.

Im Moment wirkte sie besorgt, was sicher eine verständliche Reaktion angesichts der gegenwärtigen Situation war. Kirk lächelte sie an und sagte: »Wir sind schon aus schlimmeren Lagen herausgekommen.«

»Mr. Spock hat nur gesagt, er wäre zuversichtlich, nicht sicher.«

»Ich würde mein Leben lieber auf Spocks Zuversicht setzen als auf die Sicherheiten eines anderen. Tatsächlich tue ich das auch. Es wird schon klappen.«

»Und wenn nicht?«

Kirk breitete die Hände aus. »Dann spielt es keine Rolle mehr.«

»Für uns nicht.«

Kirk nickte. Jene, die zurückblieben, litten manchmal am meisten.

McCoy befand sich bereits auf der Brücke und sprach leise mit Uhura. Als Kirk im Kommandosessel Platz nahm, kam der Doktor herüber und stellte sich neben ihn. »Man kann die Spannung an Bord mit dem Messer schneiden, Jim.«

»Nicht mehr lange, Pille.« Kirk nagte an seinem Knöchel, während er das vor den Sternen schwebende *Erehwon* betrachtete. Er konnte das Ding nicht zerstören; er konnte nicht davor weglaufen; mit Omen zu diskutieren war sinnlos. Welchen klugen Schachzug übersah er?

»Ich nehme an, Spock und Scott basteln unten im Maschinenraum eine rettende Maschine zusammen.«

»Das tun sie, und ...«

»Captain?« sagte Uhura. »Nachricht von Professor Omen.«

»Auf den Schirm.«

»Sie ist für Ms. Payton.«

»Legen Sie sie ruhig auf den Schirm, Lieutenant«, sagte Payton.

Als Omen erschien, wirkte er noch trauriger und müder als zuvor. Aber vielleicht langweilte er sich auch nur. »Ms. Payton, ich möchte Ihnen eine letzte Chance bieten, nach *Erehwon* zurückzukehren.«

»Und ich biete Ihnen eine letzte Chance, mit uns zur Starbase 12 zurückzufliegen.«

»Tut mir leid, Ms. Payton. Captain, falls Sie noch ein Gebet sprechen wollen, schlage ich vor, Sie fangen jetzt damit an.«

Uhura tauchte neben Kirk auf und flüsterte ihm ins Ohr: »Mr. Spock meldet, er und Mr. Scott wären fertig.«

Kirk nickte kaum merklich und sagte: »Danke, Professor. Haben Sie noch andere Ratschläge für uns?«

»Sie sterben für einen guten Zweck, Captain.«

Kirk hatte keine Lust mehr, noch länger mit Omen zu sprechen. Er wollte ihn nicht mehr sehen oder auch nur an ihn denken müssen. Nur selten war Kirk in einer Situation gewesen, in der er sich so hilflos gefühlt hatte. »In dem Punkt gehen unsere Meinungen auseinander, Professor. Kirk Ende.«

Omens Abbild wurde durch *Erehwon* und die Sterne ersetzt, aber seine Stimme war nach wie vor zu hören. »Zehn«, sagte Omen.

»Spock an Captain Kirk.«

»Neun«, sagte Omen.

»Was gibt es, Spock?«

»Acht.«

»Ich würde gern die Sensoren rekalibrieren, um den Aleph besser dokumentieren zu können.«

»Sieben.«

»Keine Zeit, Spock. Nur noch sieben, nein, sechs Sekunden.«

»Wie bedauerlich.«

»Fünf.«

Spock fuhr fort: »Dies ist eine unschätzbare Gelegenheit, verschiedene Theorien N-dimensionaler Geometrie zu bestätigen.«

»Vier.«

»Ein andermal, Spock. Sie sind der beste Erste Offizier der Flotte.« Kirk umklammerte die Lehnen seines Sessels. Jeder auf der Brücke – McCoy, Payton, Sulu, Chekov – hielt sich so gut wie möglich irgendwo fest.

»Drei.«

»Danke, Captain.«

»Zwei. Eins. Gute Reise, *Enterprise*.«

9

Ein kleiner, heller Punkt löste sich von *Erehwon*. Als er auf die *Enterprise* zuraste, wuchs er zu einem wirbelnden Diamanten heran. Und dann erkannte Kirk, daß diese Drehung nur eine Illusion war. Über die Oberfläche des Diamanten bewegten sich unzählige Objekte, Szenen und Menschen. Der Aleph kam rasch heran, so daß Kirk nicht die Zeit hatte, ihn gründlich zu betrachten; doch die wenigen Sekunden, die ihm blieben, zeigten ihm Lieutenant Foss in seiner Kabine, einen grünen Hügel auf einem erdähnlichen Planeten, das strahlende Innere eines Sterns, bunte Spinnenkreaturen, die in einer sich bis zum roten Horizont erstreckenden Kolonne über blanken Fels krochen, ein Kind mit einer Eistüte, geborstene, verlassene Kuppeln auf dem Erdmond – all dies und mehr, alles ohne sich zu überlappen oder ineinander zu verschwimmen, alles an einem einzigen Punkt.

Und dann traf der Aleph die *Enterprise* mit solcher Gewalt, daß sich das Schiff auf die Seite legte wie ein Ozeandampfer, der von einer Flutwelle getroffen wird. Lichter flackerten, und die metallische Struktur des Schiffes stöhnte. Plötzlich riß sich die *Enterprise* vom Traktorstrahl los, und *Erehwon* schien seitlich aus dem Bildschirm zu fliegen.

»Sulu, volle Impulskraft voraus«, rief Kirk. »Egal, welcher Kurs.«

»Aye, Sir. Sir, die Navigationssensoren arbeiten nicht. Schilde sind unten.«

»Bringen Sie uns einfach hier raus, Mr. Sulu.«

»Aye.«

Die Impulstriebwerke summten, während die Sterne über den Schirm wanderten. Offenbar arbeiteten nur noch die Sensoren für sichtbares Licht. Aber das war schon in Ordnung. Scotty würde die Sensoren und die Schilde reparieren. Doch die *Enterprise* mußte sich von *Erehwon* entfernen, bevor irgendwelche Reparaturen durchgeführt werden konnten, und zum erstenmal gestattete sich Kirk den Gedanken, daß sie es tatsächlich geschafft hatten.

»Ist jedermann heil geblieben?« fragte Kirk.

Alle waren durchgeschüttelt worden, aber niemand hatte sich verletzt.

Kirk drückte den Knopf, der ihn mit dem Maschinenraum verband. »Gentlemen, Sie haben es geschafft.«

»Aye«, sagte Mr. Scott, »aber meine armen Schilde werden nie mehr die alten sein.«

Spock meldete sich. »Ich versichere Ihnen, Captain, daß es kein Problem sein wird, die Schilde in ihren ursprünglichen Zustand zu versetzen.«

»Gibt es einen Grund, das nicht sofort zu erledigen?«

»Soweit ich das beurteilen kann, keinen. Unser Schutz vor dem Aleph hat die Effektivität in anderen Bereichen nicht beeinträchtigt.«

»Sehr schön. Dann fangen Sie mit den Reparaturen an. Kirk Ende. Mr. Sulu, bringen Sie uns zurück zur Starbase 12. Warp sechs.«

»Aye, Sir.«

»Objekt nähert sich, Captain«, meldete Chekov.

Kirk richtete seine Aufmerksamkeit wieder auf den Schirm und sah einen hellen Lichtpunkt näher kommen. Als er zu einem wirbelnden Diamanten heranwuchs, sank Kirks Zuversicht. Ohne Schilde war die *Enterprise* so schutzlos wie eine schwimmende Ente.

»Warp sechs, Mr. Sulu. Jetzt.«

Die Sterne fielen zurück, doch der Aleph blieb hinter ihnen. Das verdammte Ding konnte dem Schiff in den Warpraum folgen! Kleine Dimensionen, in der Tat. Im Warpraum war ihre Fähigkeit zum Manövrieren eingeschränkt.

»Mr. Sulu, gehen Sie auf volle Impulskraft zurück und leiten Sie Ausweichmanöver ein.«

»Aye, Captain.«

Die Sterne schienen in verrückten Mustern herumzuhüpfen, doch der Aleph geriet nicht außer Kurs. Während er auf die *Enterprise* zuraste, zeigte die Oberfläche des Diamanten wieder einzelne Ausschnitte des unendlichen Universums.

Als der Aleph diesmal das Schiff traf, spürte Kirk keinen Aufprall. Es war eher so, als wäre der Aleph ein Loch, das die *Enterprise* verschluckt hatte.

Der Hauptschirm blieb leer, war jedoch keineswegs ausgefallen. Er zeigte die Farbe, die Kirk sah, wenn er in einem dunklen Raum die Augen schloß. Die Dunkelheit auf dem Schirm besaß Tiefe und schien fast greifbar. Die Wirkung war hypnotisch.

Die Impulstriebwerke liefen noch, arbeiteten jetzt aber so schwer und geräuschvoll, daß sie fast wie die Benzinmotoren des zwanzigsten Jahrhunderts klangen. Kirk gähnte. Er fühlte sich plötzlich sehr müde. In letzter Zeit hatte er unter erheblichem Streß gestanden, doch damit allein ließ sich die Müdigkeit nicht erklären.

»Sind jetzt auch unsere Sensoren für sichtbares Licht ausgefallen, Mr. Chekov?«

Chekov eilte zu Spocks Station und überprüfte die Instrumente. »Nein, Sir. Der Hauptschirm funktioniert einwandfrei.«

»Und wo zum Teufel sind wir dann?«

»Ich weiß nicht, Sir.«

Kirk schlug auf den Interkomknopf an seinem Sessel und sagte: »Mr. Scott.«

»Hier, Captain.«

»Wie lange brauchen Sie, um Sensoren und Schilde zu reparieren?«

»Im Moment arbeitet je ein Team an beidem, Sir.«

»Wie lange?«

»Kann ich nicht sagen. Die Schildgeneratoren – nun, die müßten in ein paar Minuten wieder arbeiten. Aber die meisten der Sensorrezeptoren sind hinüber, und außerdem hat uns das Ding ganze Serien von Schaltkreisen durchgebrannt. Könnte Tage dauern.«

»Machen Sie Stunden daraus, Scotty. Unser Überleben hängt vielleicht von den Sensoren ab.«

»Aye. Wir arbeiten rund um die Uhr. Scott Ende.«

Kirk versuchte nachzudenken, doch sein Verstand schien nur langsam und unwillig zu arbeiten. Er fragte Uhura, ob sie zu Starbase 12 durchgekommen wäre.

»Nein«, antwortete sie.

Demnach war die *Enterprise* also ebenso geheimnisvoll und ohne einen Ton von sich zu geben verschwunden wie die anderen vermißten Schiffe. »Mr. Sulu, drehen Sie das Schiff einmal in der Minute um dreihundertsechzig Grad.«

»Aye, Sir.«

Nichts veränderte sich auf dem Hauptschirm, und Kirk mußte nachfragen, ob sich das Schiff tatsächlich bewegte. Sein Körper fühlte sich bleischwer an.

»Das Massenträgheitssystem meldet, daß wir uns einmal pro Minute drehen.«

Spock betrat die Brücke, und Chekov eilte mit erleichterter Miene zum Navigationspult zurück. Der Aleph erschien auf dem Schirm.

»Entfernung?«

»Unbekannt, Captain«, sagte Spock.

Das Schiff setzte seine Schwenkbewegung fort, und der Aleph wanderte wieder aus dem Schirm. Schließlich erklärte Sulu: »Massenträgheitssystem meldet, daß wir wieder dort sind, wo wir angefangen haben.«

»Wo sind wir, Spock?« fragte Kirk.

»Ohne Sensoren könnte ich lediglich Vermutungen anstellen.«

»Dann vermuten Sie.«

»Wir befinden uns in einem Universum, in dem lediglich zwei Dinge existieren: die *Enterprise* und der Aleph.«

»Omen schickt schon seit Monaten Schiffe durch den Aleph. Wo sind sie?«

»Vielleicht außer Sichtweite«, überlegte Uhura.

»Das ist zweifelhaft, Lieutenant«, sagte Spock. »Die Mathematik legt den Schluß nahe, daß die andere Seite eines jeden Aleph ein zufälliger Punkt im Innern des Universums der Universen ist.«

»Sie meinen, jedes Schiff kommt in einem anderen Universum heraus?«

»Jedes Schiff *kann* dort herauskommen. Es besteht eine geringe Wahrscheinlichkeit, daß sich zwei Schiffe auf der anderen Seite zweier verschiedener Alephs treffen. Wie ich schon sagte, wird der Zielort zufällig ausgewählt.«

Somit waren sie höchstwahrscheinlich allein und hatten nicht einmal den schwachen Trost, das Unglück mit einem anderen Schiff teilen zu können. Wenn sie gerettet werden wollten, mußten sie das selbst in die Hand nehmen. »Demnach können wir also nicht einmal durch den Aleph zurückfliegen«, sagte Kirk.

»Das können wir schon, Captain, aber es gibt keinen Grund zu der Annahme, daß wir dann besser dran wären als jetzt.«

»Oder schlechter«, warf McCoy ein.

»Ganz recht, Doktor. Die Aleph-Geometrie läßt in beiderlei Hinsicht wenig Hoffnung zu.«

»Was wissen Sie überhaupt von Hoffnung?«

»Ich weiß, daß Menschen sie sehr hoch schätzen, insbesondere wenn ihnen sonst nichts bleibt.«

»Es ist zwar nicht logisch, Mr. Spock, aber wir

werden trotzdem weiterhin hoffen«, sagte Kirk. Er wünschte, er könnte einen Grund zum Optimismus erkennen, doch er schaffte es nicht einmal, sein Gehirn dazu zu bringen, richtig zu arbeiten. Jeder auf der Brücke schien ebenso müde zu sein wie er selbst. McCoy lehnte sich gegen den Kommandosessel, und Payton beobachtete den Hauptschirm, während sie auf den Stufen zum oberen Level hockte und das Kinn auf ihre Faust gestützt hatte. Kirk hatte volles Vertrauen in Mr. Scott und sein Team, doch wenn sie unter der gleichen betäubenden Müdigkeit litten wie alle auf der Brücke – und er hatte keinen Grund zu der Annahme, es könnte anders sein –, dann mochte alles länger dauern als erwartet. Selbst Scottys Vermutung, sie würden Tage für die Reparatur brauchen, könnte sich dann als zu optimistisch erweisen.

Plötzlich sagte McCoy: »Das ist wie die negative Energiezone rings um die riesige Amöbe, die wir in die Luft gejagt haben.«

Einen Moment lang dachten alle über McCoys Bemerkung nach.

Dann meinte Spock: »Doktor, es könnte sein, daß Sie zufälligerweise etwas Nützliches gesagt haben.« Er wandte sich seinem Sichtgerät zu, um die Daten zu studieren.

McCoy lächelte einen Augenblick lang zufrieden und fragte dann Kirk: »Was hat er damit gemeint?«

Kirk schüttelte den Kopf. Er hätte selbst gern gewußt, wonach Spock eigentlich suchte. Die Sensoren waren durch den Aleph zerstört worden, und selbst wenn es anders gewesen wäre, so hatte doch Spock selbst zugegeben, daß nichts als Leere sie umgab. Vielleicht hatte er ja eine Ahnung, obwohl er das als Vulkanier natürlich nie zugeben würde. Vulkanier glaubten an Wahrscheinlichkeiten, nicht an Ahnungen. Wenn sich diese Ahnung jedoch durch Tatsachen untermauern ließe, würde Kirk davon hören.

»Wenn Dr. McCoy recht hat, wo sind dann die Amöben?« überlegte Chekov.

»Ja, das ist die Frage«, meinte Kirk.

»Was für Amöben?« fragte Payton verwirrt.

Vor ein paar Stunden hätte Kirk sie vielleicht noch damit aufgezogen, daß sie mit den Starfleet-Berichten nicht auf dem laufenden war, doch inzwischen hatte sie sich entschlossen, hierzubleiben. Sie gehörte jetzt zur Crew, riskierte ebensoviel wie alle anderen, und eine offene Frage verdiente eine offene Antwort. Kirk versuchte, seine Gedanken zu ordnen, was ihm nur mit Mühe gelang. »Im Sektor 39J sind wir einem einzelligen Lebewesen von mehreren Tausend Kilometern Durchmesser begegnet. Es schuf eine schwarze Zone, die sehr viel Ähnlichkeit mit dem dort draußen aufwies.« Er nickte zum Bildschirm hinüber. »Diese Zone absorbierte alle Energie, die in ihrem Inneren erzeugt wurde. Metabolische Energie eingeschlossen. Pille, ist es möglich, daß uns so etwas wieder passiert?«

McCoy starrte einfach nur vor sich hin.

»Pille?«

»Oh, tut mir leid, Jim.« Er schüttelte den Kopf. »Ich muß mit meinen Gedanken weit weg gewesen sein. Natürlich könnte so etwas wieder geschehen. Aber ich hoffe, das bleibt uns erspart. Beim letztenmal wären mir fast die Stimulanzien ausgegangen.«

Kirk grinste. »Sie hätten dabeisein sollen, Ms. Payton. Wir haben damals eines unserer berühmten Wunder vollbracht.« Er brauchte wirklich ein Nickerchen.

»Ich behaupte immer noch, Spock hat den Acetylcholintest verpfuscht.«

»Mir ist nicht ganz klar, weshalb es Ihnen solche Freude bereitet, diesen Punkt immer wieder zur Sprache zu bringen«, meinte Spock.

»Sie haben recht, Spock. Das war kindisch von mir.« McCoy zwinkerte Kirk zu.

»Aber Sie hatten durchaus recht damit, unsere gegenwärtige Lage mit jenem Amöbenzwischenfall zu vergleichen.«

»Was ist denn los, Spock?« wollte Kirk wissen.

»Ich habe meine Theorie erst teilweise ausgearbeitet, Captain. Aber eines kann ich jetzt schon sagen: Dem Doktor werden die Stimulanzien sehr wahrscheinlich ausgehen.«

»Ausgehen«, wiederholte McCoy und schüttelte den Kopf. »Ich gehe besser zur Krankenstation und sehe nach, ob jemand meine Hilfe braucht.« Wie ein alter Mann ging er zum Turbolift und runzelte dabei die Stirn, als versuche er sich an etwas zu erinnern. »Ich komme wieder«, erklärte er, bevor er die Brücke verließ. »Ihr alle werdet auch Stimulanzien brauchen.« Die Lifttüren schlossen sich hinter ihm.

»Müssen wir mit Amöben rechnen, Spock?«

»Das läßt sich unmöglich abschätzen. Ohne die Sensoren sind wir auf das angewiesen, was wir auf dem Schirm sehen. Eine Computeranalyse ist unmöglich. Das Fehlen von Sternen scheint jedoch auf eine vergleichbare Situation hinzudeuten, wie immer auch die Ursachen aussehen mögen.«

»Vielleicht haben die Amöben alles aufgefressen und sind dann verhungert«, meinte Payton. »Und im Verlauf der Jahrtausende haben sie sich in nichts aufgelöst.«

»Wäre möglich«, sagte Spock. »Aber ohne Sensoren, die uns berichten, ob der Raum rings um uns wirklich leer oder von winzigen Überresten erfüllt ist, läßt sich das nicht mit Sicherheit entscheiden.«

»Wir werden alle sterben«, bemerkte Chekov ruhig.

»Hören Sie mit dem Geschwätz auf, Mister«, befahl Kirk. »Solange wir leben und denken, haben wir auch eine Chance. Wir sind keine Amöben. Spock, gehen Sie zum Maschinenraum und helfen Sie Mr. Scotts Team bei den Sensoren. Mit deren Hilfe erfahren wir vielleicht etwas Nützliches bei der Untersuchung des Aleph. Es muß eine Möglichkeit geben zu bestimmen, wo wir auf dieser anderen Seite herauskommen.«

»Vielleicht haben Sie recht, Captain«, sagte Spock und begab sich zum Turbolift. Trotz seiner vulkanischen Konstitution bewegte auch er sich langsamer als sonst. Die unausgesprochene Folgerung aus seiner Bemerkung besagte natürlich, daß Kirk auch unrecht haben konnte. Auf jeden Fall war Kirk nicht der erste Raumschiff-Captain, der seinen Wissenschaftsoffizier bat, einen Weg nach Hause zu suchen.

»Eine Art Mausefalle«, knurrte der Captain voller Abscheu.

Gegen Ende des Tages war der Energielevel der *Enterprise* um fünfzehn Prozent gefallen, und Kirk hatte den Eindruck, sein eigener Energielevel sei noch um weit mehr Prozentpunkte gesunken.

Seine Schwäche und Antriebslosigkeit deprimierten und verärgerten ihn. Kirk war ein Mann, der immer gut auf sich geachtet hatte – er aß die empfohlenen Nahrungsmittel und trainierte, wann immer es ihm die Zeit erlaubte. Doch nun war das Ergebnis all dieser Anstrengungen – so schien es wenigstens – einfach verschwunden, gestohlen von diesem Universum, dieser unendlichen Ausdehnung des Nichts. Dieses Universum machte ihn zu einer trägen Kreatur.

Normalerweise hing er solchen Gedankengängen nicht nach. Ein Raumschiff-Captain mußte, neben allen anderen Attributen, eine kluge und optimistische Persönlichkeit sein. Für gewöhnlich war Kirk ein überlegener und wohlwollender Herrscher über sein Dreiundzwanzig-Deck-Reich. Und wie jeder andere hatte auch Kirk seine eigenen Theorien über die Regeln des Lebens entwickelt, von denen viele – wie Spock gelegentlich erklärt hatte – eher schrullig als rational begründet erschienen. Diese Regeln kamen und gingen im Lauf der Jahre. Beispielsweise glaubte Kirk schon seit vielen Jahren nicht mehr daran, es würde ihn vor Monstern schützen, wenn er sich die Bettdecke über den Kopf zog. Eine der wenigen Regeln, die zur Grundlage seines gesamten Lebens geworden waren, lautete hingegen, er müsse vor allem an sich selbst glauben. Dieses Universum versuchte, ihm genau diesen Glauben zu nehmen, doch er kämpfte ebenso dagegen an wie gegen Depression und Ärger.

Kirk hatte Uhura angewiesen, den Hauptschirm abzuschalten. Auf diese Weise sparten sie nicht nur eine geringe Menge Energie, sondern verbesserten ihr eigenes Befinden nicht unbeträchtlich: Der Schirm war jetzt einfach leer, statt ihnen die entnervende Dunkelheit das Universums dort draußen zu zeigen. Außerdem ging vom Aleph eine hypnotische Kraft aus; er zog die Brückenmannschaft sehr rasch in seinen Bann, so daß sie darüber ihre Arbeit völlig vergaßen. Es gab zwar momentan auf der Brücke nicht viel zu tun, trotzdem war es Kirk lieber, wenn die diensthabende Mannschaft wach und einsatzbereit blieb.

Es gab auch keinen Grund, die Triebwerke weiterhin laufen zu lassen. Wie Chekov richtig erklärte, wäre das Konzept der Bewegung bedeutungslos in einem Universum, in dem jeder Punkt außerhalb des Schiffes mit allen anderen identisch war. Chekov lehnte sich mit einem Lächeln auf den Lippen zurück und dachte an einen dunklen, überfüllten Nachtclub in Moskau, in dem das Konzept der Bewegung ebenfalls bedeutungslos gewesen war, wenn auch aus anderen Gründen.

Die Krankenstation glich einem Tollhaus, und McCoy schickte alle außer den schwersten Fällen akuter Müdigkeit wieder an die Arbeit, nachdem er sie bis zum Kragen mit Stimulanzien vollgepumpt hatte. Einige Mannschaftsmitglieder kehrten schreckensbleich zur

Krankenstation zurück und berichteten von alptraumhaften Kreaturen, die aus Wartungsschächten kletterten und sie bedrohten, nur um genau in dem Moment wieder zu verschwinden, in dem sie gerade ihre Fänge, Klauen oder Tentakel gegen ihr Opfer einsetzen wollten. Andere erzählten von Schotten, die sich in Wasserfälle verwandelten, oder von Fremden, die ihnen aus dem Spiegel entgegenblickten.

Trotz seiner Müdigkeit wanderte Kirk durch das Schiff und bemühte sich nach besten Kräften, Zutrauen und Ermunterung zu vermitteln. Unten im Maschinenraum versuchte er, bei der Reparatur der Sensoren zu helfen, bis ihm Scott so diplomatisch wie möglich erklärte, seine Talente wären andernorts sicher nützlicher einzusetzen.

Die ganze Zeit über folgte Payton Kirk auf dem Fuß und zeichnete alles auf, doch da ihre Aufnahmen durch ihre Sinne gefiltert wurden, fielen sie vermutlich weder besonders deutlich noch zusammenhängend aus. Trotz der Mittel, die McCoy ihr verabreicht hatte, wurden ihre Bewegungen zusehends unsicherer. Tatsächlich schlichen mittlerweile alle Besatzungsmitglieder herum wie kleine Kinder, die nach einem langen Tag endlich ins Bett wollten. Kirk bewunderte Payton immer mehr für ihre Tapferkeit, die Stärke ihrer moralischen Überzeugungen und die Sanftheit, mit der sie Besatzungsmitglieder behandelte, die vor dem Zusammenbruch standen.

Auf Deck siebzehn entdeckten Kirk und Payton zu ihrem Entsetzen ein klaffendes Loch in der Schiffshülle, durch das sie direkt in die Schwärze hinausblicken konnten. Ein Yeoman sah das Loch, deutete darauf und brach in hysterisches Gelächter aus.

Payton eilte zu ihm und legte ihm eine Hand auf die Schulter. »Es ist alles in Ordnung. Alles in Ordnung. Das Loch ist nicht wirklich dort. Das stimmt doch, Captain?« Ihre Stimme klang unsicher.

Kirk konnte sich nicht erinnern, jemals so müde gewesen zu sein, und nur mit äußerster Anstrengung schaffte er es, nicht selbst in Hysterie zu verfallen. Doch in diesem Moment faszinierte ihn das Loch. Natürlich konnte es nicht wirklich existieren, sonst wäre diese Sektion des Schiffes dem Vakuum ausgesetzt und automatisch abgeriegelt worden. Langsam und vorsichtig streckte er die Hand aus. Als er das berührte, was der leere Raum zu sein schien, wurde das Loch kurz durch das Gesicht eines wütenden Klingonen ersetzt und verwandelte sich dann in eine ganz normale Schiffswand.

Der Yeoman lachte weiter, und Payton nahm ihn in die Arme. Das Lachen hörte auf, und der Mann begann zu schluchzen. Kirk sah, daß Paytons Methode nicht funktionierte, und er mußte dem Yeoman eine Ohrfeige versetzen, um ihn wieder zu sich zu bringen.

»Gehen Sie zur Krankenstation«, befahl er. Schweigend stolperte der Mann in der richtigen Richtung davon.

Ein paar Stunden später setzte Kirk eine Besprechung im Konferenzraum auf Deck sieben an. Als er dort eintraf, bog sich der Tisch an beiden Enden, als bestünde er aus Karamel. Die Erscheinung erinnerte ihn an ein jahrhundertealtes Bild, das Uhren zeigte, die von den Ästen eines Baumes herabhingen. Er blinzelte, und der Tisch wurde wieder so flach und stabil wie zuvor.

Kurz darauf erschienen Spock, McCoy, Scott und Payton, die noch immer ihr Implantat trug. Für sie alle hatte Kirk bereits Belobigungen in seinem Logbuch verzeichnet. Wenn die *Enterprise* heil zurückkehrte, würde Payton Conrad Franklin Kent mit einer hübschen Dokumentation versorgen, die allerdings anders ausfiel, als er erwartet hatte.

Nachdem alle Platz genommen hatten, saßen sie

schwer atmend über den Tisch gebeugt da, als wären sie gerade eine weite Strecke gelaufen.

»Ist dieser hysterische Yeoman heil in der Krankenstation angekommen?« fragte Kirk.

»Welcher hysterische Yeoman?« fragte McCoy zurück. »Von der Sorte habe ich heute eine ganze Menge gesehen.«

Kirk wollte schon den Mann beschreiben, dem er und Payton geholfen hatten, kam dann aber zu dem Schluß, daß es nicht weiter wichtig war. Ein krankes Besatzungsmitglied würde auf keinen Fall lange durch die Korridore der *Enterprise* irren, ohne daß es jemand zur Krankenstation führte.

»Meldung, Mr. Scott.«

Scott hob den Kopf. »Die Energielevel sind um siebenundzwanzig Prozent gesunken und fallen weiterhin um ein paar Punkte pro Stunde.«

»Demnach bleibt uns also noch Zeit, eine Lösung zu finden.«

»Aye, Captain. Die Zeit haben wir, aber vielleicht nicht mehr die Kraft.«

»Scotty hat recht«, sagte McCoy. »Die körperliche Leistungsfähigkeit der Mannschaft sinkt ungefähr mit der gleichen Rate wie die der Schiffsbatterien. Der Unterschied besteht darin, daß wir lange, bevor die Batterien versagen, alle das Bewußtsein verlieren. Ich tue, was ich kann, aber es ist nicht genug.«

»Stimulanzien sind nur von begrenztem Nutzen.«

»Genau. Mit Hilfe der Drogen verbrauchen wir unsere Energie nur noch schneller – im Grunde genommen berauben wir uns damit unserer Zukunft, nur um jetzt arbeiten zu können. Nicht mehr lange, und wir sind alle ausgebrannt.«

Kirk und die anderen dachten über die Aussichten nach, die McCoy ihnen präsentierte.

»Tatsache ist, daß wir nicht in dieses Universum gehören, Jim. Aber wir werden hier sterben, wenn wir nicht bald verschwinden.«

»Ich weiß, Pille. Ich sehne mich ja selbst nach den guten alten Zeiten zurück, in denen wir nichts anderes tun mußten, als eine riesige, raumfahrende Amöbe zu vernichten.«

»Aye, Captain«, sagte Scott. »So müde ich auch bin, ich würde das Biest mit bloßen Händen zerfetzen.«

»Ich weiß Ihre Bereitschaft zu schätzen, Mr. Scott. Wie steht es mit den Sensoren und den Schilden?«

»Die Sensorkomponenten sind zu einem einzigen Block verschmolzen. Wenn wir in dem gegenwärtigen Tempo weiterarbeiten, dauert es noch mehrere Stunden. Die Schilde hingegen sind fast wieder einsatzbereit.«

»Die Schilde sind noch nie so nutzlos gewesen«, sagte McCoy.

»Arbeiten Sie, so schnell Sie können, Mr. Scott. Mr. Spock, haben Sie den Katastrophenmeldungen noch etwas hinzuzufügen?«

Spock hielt sich besser als jeder seiner menschlichen Kollegen, doch selbst er saß zusammengesunken auf seinem Stuhl und stützte die Ellbogen auf den Tisch. »Ich habe keine neuen Katastrophen zu berichten, Sir. Ich möchte nur bemerken, daß die Halluzinationen, die von der Besatzung gemeldet wurden und die ich auch selbst erlebt habe, mich zu der Annahme führen, daß dieses Universum eine starke Realitätsverzerrung an Bord der *Enterprise* bewirkt.«

»Es ist immer schön, wenn man den eigenen Verdacht bestätigt sieht«, sagte Kirk. »Sonst noch etwas, Spock?«

»Ich möchte Sie nicht zu voreiligen Hoffnungen verleiten, Captain, aber ich glaube, ich habe einen Ersatz für unsere Sensoren gefunden.«

»Sie werden also den Aleph untersuchen können?«

fragte Kirk. Es war schon lange her, seit er so viel Begeisterung verspürt hatte.

»Heißt das, wir können nach Hause?« fragte Payton.

»Ich kann keine Lösung garantieren«, sagte Spock, »aber ich glaube, daß wir mit Hilfe meiner Methode unsere Chancen, dieses Universum zu verlassen, ganz erheblich steigern können.«

10

»Behalten Sie es nicht für sich, Spock«, sagte Kirk.

»Es wird Ms. Paytons Kooperation erforderlich machen.«

»Die haben Sie, Mr. Spock. Wie sieht Ihr Plan aus?« Payton schien selbst überrascht, daß sie so mit Spock gesprochen hatte, und wurde rot.

»Ich glaube, wenn ich Ms. Paytons Implantat modifiziere, bin ich in der Lage, das Gerät und sie selbst als primitiven Sensor zu benutzen.«

Scotty dachte einen Moment darüber nach. »Aye. Das könnte funktionieren. Sie werden einiges von den Geräten benutzen müssen, die Professor Omen zurückgelassen hat.«

»In der Tat, Mr. Scott. Und Ihre Fähigkeiten als Techniker benötige ich ebenfalls.«

»Wird dafür weniger Zeit nötig sein als für die Reparatur der Sensoren?« wollte Kirk wissen.

»Das erwarte ich, Captain. Mr. Scotts Team wird aber auf jeden Fall an den Sensoren weiterarbeiten, während er und ich Ms. Paytons Implantat verändern. Wir werden keinen Wettkampf austragen, aber ich gehe davon aus, daß eine der Gruppen eher fertig sein wird als die andere.«

»Und wir sind dann auf jeden Fall einen Schritt weiter. Sehr schön, Mr. Spock. Dann also auf zum Physiklabor. Und denken Sie daran ...« Spock, Scott und Payton blieben an der Tür stehen und sahen zu ihm zurück. Sie waren müde. Jeder auf dem Schiff war müde. »Denken Sie daran, daß wir nicht nur versuchen, uns selbst zu retten. Wir müssen heimkehren und Professor Omen aufhalten.«

Die beiden Offiziere gingen zusammen mit Payton.

Kirk und McCoy blieben am Tisch sitzen. Beiden fiel das Atmen schwer. »Omen ist verrückt, nicht wahr?« fragte McCoy.

»Die Beweise scheinen eindeutig. Wo liegt das Problem, Pille?«

»Ich bin praktisch mein ganzes Erwachsenenleben hindurch Arzt gewesen. Schon als Kind wollte ich Arzt werden. Ich habe niemals daran gezweifelt, daß es eine gute Sache ist, Kranke zu heilen und Verletzten zu helfen. Doch jetzt sind wir hier und geben uns alle Mühe, um jemanden davon abzuhalten, den Krieg zu beenden.«

»Du hast Spock doch gehört, Pille. Omen beendet nicht den Krieg. Er vernichtet nur Raumschiffe.«

»Vielleicht ist das Vernichten von Raumschiffen und das Beenden des Krieges ein und dasselbe.«

Kirk war froh, daß Payton nicht hier war und das Gespräch aufzeichnete. Wie würden McCoys Argumente bei den Bürgern zu Hause ankommen? Stellte alles, was er sagte, Propaganda für Kent dar? Kirk kam zu dem Schluß, daß er auch so schon genug Sorgen hatte, ohne die Politik. »Tut es dir leid, daß du zu Starfleet gegangen bist, Doktor?«

McCoy überlegte einen Moment. »Nein, Captain. Natürlich nicht. Ich bin einfach nur erschöpft, das ist alles. Den Krieg zu beenden schien eine gute Idee zu sein.«

»Es ist eine gute Idee, Pille. Aber Omen versucht es auf dem falschen Weg. Man kann Kriege nicht beenden, indem man Menschen umbringt.«

McCoy nickte eine Weile nachdenklich vor sich hin. Dann erhob er sich langsam und stützte sich kurz auf dem Tisch ab. »Wenn es dir recht ist, Captain, gehe ich jetzt wieder in die Krankenstation. Es ist erstaunlich, aber manchmal geht es den Menschen schon besser, nur weil sie zum Arzt gehen, auch wenn der nicht viel mehr tun kann, als ihre Hand zu halten und ihnen genau zu sagen, wie schlimm es steht.«

»Nicht gerade logisch, was, Pille?«

»Nein. Aber es funktioniert. Manchmal sogar bei Vulkaniern, wenn sie gerade in der richtigen Stimmung sind.«

»Nun geh schon«, sagte Kirk und schaute zu, wie McCoy aus dem Raum stolperte. Er war älter als die meisten Besatzungsmitglieder, und dieses Universum belastete ihn stärker als die anderen. Es schmerzte Kirk, seine Bewegungen zu beobachten, doch es gab nichts, was er für ihn hätte tun können.

Solange Spock und Scott mit ihrer Modifikation nicht fertig waren, gab es überhaupt nicht viel, was Kirk hätte tun können. Es war unwahrscheinlich, daß er in nächster Zeit auf der Brücke gebraucht würde. Dieses Universum war leer. Schon per Definition würde niemals etwas darin geschehen. Die *Enterprise* und der Aleph waren natürlich neu hier, doch Kirk bezweifelte, daß sie etwas anderem von vergleichbarer Größe begegnen würden.

Er überlegte kurz, ob er McCoy helfen sollte, doch wenn der Captain in der Krankenstation hockte, würde das den Doktor vermutlich nervös machen. Davon abgesehen mußte Kirk als Captain den Eindruck von Autorität erwecken, und das wäre schwierig, wenn er Bettpfannen schwenkte, und sei es auch nur im metaphorischen Sinne.

Schließlich machte sich Kirk auf den Weg zum Physiklabor. Wenn er Spock und Scott bei der Arbeit zuschaute, hatte er wenigstens etwas zu tun und würde sich besser fühlen. Außerdem konnte er sich mit Payton unterhalten. Das wäre auch sehr angenehm.

Spock und Scott beendeten die Modifikation des Implantats, bevor das Ingenieursteam mit der Reparatur der Sensoren fertig war. Scott wirkte etwas geknickt, denn seine Leute hatten damit im Grunde einen Wettstreit verloren, doch andererseits setzte er große Hoffnungen in das Implantat. Und der Umstand, daß Spock ebenfalls glaubte, es würde funktionieren, war sehr ermutigend.

Spock begab sich zu Paytons Kabine, wo sie die Geräte aufbewahrte, die das Signal ihres Implantats aufzeichneten. Payton kam unterdessen auf die Brücke und setzte sich auf Spocks Sessel. Für Kirk sah ihr Implantat genauso aus wie immer, doch in diesem wie in vielen anderen Fällen war die äußere Erscheinung nicht alles.

Nach Spocks Plan sollten Paytons Augen als Primärsensoren dienen. Was immer sie ansah – in diesem Fall den Aleph – wurde durch Professor Omens Geräte geschleust, bewertet, gefiltert und zu Paytons Recordern in ihre Kabine gesendet. Dort konnte Spock den Aleph sehen und versuchen, ihn zu analysieren. Dabei konnte er zwar auf die eingeschränkten Datenverarbeitungsmöglichkeiten von Paytons Monitor zurückgreifen, doch da es keine Möglichkeit gab, Paytons sensorische Daten automatisch in den Schiffscomputer einzugeben, würde die Arbeit langsam vorangehen und sich vielleicht letzten Endes sogar als unmöglich erweisen. Trotzdem war es den Versuch wert – es war die einzige Chance, die sie überhaupt hatten.

Kirk ging zu Payton hinüber und fragte: »Wie geht es Ihnen?«

Sie lächelte müde. »Wie geht es uns allen? Gerade gut genug, um die Arbeit zu erledigen.« Sie schaute zum leeren Hauptschirm hinüber.

Schon bald mußte Kirk die Anweisung geben, den Schirm wieder einzuschalten. Er würde seinen Leuten empfehlen, den Aleph so gut wie möglich zu ignorieren und sich auf ihre Instrumente zu konzentrieren. Und ansonsten mußte er das Beste hoffen.

»Spock an Brücke.«

»Kirk hier. Sind Sie bereit?«

»Ja, Captain. Ms. Paytons Ausrüstung ist recht simpel.«

Spocks Bemerkung amüsierte Payton.

Kirk stellte sich neben sie und sagte: »Ich passe auf, daß Sie nicht zu sehr von dem Aleph hypnotisiert werden.«

»Und was ist mit Spock?«

»Ich glaube, meine Fähigkeit zur Konzentration reicht für die bevorstehende Aufgabe aus«, meinte Spock.

»Dessen bin ich mir sicher«, sagte Kirk. »Bereit, Ms. Payton?«

Sie nickte.

»Also schön. Jeder kümmert sich um seine Instrumente. Ich möchte meine Brücke nicht von Schlafwandlern bevölkert sehen.«

Höfliches Gelächter erklang.

»Lieutenant Uhura, schalten Sie den Schirm ein.«

»Aye, Captain.«

Und plötzlich war der Aleph zu sehen, wirbelnd und funkelnd vor der Leere. Selbst seine begrenzten Erfahrungen mit dem Aleph verrieten Kirk, daß das Wirbeln und Funkeln lediglich Illusionen darstellten. Er sah jeden Teil des Universums, widergespiegelt von einem einzigen Punkt. Mühsam wandte er sich vom Aleph ab und sah Payton an. Ihre Augen waren weit geöffnet; sie schien kaum zu atmen.

»Ms. Payton?« sagte Kirk.

»Es ist wunderbar, Captain. Ich sehe … alles.«

Sie war noch in der Lage zu antworten. Demnach konnte sie noch eine Weile weitermachen. Er rief Spock an, erhielt jedoch keine Antwort.

»Spock«, rief Kirk lauter, plötzlich besorgt.

»Hier, Captain«, sagte Spock. Sein Körper und sein Verstand funktionierten einwandfrei, was ihn freute. Diese Freude enthielt keine emotionale Komponente, sie verriet ihm lediglich, daß alles nach Plan verlief. Der Aleph war faszinierend, aber auch schwer anzusehen. So viele Aspekte erforderten seine Aufmerksamkeit. Er zeichnete den Aleph auf und entdeckte, daß die Wiedergabe ihm lediglich die allgemeine Struktur verriet. Alle Details gingen verloren. Offensichtlich waren Ms. Paytons Geräte nicht differenziert genug, um die unendlichen Subtilitäten des Aleph wahrzunehmen. Vielleicht war keine Maschine dafür ausreichend entwickelt.

Indem er seine Aufmerksamkeit auf den direkten Input richtete, konnte er alles sehen, was er zu sehen wünschte. Die Auswahl war beinahe überwältigend, selbst für einen so disziplinierten Verstand wie den des Vulkaniers. Er sah alles in einem einzigen Punkt, ohne Verwirrung, ohne Überlappungen. Jedes Ding, jede Handlung stand für sich allein, ein Universum unter Universen, eine Inspiration für neue Philosophien.

Er sah Kirk, der im Kontrollraum auf und ab ging; Mannschaftsmitglieder, die in der Messe Kaffee tranken; seinen Vater, der über die Worte einer alten vulkanischen Schriftrolle nachdachte; einen Teil der Galaxis, in dem die Sterne einander zu berühren schienen und sich gegenseitig mit flammenden Gasen befruchteten; Wesen mit riesigen Zähnen, die in einem fremden Ozean kämpften; übervölkerte Städte; einen Berg, der sich in der Träne auf dem Gesicht eines jungen Mädchens spiegelte; den geschmolzenen Kern eines Planeten; ein Bakterium; ein Echsenwesen, das seine körpereigene Säure benutzte, um sich aus dem Ei zu befreien; eine große, schwarze Raumflotte. Spock konnte sich selbst über die Schulter sehen.

»Faszinierend.«

»Wie war das, Spock?« fragte Kirk.

»Ich versuche, die Daten zu korrelieren, Captain.«

Spock spürte, wie er in den Aleph hineingezogen wurde. Wenn er schon Probleme hatte, seine Eigenständigkeit gegenüber diesem Ding zu bewahren, dann mußte es Ms. Payton noch schwerer fallen. Er berührte einen Schalter. Der Input des Aleph flutete gleichermaßen in den Computer des Monitors wie in sein eigenes Hirn. Zusammen wählten sie aus, analysierten, entdeckten, deduzierten, berechneten. Das Zusammenspiel erfolgte schneller, als man es beschreiben konnte, so schnell wie ein Gedanke.

Spock errichtete geometrische Modelle in seinem Verstand. Sie sahen aus wie Würfel, Tetraeder, Mosaiksteinchen und Mosaiksteinchen von Mosaiksteinchen, Formen, die sich in Dimensionen erstreckten, die sein Intellekt niemals berührte, sich nicht einmal hätte ausdenken können. Er drehte die Formen um ihre Achsen.

Plötzlich war der Aleph fort, und Spock fiel vor Überraschung beinahe vom Stuhl. Er hielt sich am Tisch fest und benutzte eine vulkanische Technik, um sein mentales Gleichgewicht zurückzugewinnen. Aus irgendeinem Grund hatte Payton aufgehört, den Aleph anzusehen. War sie ohnmächtig geworden? Hatte der Captain sie vom Schirm weggezogen?

»Captain, ich hoffe, auf der Brücke ist alles in Ordnung.«

»Ja, Spock. Alles in Ordnung.« Payton hatte keine Antwort mehr gegeben, als Kirk sie ansprach, und die Iris ihrer Augen hatte sich weit geöffnet. Sie rührte sich nicht. Kirk sagte: »Uhura, schalten Sie den Schirm ab.« Das Bild erlosch. Er forderte medizinische Hilfe an und erklärte dann Spock, Payton sei von dem Aleph hypnotisiert, und er bringe sie jetzt in die Krankenstation. Sekunden später tauchten zwei Sanitäter auf und hoben Payton vorsichtig auf eine Antigrav-Bahre.

Kirk folgte ihnen zur Krankenstation, wo McCoy die

Frau auf eine diagnostische Liege bettete und ungeduldig mit dem Handscanner über ihren Körper fuhr. Die ganze Zeit über gab McCoy dabei die undefinierbaren Brummlaute von sich, wie das bei den Mitgliedern seines Berufsstandes seit Hunderten, vielleicht sogar Tausenden von Jahren üblich war. Als er fertig war, zupfte er nachdenklich an seiner Unterlippe.

»Nun?« fragte Kirk.

»Es geht ihr gut, Jim. Erschöpft, aber davon abgesehen gut.«

»Doktor?«

Sie drehten sich um und sahen Spock, dessen Gesicht einen sonderbaren graugrünen Schimmer zeigte, in der Tür lehnen. Kirk erschrak bei dem Anblick. Selbst wenn er krank war, pflegte Spock Haltung zu bewahren, als berührten Verletzungen und Krankheiten ihn nicht mehr als Emotionen. Er entschuldigte die Schwächen anderer, behauptete jedoch von sich selbst, vollständige Kontrolle über seinen Körper zu haben, und betrachtete Krankheiten lediglich als Hindernis, seinen Pflichten nachzukommen.

Kirk und McCoy halfen ihm zu einem Stuhl, und Spock sagte: »Ich bin durchaus in Ordnung, Doktor. Ich bin nur zur Krankenstation gekommen, weil ich wegen Ms. Payton besorgt war.«

»Ihr geht es gut. Und Sie bleiben jetzt hier sitzen, bis ich sage, daß Sie wieder aufstehen können.« McCoy untersuchte ihn mit einem medizinischen Tricorder und sagte: »Sie sind im gleichen Zustand wie Ms. Payton, Spock. Sie zeigt alle Symptome eines Kindes, das zu lange auf dem Rummelplatz gewesen ist. Zu viel Input. Zu große Begeisterung ...«

»Doktor!« rief Spock schockiert.

»Dann eben überstimuliert. Nennen Sie es, wie Sie wollen. Entweder Sie ruhen sich jetzt aus, oder ich binde Sie für eine Woche auf einem Bett fest.«

»Derartige Drohungen stehen Ihnen nicht zur Verfügung, Doktor. Wenn ich jetzt ruhe, sind wir alle in weit weniger als einer Woche tot.« Doch trotz dieser Bemerkung machte Spock keine Anstalten, wieder aufzustehen.

»Was war los, Spock?« fragte Kirk.

»Es hat gewisse Vorteile, sich in diesem Universum aufzuhalten. Da die *Enterprise* und der Aleph die beiden einzigen signifikanten Objekte sind, läßt sich wesentlich einfacher herausfinden, wie der Aleph funktioniert, als dies im normalen Universum möglich wäre, wo andere Massen meine Berechnungen erheblich stören würden.«

»Sie sind wirklich der einzige, der selbst einem leeren Universum noch etwas Positives abgewinnen kann«, brummte McCoy.

»Demnach steigen unsere Chancen«, meinte Kirk.

»Ja, Captain. Aber nicht genug. Der Doktor hat meinen physischen Zustand zutreffend beschrieben. Obwohl ich gegen die Charakteristika dieses Universums ankämpfe, ermüde ich zusehends. Mein Verstand ist weit davon entfernt, mit optimaler Effizienz zu arbeiten. Die Bilder zu überprüfen, die der Aleph liefert, stellt eine zusätzliche Belastung dar. Nicht einmal ein vulkanischer Verstand ist dafür geschaffen, die Unendlichkeit mit Gleichmut zu betrachten. Zudem traue ich wegen der Realitätsverzerrungen selbst dem nicht hundertprozentig, was ich mit eigenen Augen sehe.«

»Zumindest können wir so feststellen, ob die Computer funktionieren«, sagte McCoy.

»So einfach ist die Situation nicht, Doktor. Aufgrund des Zustandes unserer Sensoren bin ich gezwungen, die Daten selbst auszuwählen und manuell einzugeben. Und die benötigte Datenmenge ist außerordentlich groß.«

»Ich verstehe das nicht«, sagte McCoy ärgerlich. »Wir sind doch durch diesen Aleph gekommen. Also muß sich unser Universum auf der anderen Seite befinden.«

»Ich muß Sie daran erinnern, Doktor, daß der Aleph nicht auf diese Weise arbeitet. Wir haben keine Möglichkeit zu wissen, was sich auf der anderen Seite befindet. Das Ziel kann von Augenblick zu Augenblick wechseln. Wenn wir hindurchgehen, mag sich das Universum auf der anderen Seite des Aleph als noch unangenehmer erweisen als jenes, in dem wir uns gegenwärtig befinden. Die physikalischen Gesetze jenes Universums könnten zu unserer Auflösung führen, uns vielleicht sogar explodieren lassen oder einen langen, qualvollen Tod herbeiführen. Die Mathematik bietet uns in diesem Punkt keine Hilfe.«

Spock ließ ihnen einen Moment Zeit, diese Tatsachen zu verarbeiten. Kirk wußte, daß ein Großteil der Hoffnungslosigkeit, die er empfand, durch die Natur dieses Universums hervorgerufen wurde; trotzdem war das Bild, das Spock zeichnete, nicht besonders rosig.

Spock fuhr mit seiner Erklärung fort. »Meine vorbereitenden Studien haben noch eine weitere, ungewöhnliche Tatsache zum Vorschein gebracht: Selbst wenn sich unser Universum auf der anderen Seite des Aleph befindet, verändert unsere Anwesenheit in diesem leeren Universum, einem Universum, zu dem wir nicht gehören, das gesamte System. Und diese Veränderung ist kumulativ.«

»Und was heißt das?« fragte McCoy.

»Unsere Warptriebwerke arbeiten normalerweise auf einer speziellen Frequenz, einer Frequenz, die sich aus den Dilithiumkristallen, den Energieschaltkreisen und hundert anderen Komponenten ergibt. Sie alle sind von Natur aus auf ihr Ursprungsuniversum abgestimmt – auf unser Heimatuniversum. Würde es die Veränderungen, von denen ich sprach, nicht geben, könnten wir durchaus damit rechnen, daß die natürliche Frequenz der Warptriebwerke in starker Resonanz zu unserem Heimatuniversum steht, einem Universum, das mit der gleichen Frequenz vibriert. Da die Veränderungen zwischen den Universen jedoch kumulativ sind, kann die natürliche Frequenz unserer Warptriebwerke nicht dafür garantieren, daß wir nach Hause zurückkehren.«

»Dann müssen wir sie neu einstellen«, sagte Kirk. In seinem gegenwärtigen Zustand wirkte allein die Vorstellung schon so undurchführbar, als würde man von ihm verlangen, mit Felsen zu jonglieren.

»Ganz recht, Captain. Und jedesmal, wenn wir von einem Universum in ein anderes überwechseln, wird es erforderlich sein, daß ich die korrekte Frequenz erneut berechne. Je mehr Universen wir durchreisen, desto mehr Berechnungen werden jedesmal fällig. Die benötigte Warpfrequenz ist am Anfang ebenso bedeutsam wie am Schlußpunkt der Reise.«

»Müssen Sie das unbedingt so formulieren?« fragte McCoy, erwartete aber offenbar keine Antwort, da er sich abwandte, um nach Payton zu sehen. Er führte ein medizinisches Scanning durch und meinte: »Wahrscheinlich wird sie ein paar Stunden schlafen.« Er rieb sich die Augen. »Wir alle sollten ein paar Stunden schlafen.«

»Führen Sie die Berechnungen durch«, sagte Kirk.

»Selbst wenn wir voraussetzen, daß die Halluzinationen mich nicht in die Irre führen, wäre ich in meinem gegenwärtigen Zustand nicht in der Lage, rechtzeitig fertig zu werden. Der Computer des Monitors besitzt weder die nötige Geschwindigkeit noch die erforderliche Speicherkapazität.«

»Und ohne Sensoren ist der Schiffscomputer nutzlos.«

»Für diesen Zweck, ja.«

»Dann müssen wir jetzt den Aleph passieren.«

»Die Wahrscheinlichkeit, ein günstigeres Universum zu finden, ist nicht sehr hoch.«

»Wenn wir springen, sterben wir vielleicht. Bleiben wir hier, sterben wir mit Sicherheit. Angesichts dieser Alternative ziehe ich es vor, die mögliche Chance zu ergreifen.« Kirk mühte sich auf die Beine und ging zum Interkom. »Kirk an Brücke. Mr. Chekov, setzen Sie Kurs auf den Aleph.«

»Captain?«

»Den Aleph, Mr. Chekov.«

»Aye, Captain.«

Kirk konnte sich vorstellen, wie Chekov und Sulu fragende Blicke tauschten. Die gesamte Brückenmannschaft würde jene Spannung verspüren, die mit einem gefährlichen, aber auch mutigen Versuch einherging. Und ohne Zweifel würden sie froh sein, etwas tun zu können, statt einfach nur an ihren Stationen sitzen zu müssen.

»Bring uns nach Hause, Jim«, sagte McCoy.

»Ich tue, was ich kann«, entgegnete Kirk.

Ob das freilich ausreichen würde, darüber mußte sich jeder selbst seine Gedanken machen. Ihre Chancen, das richtige Universum zu treffen, lagen buchstäblich bei unendlich zu eins. Ihre Chancen, in einem Universum zu landen, das sich als ebenso schlimm erwies wie jenes, in dem sie sich im Moment befanden, waren hingegen weitaus besser, ein Umstand, den Kirk nicht gerade als beruhigend empfand.

Doch selbst eine kleine Chance war besser als ihre Chance, in diesem Universum zu überleben, denn die war gleich Null. Davon abgesehen mußten sie nicht unbedingt nach Hause zurückkehren, um zu überleben; es reichte schon, ein erträglicheres Universum zu finden, und davon sollte es eigentlich eine ganze Menge geben – zumindest ebenso viele, wie es schlimmere Universen gab. So mußte es einfach sein. Er verzichtete lieber darauf, Spock um seine Meinung zu fragen. Ein verträglicheres Universum würde zumindest Spock, Scotty und dem Computer genügend Zeit geben, um die passende Frequenz des Warpantriebs zu berechnen. Zeit war das, was sie am dringendsten brauchten. Und genau darum spielte Kirk das einzige Spiel, das hier möglich war.

Er biß die Zähne zusammen. Nur am Leben zu bleiben war nicht genug. Die *Enterprise* mußte in ihr Heimatuniversum zurückkehren, um Omen aufzuhalten. Der Verlust von Starfleet war ein zu hoher Preis für einen unsicheren und vermutlich nur vorübergehenden Frieden. Und davon abgesehen war Kirk klar, daß das Erzwingen des Friedens lediglich eine andere Art des Krieges darstellte. Trotz seines salbungsvollen Geredes war Omen keineswegs besser als die Leute, die er aufhalten wollte.

Kirk und Spock betraten den Turbolift. Die Kabine setzte sich nur schwerfällig in Bewegung, und die Innenbeleuchtung schwächte sich vorübergehend ab. Trotz der Gefahr bedauerte Kirk seine Entscheidung nicht. Wenn sie es jetzt nicht versuchten, würden sie es wahrscheinlich nie schaffen. Und mit dem nächsten Universum konnten sie sich auseinandersetzen, wenn sie dort waren.

Kirk holte tief Luft, als sich die Türen des Turbolifts öffneten. Es kostete ihn viel Kraft, seinen Sessel zu erreichen. »Bericht, Mr. Chekov.«

»Kurs auf den Aleph liegt an, Sir.«

»Hauptschirm, Uhura.«

Der Schirm erwachte zum Leben und zeigte den Aleph. Kirk sah an ihm vorbei in der Hoffnung, auf diese Weise der Gefahr zu entgehen, mental in ihm zu versinken. Sollten sie die Warptriebwerke benutzen oder nicht? Wie er sich auch entschied, die Wahrscheinlichkeit sprach nicht zu ihren Gunsten. Spock konnte ihm auch nicht helfen. Kirk mußte sich auf sein Gefühl verlassen.

»Mr. Sulu, bringen Sie uns durch. Volle Impulskraft.«

»Aye, Captain.«

Kirk konnte die Anstrengung der Maschinen regelrecht spüren und versuchte unwillkürlich, ihre Arbeit durch seine Körperhaltung zu unterstützen. Das Schiff näherte sich dem Aleph, und Kirk erblickte eine Vielfalt von Dingen, von denen er viele nicht identifizieren konnte. Der Aleph schien sich immer weiter zu öffnen, enthüllte mehr und mehr Teile des Universums, und dann schoß das Schiff hindurch.

Jeder außer Spock brach in Jubel aus, als die Sterne sichtbar wurden. Spock zog lediglich eine Augenbraue hoch und nickte. Für seine Verhältnisse entsprach das durchaus einem Jubelschrei.

»Wir haben es geschafft, Spock«, rief Kirk. Schon jetzt fühlte er sich besser. Und offensichtlich machte er sich über seine plötzlich zurückgekehrte Vitalität keine Illusionen, denn auch die Impulstriebwerke klangen jetzt wieder ganz normal.

»Vielleicht, Captain. Viele Universen müssen Sterne aufweisen.«

»McCoy an Brücke. Sind wir zu Hause, Jim?«

»Das scheint noch nicht ganz festzustehen, Doktor. Ich melde mich wieder.« Ohne die Navigationssensoren war es praktisch unmöglich, die sichtbaren Sterne mit ihren Karten zu vergleichen. Kirk sah zu Spock hinüber und sagte: »Zumindest haben wir Zeit gewonnen.«

Mit jeder Minute, die verstrich, fühlte sich der Captain besser. Obwohl er nicht wußte, ob sie sich in ihrem Heimatuniversum befanden oder nicht, ermutigte ihn der Umstand, daß die Natur dieses Universums offenbar nicht feindlich war. Die Kombination aus zurückgewonnener körperlicher Leistungsfähigkeit und einer Vergrößerung der zur Verfügung stehenden Zeit stimmte ihn optimistisch. Ihm war nach Singen zumute, aber er war nicht gerade ein begnadeter Sänger.

»Ja, Captain. Ich fange sofort an.« Spock erhob sich und ging zum Turbolift, hielt jedoch inne, als er sah, was sich auf dem Schirm zeigte.

Kirk drehte sich, um selbst zu sehen, was Spock so überrascht hatte. Er erstarrte, und das Lächeln verschwand aus seinem Gesicht.

Auf dem Schirm vor ihnen schwebte ein klingonisches Kriegsschiff.

11

»Ich brauche die Sensoren jetzt, Mr. Scott«, brüllte Kirk ins Interkom.

»Wir arbeiten hier unten so schnell wir können, Sir«, sagte Scotty. Es störte ihn nicht weiter, sich selbst und seine Leute anzutreiben, doch Kirk wußte, daß Scott es haßte, seine Maschinen zu mißhandeln.

»Jetzt, Mr. Scott.«

»Aye, Sir. Sie sollen sie haben.«

Kirk betrachtete das klingonische Schiff. Im ersten Moment war er davon ausgegangen, daß sie infolge eines fast unglaublichen Zufalls in ihr Heimatuniversum gesprungen waren. Doch dann bemerkte er Details an dem klingonischen Schiff, die seinen ersten Eindruck in Frage stellten. Beispielsweise hatte er noch nie ein Klingonenschiff gesehen, dessen Hauptsensor wie eine Rose geformt war. Das dreiteilige Symbol des klingonischen Imperiums fehlte auf den Warpgondeln; statt dessen fand sich dort ein einfaches Symbol, das entweder einen einzelnen, seine Sonne umkreisenden Planeten oder aber ein Wasserstoffatom zeigte. Und auch der Umriß der Intervaller-Kanone sah etwas anders aus, als er es in Erinnerung hatte. Was hatten all diese kleinen Unterschiede zu besagen?

Direkt hinter dem klingonischen Schiff leuchtete der Aleph. Würden die Klingonen sie dorthin durchlassen? Die Klingonen, die Kirk kannte, würden die *Enterprise* nicht kampflos vorbeilassen; trotzdem war er nicht bereit, den ersten Schlag zu führen, solange er nicht mehr über diese Klingonen und ihr ungewöhnliches Schiff wußte. Und vielleicht war ein Schlagabtausch ja auch gar nicht nötig. Er schluckte und sagte: »Öffnen Sie einen Kanal, Lieutenant.«

»Captain, sie kontaktieren uns. Allerdings benutzen sie nicht die üblichen Grußfrequenzen.«

Nach allem, was er bereits entdeckt hatte, war Kirk nicht sonderlich überrascht. »Sie sind nicht bösartig genug, was, Lieutenant? Auf den Schirm. Und sehen Sie mal zu, ob sie Mr. Scott nicht beschwatzen können, mir ein paar Sensoren zu überlassen.«

Uhura versuchte nicht einmal, ihr Lächeln zu verbergen. »Ja, Sir.«

Das Bild des Klingonenschiffes wurde durch eine Person ersetzt, bei der es sich um den Captain handeln mußte. Kirk riß die Augen auf.

Als erstes fiel ihm auf, daß der Klingone offenbar nicht wütend war. Er wirkte eher – Kirk suchte nach dem richtigen Wort – überrascht. Die Uniform unterschied sich ebenfalls von dem, was Kirk erwartet hatte. Statt der finster wirkenden Kombination aus dunklem Leder und grobem Stoff trug dieser Klingone ein fließendes Gewand aus dünnem, pastellgrünem Gewebe. Eine Tresse verlief über eine Schulter und trug einen mit roten, tränenförmigen Schmucksteinen besetzten Saum. Der Klingone starrte Kirk an und sagte etwas Unverständliches.

»Was ist das, Uhura, irgendein klingonischer Dialekt?«

»Ich bin mit mehreren klingonischen Dialekten vertraut, Captain«, sagte Uhura. »Aber das hier ähnelt keinem davon.«

»Renegaten, Spock?«

»Unbekannt, Captain.«

»Lieutenant, schalten Sie den Translator zu.«

»Aye, Sir.«

»Hier spricht Captain James T. Kirk vom Föderationsschiff *Enterprise*. Bitte identifizieren Sie sich.«

Der klingonische Captain schien einem hysterischen Anfall nahe. Er kreischte etwas, doch der Translator konnte damit nichts anfangen.

»Wir befinden uns auf einer friedlichen Mission«, sagte Kirk. »Bitte identifizieren Sie sich.« Kirk war klar, daß der Klingone ihn vermutlich ebensowenig verstand wie umgekehrt, doch er hoffte, sein Tonfall würde den Klingonen beruhigen und ihn zumindest vorerst davon überzeugen, daß er keine feindlichen Absichten hatte.

Der Klingone sprach wieder. Jetzt klang er nicht mehr hysterisch, aber auch nicht wütend, womit Kirk unter den gegebenen Umständen eigentlich gerechnet hatte. Eher wirkte er etwas verdrießlich, fast wie ein quängelndes Kind. Doch das spielte keine Rolle. Der Translator benötigte Sprachmuster, um damit arbeiten zu können, und Kirk bemühte sich, den Klingonen dazu zu bringen, diese Muster zu liefern. Hin und wieder lieferte das Gerät bereits ein verständliches Wort, doch noch längst nicht genug, um Kirk bereits einen Eindruck zu vermitteln, wovon der Klingone eigentlich sprach.

Payton trat neben Kirk, und der Captain sagte: »Wie ich sehe, sind Sie Dr. McCoy entkommen.«

»Er hat mich gehen lassen, nachdem er keine Beeinträchtigung bei mir feststellen konnte. Kann ich irgendwie helfen?« fragte sie mit einem Blick auf den Schirm.

»Nein, es sei denn, Sie wären Expertin für seltene klingonische Dialekte.«

»Ein Teil der Sensoren arbeitet wieder«, sagte Spock leise.

Der Klingone hörte auf zu sprechen und sah Kirk erwartungsvoll an. Kirk hob die offene Hand in einer, wie er hoffte, universellen Geste des Friedens und sagte: »Ist das ein klingonisches Schiff, Spock?«

»Wir wissen nur wenig über den inneren Aufbau

klingonischer Schiffe, doch das Äußere stimmt bis auf zehn Prozent mit den für die Kreega-Klasse geltenden Normen überein.«

»Zehn Prozent. Das ist eine ziemlich große Abweichung, nicht wahr?«

»Für ein Kriegsschiff allerdings.«

»Bewaffnung?«

»Das ist im Moment unmöglich zu sagen. Die Sensoren registrieren verschiedene Strukturen und Energiekurven, mit denen ich nicht vertraut bin, aber sie folgen generell dem klingonischen Muster für Deflektoren und Waffen.«

Kirk wußte immer gern, womit er es zu tun hatte, doch diesmal mußte er offenbar darauf verzichten. »Was ist mit der Crew? Handelt es sich um Klingonen?«

»Soweit ich das beurteilen kann, ja. Wir sind noch nicht in der Lage, ein vollständiges Sensorscanning durchzuführen.«

Offenbar hatte der Translator inzwischen genug von der Sprache aufgezeichnet, denn als der Klingone abermals sprach, konnte Kirk ihn verstehen.

»Wer sind Sie? Der Planet gehört uns. Bitte gehen Sie wieder.«

»Ich habe noch nie erlebt, daß ein Klingone ›bitte‹ sagt«, meinte Uhura erstaunt.

Kirk auch nicht, doch im Moment interessierte er sich mehr für den Planeten der Klingonen als für ihre Umgangsformen. Wenn der Planet in den Unterlagen der *Enterprise* verzeichnet war, könnten sie dadurch erfahren, wo sie sich befanden. Abermals sagte er: »Hier spricht Captain James T. Kirk vom Föderationsschiff *Enterprise*. Bitte identifizieren Sie sich.«

Der Klingone antwortete: »Ich bin Captain Iola von der Klingee Association. Wir kennen keine Föderation.«

Kirk war sich ziemlich sicher, daß es ihnen nicht unbedingt helfen würde, wenn er dem Klingonen eine genaue Beschreibung der Föderation lieferte. »Wir sind Teil einer Völkergruppe von Raumfahrern, genau wie Sie.«

»Wir sind die einzigen Raumfahrer. Der Planet gehört uns. Bitte verschwinden Sie.« Damit schien die Angelegenheit für Iola erledigt.

»Was meinen Sie mit ›die einzigen Raumfahrer‹?« fragte Kirk.

»Seien Sie nicht albern. Wir sind die einzigen, weil es keine anderen gibt. Die Klingee sind die Herren von allem, angefangen bei unserem Heimatplaneten bis hin zu Kardomas Mauer am Ende des Universums, die niemand durchdringen kann.«

»Einen Augenblick, bitte, Captain«, sagte Kirk und gab Uhura das Zeichen, die Tonübertragung zu unterbrechen. Er lehnte sich über das Geländer der oberen Brückenebene und fragte: »Was meinen Sie, Spock? Geben die nur an, oder was?«

»Es ist möglich, daß sie ihre eigene Position überschätzen, Captain, aber wenn die Klingee allein in diesem Universum sind, würde das einiges erklären – ihre Sprache, die Art ihrer Kleidung, ihre Haltung uns gegenüber und den rosenförmigen Sensor.«

»Dann haben sie also keine Kampferfahrung.«

»Vielleicht nicht. Vielleicht kämpfen sie aber auch gegeneinander. Die Menschen haben sich jahrhundertelang gegenseitig bekämpft. Allerdings entspricht ihr Verhaltensmuster nicht unbedingt dem einer militanten Rasse.«

Sie waren also wieder dort, wo sie angefangen hatten, sahen sich einem unbekannten Gegner in einem unbekannten Universum gegenüber. »Was ist mit dem Planeten, Spock?«

Spock sprach, während er in sein Sichtgerät blickte. Blaues Licht beleuchtete sein Gesicht. »Wir sind etwa drei planetare Standardeinheiten davon entfernt. Alle

Anzeichen sprechen dafür, daß es sich um die Erde handelt. Die geographischen Gegebenheiten stimmen bis auf ein Prozent überein.«

Spocks Erklärung schockierte Kirk, und für einen Moment war er sprachlos. Er leckte sich über die Lippen und sagte: »Die Klingonen ..., äh, Klingees ... haben die Erde erobert?«

»Vielleicht, Captain, aber nicht im üblichen Sinne. Die Sensoren melden Pflanzen und ein paar einfache tierische Lebensformen. Keine künstlichen Strukturen, keine elektromagnetische Strahlung abgesehen vom natürlichen Magnetfeld des Planeten, und keine Chemikalien in der Luft, die auf eine wie auch immer geartete Industrie hinweisen würden.«

»Die Menschen haben sich niemals entwickelt?«

»Offensichtlich nicht. Und andere Wesen auch nicht.«

Trotz Spocks Erklärung verspürte Kirk den Wunsch, diese Erde zu retten. Es erschien ihm geradezu obszön, daß die Klingonen – Klingees – sie ausbeuten sollten. Und doch, sagte er sich selbst, spielte es keine Rolle, was die Klingees mit dem Planeten anstellten. Es gab dort keine Bewohner, denen sie hätten schaden können.

Eine weitaus wichtigere Schlußfolgerung aus Spocks Entdeckung war sicher, daß sich die *Enterprise* kaum in ihrem Heimatuniversum befand. Und die Klingee waren gewiß keine Klingonen. Kirk hoffte, daß sich die Unterschiede vorteilhaft für sie auswirkten. Bisher schien das jedenfalls der Fall zu sein.

»Worüber reden Sie?« fragte Captain Iola. »Ich verlange das zu wissen.«

Kirk nickte Uhura zu und sagte zum Schirm gewandt: »Wir sind nicht an dem Planeten interessiert. Aber wir müssen freien Zugang zu dem wirbelnden Körper hinter Ihnen erhalten.«

»Der gehört auch uns«, erklärte Iola. »Alles gehört uns. Alles.«

»Das werden wir noch sehen«, knurrte Kirk. Von dem, was er bisher von den Klingee gesehen hatte, war er nicht sonderlich beeindruckt. Sie besaßen zwar ein Schiff und wahrscheinlich auch Waffen, aber er bezweifelte, daß sie über große Kampferfahrung verfügten. Selbst wenn sie untereinander kämpften, wären sie ihm vermutlich immer noch weit unterlegen. Trotzdem wollte Kirk nicht erst schießen und dann Fragen stellen. »Captain Iola, wir benötigen den wirbelnden Körper nur für kurze Zeit.«

»Das spielt keine Rolle. Er gehört uns, und Sie können ihn nicht haben.« Der Schirm erlosch und zeigte einen Moment später wieder das Klingeeschiff.

»Wir haben es mit Kindern zu tun«, sagte Payton leise zu Kirk.

Der Captain nickte. Die Klingee waren Rabauken, daran gewöhnt, ihren Willen zu bekommen. Vielleicht ließen sie sich wie viele Rabauken einschüchtern, wenn man Stärke demonstrierte. »Mal sehen, wie die Herren der Schöpfung auf eine Herausforderung reagieren. Mr. Chekov, feuern Sie einen Phaser mit niedriger Energie über den Bogen des Klingeeschiffs hinweg.«

»Aye, Captain.«

»Feuern Sie, wenn Sie soweit sind.«

Die Phaser sirrten, als die grelle Lichtnadel hinausschoß und das Schiff der Klingee knapp verfehlte.

Captain Iolos Stimme drang aus dem Audio-Kanal. »Sie hätten das nicht tun dürfen. Das wird Ihnen noch leid tun.«

»Radikale Änderung des Energieverbrauchs an Bord des Klingeeschiffes«, meldete Spock. »Ich glaube, sie machen eine Waffe schußbereit.«

Kirk hatte kaum Zeit, nach den Schilden zu rufen, da schoß eine Spirale aus orangerotem Feuer auf die *Enterprise* zu. Die Spirale traf mit einem dröhnenden Schlag auf und brachte das Schiff zum Schwanken, als die Kompensatoren für einen Moment überlastet wurden. Die Sterne tanzten über den Schirm, und Kirk schloß die Augen, um das plötzliche Schwindelgefühl zu bekämpfen.

»Volle Impulskraft«, befahl der Captain. Diese verdammte Energiewaffe mußte das Schiff wie einen flachen Stein davongeschleudert haben.

»Steuerung spricht nicht an«, rief Sulu.

Kirk mußte verhindern, daß das Schiff weiterhin unkontrolliert kreiselte. Er ließ die Düsen der Feinsteuerung aktivieren. Diese Düsen konnten zwar nur kleine, dafür aber sehr präzise Korrekturen vornehmen und wurden üblicherweise zum Manövrieren in Raumdocks eingesetzt. Aber sie verfügten über ein von der üblichen Steuerung getrenntes Kontrollsystem.

Das Wirbeln der Sterne verlangsamte sich. Eine ganze Reihe von Schadensmeldungen kam herein.

»Uhura?« fragte Kirk.

»Kleinere Schäden überall auf dem Schiff. Eine Menge Beulen und Blutergüsse. Dr. McCoy klingt nicht sehr begeistert.«

Kirk lächelte. Vermutlich würde McCoy bald auftauchen, um sich darüber zu beschweren, wie der Captain das Schiff führte. Er schaltete das Interkom ein. »Wie sieht es dort unten aus, Mr. Scott?«

»Was immer uns da getroffen hat, es hat die primäre Steuerungskontrolle durchgeschlagen.«

»Können Sie es reparieren?«

»Diesmal schon, Captain. Aber noch so ein Treffer, und wir haben vielleicht nicht mehr so viel Glück.«

Kirk mußte also die Klingee daran hindern, sie noch einmal anzugreifen. Vielleicht hatten sie ja auch gar nicht die Absicht, sie abermals zu attackieren. Aber hatte je ein Rabauke aufgehört, wenn er sich im Vorteil sah? »Beeilen Sie sich, Mr. Scott.«

»Aye.«

»Können Sie uns sagen, wo wir uns befinden, Spock?«

»Aye, Captain. Die lokalen Konstellationen entsprechen bis auf zwei Prozent jenen, die wir rings um die Erde unseres eigenen Universums kennen. Wir sind schätzungsweise fünfhunderttausend Kilometer weit davongeschleudert worden.«

Eine halbe Million Kilometer war nicht viel im Vergleich zu interstellaren Distanzen, doch solange die *Enterprise* nicht in der Lage war, zum Aleph zurückzukehren, hätte es sich ebensogut um Parsec handeln können. Kirk revidierte seine Ansicht über die Klingee. Offensichtlich verfügten sie über eine Waffe, die zu Hause niemand – nicht einmal die Klingonen – besaß. Wenn die Klingee sie jedoch hatten, mochte es durchaus sein, daß die Klingonen gerade daran arbeiteten. Noch ein Grund mehr, um nach Hause zurückzukehren: um die Föderation vor der Möglichkeit einer neuen klingonischen Waffe zu warnen.

»Nachricht von den Klingee, Captain.«

»Auf den Schirm.«

Die Sterne wurden durch das grinsende Gesicht Captain Iolas ersetzt. »Ich glaube, wir haben es Ihnen gezeigt, Captain James T. Kirk. Sie kommen besser nicht noch einmal her. Unsere Flotte wird bald eintreffen und sich dann endgültig um Sie kümmern.«

»Captain ...«, begann Kirk.

»Kein weiteres Geschwätz. Bleiben Sie uns vom Leib, oder wir setzen unseren Zyklor abermals gegen Sie ein.« Die Sterne erschienen wieder auf dem Schirm.

»Was halten Sie davon, Spock?«

»Sie drohen uns, um uns von ihrem Eigentum fernzuhalten.«

»Wenn sie diesen Zyklor haben, wozu brauchen sie dann die Flotte?«

»Unbekannt, Captain.«

Kirk schüttelte den Kopf. Es gab keinen besseren geradlinigen Denker als Mr. Spock, doch mit Winkelzügen konnte er nur wenig anfangen. »Ich hatte mal vorgeschlagen, Sie sollten sich mit Poker beschäftigen.«

»Ich nehme an, dieser Kommentar bezieht sich auf die gegenwärtige Situation.«

»Das können Sie durchaus annehmen.«

Spock zuckte die Achseln. »Dreidimensionales Schach liefert mir in ausreichendem Maße Unterhaltung. Es ist ein Spiel, das Logik und Geschick erfordert. Poker hingegen ist ein Glücksspiel.«

»Ja, aber Poker kann uns Dinge beibringen, die wir beim dreidimensionalen Schach nicht lernen. Beispielsweise, weshalb die Klingee die Flotte benötigen.«

»Tatsächlich, Captain?«

»Ja. Ich glaube, sie bluffen. Ich vermute, der Zyklor ist eine Waffe, die entweder nur einmal eingesetzt werden kann oder aber sehr viel Zeit zum Aufladen braucht. Das Klingee-Schiff will verhindern, daß wir angreifen, bevor die Flotte eintrifft, weil es sich nicht verteidigen kann. Eine Flotte hingegen würde ihm ausreichenden Schutz bieten. Was halten Sie davon?«

»Es ist eine akzeptable Theorie«, gab Spock zu. »Wir könnten sie testen, indem wir sie abermals angreifen und ihre Reaktion beobachten.«

»Und dabei das Schiff riskieren. Wenn ich mich irre, könnten wir beim nächsten Versuch unsere Steuerung verlieren. Ich habe eine bessere Idee. Ms. Payton meint, die Klingee benehmen sich wie Kinder.«

»Wie menschliche Kinder.«

»Ja, Mr. Spock, wie menschliche Kinder. Ich vermute, wir können sie verscheuchen, Iolas Schiff ebenso wie die gesamte Flotte, wenn wir sie davon überzeugen, daß wir außerordentlich mächtig, praktisch allmächtig sind.«

»Schon möglich«, bemerkte Spock. »Das Problem besteht darin, sie davon zu überzeugen.«

»So schwierig dürfte das nicht werden. Wenn wir den Aleph benutzen, können wir buchstäblich alles im Universum sehen. Sicher kann ich auf diese Weise etwas Geheimes an Bord von Iolas Schiff entdecken, wovon wir ihrer Meinung nach unmöglich wissen können.«

»Nach dem, was wir bisher über die Psychologie der Klingee herausgefunden haben, könnte der Plan funktionieren. Ich muß jedoch darauf bestehen, daß ich derjenige bin, der den Aleph nach dem Geheimnis durchsucht.«

»Sie wollen wohl den ganzen Spaß für sich allein haben, Spock?«

Der Vulkanier runzelte die Stirn. Der Mann verstand einfach keinen Scherz. Oder er war fest entschlossen, so zu tun, als würde er einen Scherz nicht einmal dann erkennen, wenn er ihn praktisch vor der Nase hatte. »Nein, Captain. Als Vulkanier bin ich das einzige Besatzungsmitglied mit genügend mentaler Selbstdisziplin, um die eigene Identität zu bewahren, während ich in den Aleph blicke, und daher auch der einzige, der eine Chance hat, diese Aufgabe zu erfüllen. Außerdem können wir es uns nicht leisten, Sie zu verlieren, Sir.«

»Sie würden mich nicht verlieren.«

»Die Wahrscheinlichkeit, daß Sie die Aufgabe bewältigen, liegt bei eins zu dreitausend. Die Chance hingegen, einen dauerhaften psychologischen Schaden zu erleiden, ist weitaus größer.«

Woher bekam Spock immer diese Zahlen? Bestand vulkanischer Humor darin, Wahrscheinlichkeiten zu berechnen? Galten Zahlen mit einer Drei darin als besonders lustig? »Ich bitte Sie nicht um Erlaubnis, Spock.«

Spock preßte die Lippen zusammen. Kirk wußte, daß der Vulkanier nicht mit seinem Captain streiten wollte, doch als Erster Offizier fühlte er sich verpflichtet, auf wahrscheinliche Gefahren hinzuweisen. Überdies wußte Kirk, daß Spock höchstwahrscheinlich recht hatte. Payton war nicht sehr lange in der Lage gewesen, bei Bewußtsein zu bleiben, und sogar Spock selbst hatte Probleme gehabt. Doch die simple Wahrheit lautete, daß Kirk neugierig war. Er wollte sich selbst dem Aleph ausliefern, die Erfahrung voll ausschöpfen. Er spürte, daß er nie wieder eine bessere Gelegenheit erhalten würde. Und doch hatte Spock wahrscheinlich recht.

»Schließen wir einen Kompromiß, Spock. Ich durchsuche den Aleph, und Sie bleiben die ganze Zeit über bei mir und holen mich zurück, falls ich zu weit zu gehen scheine.«

Spock dachte mit hochgezogenen Brauen darüber nach. »Also schön, Captain. Und Dr. McCoy kann das gleiche für Ms. Payton tun.«

Payton nickte.

»Wir haben doch jetzt Sensoren«, wandte Kirk ein. »Brauchen wir Ms. Payton da noch?«

»In ihrem gegenwärtigen Zustand reichen die Schiffsensoren noch nicht aus, um den Aleph aus dieser Entfernung zu untersuchen«, sagte Spock. »Daher ist es nötig, daß Ms. Payton noch einmal den Hauptschirm beobachtet, während Sie ihren Monitor betrachten. Ihr Implantat wird das Bild zu Professor Omens Ausrüstung und von dort aus zu ihrem Monitor schicken.«

Kirk hatte nicht damit gerechnet, daß Payton mit hineingezogen werden würde. »Was ist mit den Aufzeichnungen, die wir gemacht haben?«

»Die sind für unsere Zwecke nicht detailliert genug.«

»Also gut«, meinte Kirk resigniert. Payton mußte also noch einmal alles durchmachen.

»Ich nehme die entsprechenden Einstellungen an Ms. Paytons Monitor vor«, erklärte Spock und verließ die Brücke.

»Er gibt keinen Millimeter nach, nicht wahr?« fragte Payton.

»Seine Sturheit ist zugleich sein Stolz wie sein Fluch«, antwortete Kirk.

Kirk saß in dem Sessel vor Paytons Monitor und amüsierte sich über McCoys Unbehagen.

»Du willst also unbedingt selbst einen Blick darauf werfen«, meinte McCoy düster.

»Du tust so, als müßte ich gleich sterben, Doktor.«

»Ich will nur nicht, daß du dort drin verlorengehst.«

»Mr. Spock ist mein Schutzengel. Und du wirst auf Ms. Payton aufpassen. Sie erwartet dich auf der Brücke.«

Zu Spock gewandt, sagte McCoy: »Ziehen Sie ihn weg, wenn er zu tief einsinkt. Ich mache das gleiche mit Ms. Payton.«

»Verstanden, Doktor.«

»Verschwinde hier, Pille. Wir verschwenden unsere Zeit. Wir wissen schließlich nicht, wann die Klingee-Flotte eintrifft.«

Mit einem letzten, besorgten Blick auf Kirk ging der Doktor.

»Er ist genauso schlimm wie Sie«, meinte Kirk.

»Wir sind eben beide« – Spock suchte nach dem richtigen Wort – »besorgt.«

»Ich weiß das zu schätzen. Fangen wir an.«

Im Augenblick zeigte der Monitor das Gesicht von Lieutenant Uhura. Sie sagte: »Ein Kommunikationsoffizier hat weitaus mehr zu tun, als nur die Anrufe zu beantworten. Es kann sehr aufregend sein.« Das Bild schwenkte, als McCoy aus dem Turbolift trat und sagte: »Unten sind sie soweit, Ms. Payton. Wie steht es bei Ihnen?« Kirk beobachtete durch Paytons Augen, wie McCoy sie zum Kommandosessel führte. Kirk hatte die Brücke schon Tausende von Malen unter den verschiedensten Bedingungen gesehen, und doch, als er sie jetzt auf dem Monitor erblickte, war er so fasziniert, als hätte er sie noch nie vor Augen gehabt.

Spock drückte einen Knopf des Interkoms auf dem Tisch und sagte: »Ms. Payton, Sie können anfangen.«

»Zeigen Sie uns den Aleph, Uhura«, sagte Payton.

Die Sterne wanderten zur Seite, und ein heller Lichtfleck erschien in der Mitte des Monitors. Es war der Aleph. Spock nahm eine Justierung vor und holte das Bild näher heran. Da es sich um einen Punkt handelte, nahm nur seine Intensität zu, nicht seine Größe.

»Konzentrieren Sie sich, Captain«, meinte Spock. »Das ist der einzig sichere Weg zum Erfolg.«

»Es wird schon klappen, Spock.«

Zum erstenmal ließ sich Kirk ganz auf den Aleph ein. Er sah das Gesicht jedes einzelnen Mannschaftsmitglieds der *Enterprise,* den Inhalt ihrer Spinde (was ausreichte, um selbst einen Captain rot werden zu lassen), das grelle Flirren im Innern der Warptriebwerke, die Gitterstruktur der Dilithiumkristalle und auch einzelne Dilithiummoleküle. Er versuchte, seine Wahrnehmung in Richtung des Klingee-Schiffes zu verschieben, um etwas Verborgenes zu finden, etwas Privates, von dem er unmöglich Kenntnis haben konnte.

Er verlor das Gefühl für den Sessel, in dem er saß, und dann das für seinen eigenen Körper. Er spürte, wie sich das Bewußtsein seiner selbst langsam auflöste und von einem fast greifbaren Ding zu einer auseinandertreibenden Wolke wurde. Kirk versuchte die Ränder der Wolke einzufangen, sie zusammenzuhalten, doch je mehr Zeit verstrich, desto weniger Erfolg zeigte sein Bemühen. Und schon bald schien es auch gar nicht mehr wichtig, diese Wolke zusammenzuhalten. Er nahm alles in sich auf, was der Aleph ihm zeigte, ohne Vorurteile, ohne Selektion, ohne Fragen. Und bald waren die Visionen des Aleph alles, was überhaupt existierte.

Spock stand neben Kirks Sessel und hielt die Augen fest auf den Captain gerichtet. Diesmal konnte er es sich nicht erlauben, selbst in den Aleph hineingezogen zu werden. Kirks Augen standen weit offen, sogen sich regelrecht fest am Abbild des Aleph.

»Wie fühlen Sie sich, Captain?« fragte Spock.

»Ich bin überall.«

Diese Antwort beruhigte Spock nicht übermäßig, doch andererseits war es ganz ermutigend, daß der Captain überhaupt antworten konnte.

Nach dem Signalton drang Uhuras Stimme aus dem Interkom. »Brücke an Captain Kirk.«

»Spock hier. Der Captain ist nicht zu sprechen.«

»Sie kommen besser auf die Brücke, Mr. Spock. Die Flotte der Klingee nähert sich.«

»Ich bin sofort da, Lieutenant. Spock Ende.«

Spock blieben zwei Alternativen. Er konnte Kirk jetzt herausholen oder selbst das Kommando über die Brücke übernehmen. Nach Ms. Paytons Zustand im Anschluß an die erste Sitzung zu urteilen, würde der Captain mindestens eine Stunde ruhen müssen, nachdem man ihn aus dem Aleph zurückgeholt hatte. Demnach bestand die logische Entscheidung darin, sich jetzt zur Brücke zu begeben. Immerhin galt seine Verpflichtung in erster Linie dem Schiff. So war es selbst damals gewesen, als das Leben seines Vaters auf dem Spiel stand. Trotzdem konnte Spock den Captain nicht allein lassen.

»Spock an Schwester Chapel.«

»Hier, Mr. Spock.«

»Bitte kümmern Sie sich um Captain Kirk. Er befindet sich in Ms. Paytons Kabine. Kommen Sie herein, ohne sich vorher bemerkbar zu machen. Wenn er zu tief in den Aleph hineingezogen wird, müssen Sie ihn sofort herausholen. Außerdem muß ich darauf bestehen, daß Sie unter gar keinen Umständen selbst in den Aleph hineinschauen.«

»Ja, Mr. Spock. Aber was ist, wenn ...«

Spock wußte, daß seine Anweisungen eher vage ausgefallen waren und der Situation keineswegs gerecht wurden. Er mußte sich auf das verlassen, was man als Chapels ›mütterliche Instinkte‹ bezeichnet hatte. »Ich habe jetzt keine Zeit, Schwester. Wenn Sie mich brauchen, erreichen Sie mich auf der Brücke.«

»Ja, Mr. Spock.« Ihre Stimme klang noch immer unsicher.

Spock schaltete das Interkom ab und eilte zur Brücke.

12

Kirk erwachte. Er war wieder er selbst, doch ein merkwürdiges Unbehagen blieb zurück, ein Gefühl, wie er es nie zuvor erfahren hatte. Es kam ihm so vor, als wäre sein Bewußtsein irgendwie begrenzt, eingeschlossen. Als würde er, psychologisch gesehen, im Innern eines Eies leben.

Er öffnete die Augen und schaute zur Decke hoch. Sie sah mehr oder weniger so aus wie jede andere Decke an Bord der *Enterprise* auch. Hinter ihm war ein vertrauter, langsamer rhythmischer Klang zu vernehmen. Was war das für ein Klang? Sein Herzschlag. Nein, nicht sein Herzschlag, sondern dessen elektronische Wiedergabe. Er mußte sich auf einer Diagnoseliege in der Krankenstation befinden.

Er rief: »Pille« und wurde sich bewußt, daß er keinen Ton erzeugt hatte. Der Ruf war lediglich in seinem Kopf erklungen. Er versuchte es noch einmal, brachte aber nur einen Ton heraus, der an den Ruf eines Frosches erinnerte.

Dann beugte sich McCoy über ihn und schwenkte seinen Scanner, als wäre es ein Zauberstab. »Du bleibst einfach hier liegen, Jim. Spock hat alles unter Kontrolle.«

Was mußte unter Kontrolle gebracht werden? War die Klingee-Flotte eingetroffen? Hatte sie angegriffen? Kirk quakte abermals.

»Wenn du so weitermachst, kannst du bald Fliegen fangen, Captain. Ruhe dich aus. Das ist eine ärztliche Anordnung.«

Kirk wollte mit McCoy streiten, vergaß aber sofort wieder, was er eigentlich sagen wollte. Als nächstes wurde ihm bewußt, daß er aus dem Schlaf hochfuhr. Er hatte gar nicht gemerkt, daß er eingeschlafen war. Dann erinnerte er sich, daß er vom Aleph geträumt hatte. Doch statt die Teile des Universums scharf und klar zu erkennen, hatte er sie in seinem Traum nur wie durch einen dicken, unheimlichen Nebel gesehen.

Er öffnete die Augen und erblickte Schwester Chapel, die sich mit besorgter Miene über ihn beugte. Vielleicht würde sie ihm ja ein paar Fragen beantworten. Er schluckte und stellte fest, daß seine Kehle mit Sandpapier ausgekleidet war. Er schluckte noch einmal. Schon besser. Kirk wollte fragen, was vor sich ging, brachte aber nur das erste Wort heraus.

»Als Mr. Spock auf die Brücke ging, habe ich Sie beobachtet, bis Dr. McCoy sich meldete. Ich habe mich vergewissert, daß Sie Ihre Zunge nicht verschluckt haben, und Sie dann so schnell wie möglich zur Krankenstation gebracht.«

Wenn Spock ihn Chapels Obhut überlassen hatte, ohne sich die Zeit zu nehmen, ihr genau zu erklären, was Kirk eigentlich machte, dann war die Klingee-Flotte vielleicht wirklich eingetroffen. Er mußte auf die Brücke. Während er sich in eine sitzende Position hochkämpfte, rief Chapel, die Verräterin, nach McCoy. Bevor der Doktor eintraf, bemerkte Kirk, daß Payton auf der Liege neben ihm schlief. Armes Kind; mit dieser Art von Mißbrauch hatte sie sicher nicht gerechnet, als sie sich das Implantat einsetzen ließ.

McCoy eilte herbei und drückte Kirk wieder auf die Liege zurück. »Du schaffst es nicht mal, den Raum zu durchqueren, ganz zu Schweigen vom Weg bis zur Brücke.«

»Spock ...«

»Spock hat mir gesagt, ich solle dir ausrichten, die Klingee-Flotte sei angekommen, scheine aber mehr an der leeren Erde interessiert zu sein als an der *Enterprise*. Das Schiff ist nicht in Gefahr.«

Das waren gute Neuigkeiten, wenn sie denn stimmten. Spock würde natürlich nicht lügen, aber McCoy vielleicht, wenn er ihn auf diese Weise im Bett halten konnte. Und Spock würde wissen, daß McCoy zu so etwas fähig war. Doch selbst wenn die Meldung stimmte, konnte sich die Lage innerhalb von Sekunden ändern. Wieder versuchte Kirk, sich aufzurichten. »Schwester«, rief McCoy, »bringen Sie mir den ganz großen Betäubungshammer.«

Kirk wußte, daß McCoy mit dem Hammer nur Spaß machte, aber ihm war zugleich klar, daß der Doktor ihn mit Sedativa vollpumpen würde, wenn er sich zu widerspenstig zeigte. »Ich muß Spock sehen.«

McCoy überlegte einen Moment, gab dann zögernd nach und rief die Brücke. Ein paar Minuten später stand Spock neben Kirks Liege und sagte: »Ich hoffe, es geht Ihnen gut, Captain.«

»Ich fühle mich in meinem eigenen Körper wie ein Geist.«

»Das geht vorbei«, meinte McCoy. »So war es bei Payton auch.«

Weder Spock noch McCoy rückten freiwillig irgendwelche Informationen heraus. Sie beobachteten ihn, als erwarteten sie, er würde sich jeden Moment in Luft auflösen. Vielleicht war das nur gut gemeint, weil sie ihn schonen wollten, doch ihre Haltung machte Kirk nervös und ungeduldig. »Wie steht es um das Schiff?«

»Die Steuerung funktioniert wieder. Und Mr. Scott kommt mit der Reparatur der Sensoren gut voran.«

»Ein Teil der Sensoren funktioniert aber?«

»Ja.«

Immerhin etwas. »Und was ist mit der Klingee-Flotte?«

»Die Flotte scheint kein besonderes Interesse für die

Enterprise zu entwickeln, solange wir uns nicht dem Aleph oder dem Planeten nähern.«

»Haben Sie experimentiert?«

»Aye, Captain. Keiner der Klingee hat der *Enterprise* die geringste Beachtung geschenkt, bis wir uns auf meinen Befehl hin dem Aleph mit einem Viertel Impulskraft genähert haben.«

»Und dann?«

»Captain Iola hat uns gewarnt, wir sollten verschwinden. Ich habe es vorgezogen, seine Drohung ernst zu nehmen.«

»Sehr klug, Mr. Spock. Nur haben wir jetzt immer noch nichts, womit wir die Klingee beeindrucken könnten.«

»Nein. Aber ich habe die Zeit trotzdem genutzt. Auf der Grundlage meiner eigenen Beobachtungen und der Aufzeichnungen von Ms. Paytons Monitor habe ich Fortschritte bei der Suche nach einer geeigneten Formel gemacht, nach der wir die Warptriebwerke neu einstellen können.«

»Ich dachte, die Aufzeichnungen wären nicht detailliert genug, um von Nutzen zu sein.«

»Nicht ausreichend für die Spionagearbeit, Captain, aber sie geben gewisse Tatsachen über die Geometrie der kleinen Dimensionen wieder, die ich sehr hilfreich fand.«

Spock schaffte es offenbar, selbst einem Kohlkopf noch etwas Blut abzuzapfen. »Wie weit sind Sie?«

»Sehr weit. Doch wenn ich fertig bin, wird Mr. Scott ungefähr eine Stunde brauchen, um die Maschinen entsprechend meinen Berechnungen zu justieren. Nach normalen Ingenieursmaßstäben wirken diese Spezifikationen reichlich bizarr.«

»Das wird Mr. Scott gar nicht freuen.«

»Dessen bin ich mir bewußt, Captain.«

Kirk setzte sich auf, und McCoy reagierte, als wäre der Captain aus Glas und drohe, auf den Boden zu stürzen. »Es geht schon, Pille.« Er sah Spock an und fuhr fort: »Wenn wir nicht zum Aleph kommen können, war Ihre ganze Arbeit umsonst.«

»Das ist wahr, Captain. Wenn jedes der Klingeeschiffe mit einem Zyklor ausgerüstet ist – und ich habe keinen Grund, etwas anderes zu vermuten –, dann kann die *Enterprise* es kaum mit der Flotte aufnehmen.«

»Wenn wir sie nicht mit Waffen besiegen können, dann eben mit dem Verstand.«

»Das würde Mr. Kent gar nicht gefallen«, sagte Payton.

Kirk und Spock sahen sie an. Kirk hatte ganz vergessen, daß sie sich ebenfalls hier befand. Sie saß auf der Couch und ließ die Beine herabbaumeln. McCoy strich mit dem Scanner über sie und meinte: »Die Maschine behauptet, es geht Ihnen gut. Was sagen Sie dazu?«

Sie lächelte. »Ich werde es doch nicht wagen, einer Maschine zu widersprechen.«

»Trotz Ms. Paytons offenkundiger Gesundheit zögere ich, sie zu bitten, ein drittes Mal in den Aleph hineinzuschauen«, sagte Spock.

Payton biß sich auf die Unterlippe und runzelte die Stirn, sagte aber nichts.

Kirk erklärte: »Ich wäre froh, wenn uns eine Alternative einfiele.«

Spock schüttelte den Kopf. »Es tut mir leid, aber ich kann keine anbieten.«

Payton zuckte die Achseln. »Ist schon in Ordnung, Mr. Spock. Ich glaube, beim zweitenmal hat es mich gar nicht so schwer erwischt.«

»Pille?«

»Es hat Sie schwer genug erwischt, Ms. Payton. Captain, du kannst das Leben dieser Frau nicht wieder in Gefahr bringen. Warum benutzt ihr nicht eure Sensoren?«

»Weil sie nur teilweise arbeiten, Doktor«, sagte

Spock, »und nicht in der Lage sind, die großen Datenmengen aufzunehmen, die für unsere Suche erforderlich sind.«

»Es muß doch eine Alternative geben«, meinte McCoy.

»Der Captain hat um Vorschläge gebeten. Solange Sie keinen haben, müssen wir wie geplant vorgehen.«

Kirk nickte. »Ms. Payton, ich glaube, wenn Conrad Franklin Kent Sie feuert, werden wir bei Starfleet einen Platz für Sie finden.«

»Ich glaube, dafür kann ich mich bedanken«, meinte Payton, grinste aber dabei. Die Frau besaß eine Menge Charme. Wieder einmal bedauerte es Kirk, daß sie schon vergeben war.

Als Kirk aufstehen wollte, versuchte McCoy, ihn daran zu hindern. Doch Kirk sagte: »Wenn Ms. Payton bereit ist, ihr Leben noch einmal aufs Spiel zu setzen, dann sollte ich wenigstens wieder meinen Posten auf der Brücke übernehmen.«

McCoy sah ein, daß er die Schlacht verloren hatte. »Also gut. Ich komme rauf, sobald ich hier alles erledigt habe. Seien Sie bitte alle vorsichtig.«

Spock sah McCoy einen Moment lang an, eine Augenbraue dabei hochgezogen. Kirk meinte, sie würden sich bemühen. Payton küßte ihn auf die Wange, was ihm offensichtlich gefiel, bis er sich wieder erinnerte, daß er ja eigentlich verärgert war, was ihn erst recht durcheinander brachte. Als sie die Krankenstation verließen, bedankte sich Kirk bei Chapel dafür, daß sie ihn vor dem Aleph gerettet hatte. Sie schien nicht so recht zu wissen, was eigentlich geschehen war, nahm den Dank aber trotzdem bereitwillig an.

Auf dem Weg zum Turbolift sagte Kirk: »Sie hatten recht, Spock. Es war, als hätte der Aleph mich praktisch aufgesaugt.«

Tatsächlich fühlte sich Kirk auch jetzt noch nicht ganz wohl in seiner Haut. Alles, was er sah, wirkte vertraut, aber nicht nur, weil er schon oft durch diesen Korridor gegangen war, sondern auch, weil er ihn und Tausende anderer Korridore im Aleph gesehen hatte. Und durch den Aleph waren seine Erinnerungen stärker und tiefgreifender geworden. Für einen winzigen Moment wurde dieser Korridor für seinen Verstand zum Archetypus, zum grundlegenden Modell aller Korridore.

Und obwohl dieses Gefühl ebenso schnell wieder schwand, wie es gekommen war, blieb die Erinnerung dessen, was er im Aleph gesehen hatte. Er erinnerte sich nicht nur an den Korridor selbst, sondern auch an die darin eingebauten elektrischen Leitungen und die Elektronen, die diese Leitungen entlanghuschten, lebende Lichtpunkte, die ständig in Eile zu sein schienen. Er kannte die fast unsichtbare Kerbe im Knopf des Interkom an der Kreuzung des Korridors; die mikroskopisch dünne Schicht organischer Moleküle, die sich durch den Atem der Besatzung auf den Wänden niedergeschlagen hatte; die aufgeregten Atome in den Leuchtstreifen an der Decke.

Und wenn ihnen Mannschaftsmitglieder entgegenkamen, so kannte Kirk auch sie, wußte, was sie in ihren Spinden aufbewahrten, und wie einige von ihnen sich das Kinn rieben oder an den Ohren zupften, wenn sie allein waren. Er hatte alles im Aleph gesehen, und wenn er nun etwas erblickte, erinnerte er sich an die Millionen anderer Ereignisse oder Dinge, die ebenso waren oder zumindest damit zusammenhingen, erinnerte sich daran wie an etwas, das er einst erlebt, aber bis jetzt wieder vergessen hatte.

»Der Aleph nimmt einen gefangen, Captain.«

»Er ist verdammt hypnotisch.« Kirk lächelte traurig. »Ich frage mich, ob mich je wieder etwas überraschen wird.«

»Alles sieht vertraut aus, nicht wahr?« bemerkte Payton.

»*Heinrich der Fünfte*«, sagte Spock.

»Was?« fragten Payton und Kirk gleichzeitig.

»*Heinrich der Fünfte,* von dem irdischen Autor Shakespeare. Ich zitiere:

›... *Diese Hahnengrube,*
Faßt sie die Ebnen Frankreichs? stopft man wohl
In dieses O von Holz die Helme nur,
Wovor bei Agincourt die Luft erbebt?‹«*

»Der Aleph ist Shakespeares hölzernes O?« fragte Kirk.

»Nun, vermutlich, zumindest wenn wir die Poesie zulassen.«

Payton schien höchst verwundert, weil Spock Shakespeare erwähnt hatte. Jetzt sagte sie: »Ich wußte gar nicht, daß Vulkanier sich für Kunst interessieren.«

»Die Liebe der Vulkanier zur Logik schließt die Bewunderung von Schönheit keineswegs aus, Ms. Payton.«

Der Turbolift kam, und sie stiegen ein. »Deck fünf«, sagte der Captain, und die Kabine setzte sich in Bewegung. Als sie Deck fünf erreichten, legte Kirk eine Hand auf Spocks Arm. »Seien Sie vorsichtig, Spock. Sie sind im Moment der wertvollste Offizier, den ich habe.«

Spock fuhr herum, als hätte Kirk es endlich geschafft, ihn zu überraschen. »Ich, Sir?«

»Die Mannschaften der Schiffe, die verschwunden sind, hatten keinen vulkanischen Wissenschaftsoffizier. Damit besitzt die *Enterprise* eine Chance, die den anderen Schiffen, die Omen durch den Aleph geschickt hat, abging. Sie sind der einzige mit genug geistiger Disziplin, um sich an Ihr Ziel erinnern zu können, während Sie im Aleph sind. Ohne Sie könnte die Enterprise niemals aus alledem herausfinden.«

---

* zit. nach d. Übersetzung von Schlegel/Tieck

»Darf ich Sie daran erinnern, Sir, daß wir auch noch nicht ›herausgefunden‹ haben?«

»Nein, noch nicht. Aber wir werden.«

»Wunschdenken, Captain?«

»Nein, Mr. Spock, Vertrauen. Vertrauen in Sie und Ms. Payton und die *Enterprise*.«

»Ich werde mich bemühen, mich dessen würdig zu zeigen.«

»Ich auch«, fügte Payton hinzu.

Spock eilte zu Ms. Paytons Kabine, während Kirk und die Frau zur Brücke hochfuhren. Kirk fragte sich, was er sich eigentlich bei seiner Bemerkung gedacht hatte. Zwar gefiel es selbst Vulkaniern, wenn man sie schätzte, doch weder Spock noch Payton bedurften aufmunternder Worte. Beide begriffen die Bedeutung dessen, was sie zu tun beabsichtigten.

Spocks Anwesenheit steigerte zwar tatsächlich ihre Chancen, wieder nach Hause zu kommen, doch eine Garantie war nicht damit verbunden. Es gab viele Faktoren, die eine Rolle spielten, darunter auch sicher manche, von denen sie gar nichts wußten. Er vertraute auf seine Leute, glaubte an sie, aber sie waren keine Magier.

Auf dem Hauptschirm erblickte Kirk einen Planeten, der nicht die Erde war – zumindest nicht ihre Erde; ein einzelnes blinkendes Licht, bei dem es sich um den Aleph handeln mußte – zu weit entfernt, um nützlich oder gefährlich zu sein; und die Klingee-Flotte in einer Anordnung, die er für eine Schlachtformation hielt. Aber vielleicht befriedigte dieses Muster auch nur ihren Sinn für Ästhetik. Wenn man bedachte, wie wenig er über die Klingee wußte, mochte jede der Vermutungen zutreffen. Er fragte sich, ob das ihre ganze Flotte war. Doch das spielte eigentlich keine Rolle. Wenn alle Schiffe mit einem Zyklor ausgerüstet waren, dann waren fünfzehn mehr als genug. Er versuchte

Iolas Schiff ausfindig zu machen, hatte aber kein Glück. Jede der Einheiten verfügte über einen rosenförmigen Hauptsensor.

McCoy kam auf die Brücke und stellte sich ohne ein Wort neben Ms. Payton. Sie saß auf Spocks Stuhl, rieb sich mit den Handflächen über die Beine und nagte an ihrer Unterlippe. Kirk gefiel es gar nicht, sie alles noch einmal durchmachen zu lassen, doch selbst Spock hatte zugegeben, daß Paytons künstlich verstärkte Sinne die einzige Möglichkeit darstellten, den Aleph so zu beobachten, wie es erforderlich war.

»Mr. Spock meldet Bereitschaft, Sir«, sagte Uhura.

»Sehr schön. Ms. Payton?« Er warf einen Blick über die Schulter.

»Bereit, Captain«, sagte Payton. McCoy nickte.

»Mr. Sulu, steuern Sie die *Enterprise* langsam in Richtung Aleph. Mal sehen, wie nahe wir herankommen, ohne daß jemand Alarm schlägt.«

»Aye, Sir.«

Sehr langsam wanderten Planet und Flotte zu einer Seite des Schirms, während der Aleph im Mittelpunkt heller wurde.

»Eine Nachricht kommt herein, Sir.«

»Maschinen stop. Auf den Schirm, Uhura.«

Ein Klingee, den Kirk noch nicht gesehen hatte, tauchte auf. Er trug ein dünnes, blaues Gewand, und von seinem Schulterband hingen noch mehr tropfenförmige Juwelen herab als bei Iola.

Der Klingee sagte: »Ich bin Ruho, Kommandeur der Klingee-Flotte. Das wirbelnde Ding gehört uns. Der Planet gehört uns. Verschwinden Sie, oder wir setzen den Zyklor wieder ein.«

Kirk fragte sich, ob tatsächlich einer von ihnen schon einen richtigen Blick auf den Aleph geworfen hatte oder ob sie sich ganz auf den Planeten konzentrierten. Konnten ihre Gehirne das, was sie im Aleph sahen, ebenso begreifen wie ein menschliches Gehirn? Vielleicht war der Aleph ja, soweit es sie betraf, tatsächlich nur ein ›wirbelndes Ding‹.

»Können wir vergrößern?« fragte Kirk.

»Ja, Sir«, sagte Sulu, »aber nur bis zum Dreifachen.«

Kirk wünschte, Scott würde sich beeilen. Ein Raumschiff ohne voll funktionsfähige Sensoren war wie ein blinder Mann, dem man die Hände auf den Rücken gebunden hatte. »Dann eben dreifache Vergrößerung.«

Sie waren dem Aleph jetzt ein paar Tausend Kilometer näher als zuvor. Vielleicht konnten sie auch noch näher herankommen, aber Kirk wollte die Klingee nicht provozieren, nicht jetzt, da ihr Plan feststand. »Möchten Sie dichter am Schirm sitzen, Ms. Payton?«

»Es geht schon, Captain.«

»Schön. Fangen Sie an, wann immer Sie wollen.«

Für eine Weile ereignete sich nicht viel auf der Brücke. Kirk ging zu McCoy hinüber, um ihm zu helfen, Ms. Payton zu überwachen. Sie fiel rasch in den tranceartigen Zustand, der charakteristisch war für jemanden, der den Aleph betrachtete. Die Geräte auf der Brücke summten und zirpten. Die Crewmitglieder konzentrierten sich auf ihre Anzeigen und scharrten unruhig mit den Füßen. Kirk wußte nicht, was er tun würde, wenn Payton zu tief eintauchte, bevor Spock meldete, daß er gefunden hatte, wonach sie suchten. Er hoffte nur, er würde es nicht herausfinden müssen.

Die Zeit verstrich langsam. Als Spock sich meldete, kam es Kirk so vor, als wären Stunden vergangen. Aber natürlich war das nicht möglich. McCoy drehte Payton vom Aleph weg, und sie brach zusammen. Er rief nach Sanitätern und einer Bahre.

»Ich sehe mal nach, wie es Spock geht«, sagte Kirk.

McCoy versprach nachzukommen, sobald er sich um Ms. Payton gekümmert hatte. »Nicht einmal Spocks vulkanische Konstitution kann sehr viel davon verkraften.« Die Sanitäter kamen, als Kirk gerade ging.

Spock hatte den Kopf auf den Tisch gelegt, auf dem

Paytons Ausrüstung lag. Als Kirk eintrat, richtete er sich rasch auf. »Alles in Ordnung, Spock?« fragte Kirk.

»Ich bin müde. Aber das geht vorbei.«

»Ich möchte, daß McCoy einen Blick auf Sie wirft.«

»Das ist unnötig.«

»Er ist gleich hier. Warten Sie auf ihn. Das ist ein Befehl.«

Spock nickte leicht, als stellte das Nicken bereits eine große Anstrengung dar.

»Sie haben gefunden, wonach wir suchten?«

»Ich glaube, ja«, sagte Spock und berichtete Kirk davon. Kirk stimmte mit ihm überein, daß sie damit ihr Vorhaben durchführen könnten. Natürlich war keiner von ihnen ganz sicher. Abzuschätzen, was ein Alien interessant oder überraschend finden würde, war schwierig, doch Kirk und Spock hatten es schon mit vielerlei Arten von Lebewesen zu tun gehabt, und ihre Vermutungen basierten auf einer gewissen Erfahrung. Allein die Tatsache, daß sie von jenem Objekt wußten, mochte ausreichen, um Captain Iola Angst einzujagen.

»Haben Sie die Formel fertiggestellt?«

»Ja, Captain. Die Antwort ist überraschend einfach. Die Mathematik gestattet es, zahlreiche Komponenten zu streichen.«

»Um so besser. Sobald sich McCoy um Sie gekümmert hat, geben Sie sie an Mr. Scott weiter und weisen ihn an, sofort mit der Einstellung der Warptriebwerke zu beginnen. Wenn unser Plan funktioniert, möchte ich durch den Aleph und verschwunden sein, bevor die Klingee gründlicher über unsere Allmacht nachdenken können.«

»Verstanden, Captain.« Spock erhob sich mühsam.

Kirk wollte schon seine Anweisung wiederholen, daß Spock auf McCoy wartete, als das Interkomsignal ertönte und Mr. Scotts Stimme sagte: »Maschinenraum an Captain Kirk.«

»Kirk hier, Scotty. Was ist los?«

»Die Sensoren arbeiten wieder mit voller Kapazität, Captain.«

»Gut gemacht, Mr. Scott. Mr. Spock kommt in ein paar Minuten mit einigen unorthodoxen Justierungsanweisungen. Richten Sie sich exakt danach.«

»Wie unorthodox, Sir?« fragte Scott mißtrauisch.

»Das wird Mr. Spock mit Ihnen besprechen.«

»Aye, Sir.« Scott klang nicht gerade glücklich, aber man konnte sich darauf verlassen, daß er Spocks Anweisungen befolgen würde.

McCoy kam mit besorgter Miene herein.

»Wie geht es ihr, Pille?«

»Sie wird es überleben, aber dieser letzte Einsatz war erheblich schwieriger für sie, als sie behauptet hat. Ich würde mich nicht wundern, wenn sie ein paar Tage durchschläft.«

»Sieh zu, daß sie alle Ruhe bekommt, die sie braucht. Die Sensoren arbeiten wieder. Sie muß es also nicht noch mal machen.«

McCoy betrachtete Spock kritisch. »Für einen Vulkanier sieht er ausgesprochen mitgenommen aus.«

»Vielen Dank, Doktor. Ist das Ihre fachliche Beurteilung?«

»Nein. Das war nur eine freundliche Bemerkung. Das fachliche Urteil hören Sie *nach* der Untersuchung.«

»Beeil dich, Pille. Spock wird im Maschinenraum gebraucht.«

McCoy untersuchte Spock mit seinem Scanner und erklärte, der Vulkanier sei einsatzfähig, obwohl ihm etwas Ruhe nicht schaden könnte. »Aber so, wie die vulkanische Physiologie beschaffen ist, kommt er vermutlich auch noch eine Weile ohne Ruhe aus.«

»Das muß er auch, Doktor. Danke. Kommen Sie, Spock.«

Kirk und Spock begaben sich zum Maschinenraum. Im Turbolift lehnte sich Spock erschöpft gegen die Wand.

»Schaffen Sie es?« fragte Kirk.

Spock löste sich von der Wand und verschränkte die Hände hinter dem Rücken. »Ich habe mich unter Kontrolle, Captain.«

Kirk war sich bewußt, daß Spock seine Frage nicht beantwortet hatte, doch zweifellos würde er die Antwort so oder so bald erhalten.

Obgleich die Klingee sie im Moment in Ruhe ließen, konnte sich die Lage jederzeit ändern. Und in ihrem Heimatuniversum stellte Professor Omen seine Forderungen und schickte andere Schiffe durch andere Alephs. Die Zeit war ebenso ihr Gegner wie der Raum und die kleinen Dimensionen. Doch selbst unter diesen Umständen konnte Kirk das Leiden seines Freundes nicht einfach ignorieren. »Wenn Sie etwas Zeit brauchen, Spock ...«

»Captain, wir müssen diese Sache so schnell wie möglich hinter uns bringen. Meine Berechnungen, wie lange ein Aleph stabil bleibt, sind ziemlich vage, aber ich glaube, derjenige, durch den wir gereist sind, nähert sich dem Ende seiner Existenz.«

»Können wir irgend etwas daran ändern?«

»Die Theorie der kleinen Dimensionen bietet eine Reihe hochinteressanter Möglichkeiten. Doch ohne weitergehende Studien bleiben es eben nur Möglichkeiten.«

Also war die Zeit auch in diesem Punkt ihr Gegner. Sie hatten ganze Universen, um damit zu spielen, und doch begrenzte die Zeit ihre Wahlmöglichkeiten.

Als Kirk keinen Kommentar abgab, fuhr Spock fort. »Ich schlage vor, wir arbeiten so schnell wie möglich. Wenn dieser Aleph an Kohäsion verliert, wird er sich selbst in Stücke reißen und binnen Sekunden zerbrechen. Und dann sind wir in diesem Universum gestrandet.«

Kirk schluckte schwer. Es war erstaunlich, wie ruhig Spock blieb, während er diese erschreckenden Aussagen machte. »Wie lange haben wir noch?«

»Stunden. Vielleicht weniger.«

»Und wir können keinen neuen Aleph schaffen?«

»Professor Omen ist mir bei der Konstruktion eines Aleph-Generators um Jahre voraus. Es ist durchaus möglich, seine Arbeit zu wiederholen, doch dafür würde ich ähnlich viel Zeit brauchen, vielleicht sogar mehr.«

Die Lage war noch verzweifelter, als Kirk es sich vorgestellt hatte. Solange das Schiff intakt war, gab es auch Hoffnung, doch er hatte sich noch nie so von der Zivilisation abgeschnitten gefühlt. Er war ein Forscher, vergleichbar den Abenteurern vergangener Jahrhunderte, als die Menschen in hölzernen Schiffen über den Rand der Welt hinaussegelten. Die Befriedigung der eigenen Neugier barg ihre Belohnung in sich selbst, doch letztlich waren Erkundungen sinnlos, wenn man nichts davon nach Hause berichten konnte.

Der Turbolift schien endlos zu brauchen, um den Maschinenraum zu erreichen, doch schließlich kam er an und riß Kirk dadurch aus seinen düsteren Gedanken. Als Spock Scotty erzählte, was er im Sinn hatte, wurde der Chefingenieur blaß und erklärte, das wäre unmöglich. Spock hingegen versicherte ihm, es sei nicht nur möglich, sondern auch notwendig.

»Ja, aber die Warptriebwerke haben hinterher einen Knoten.«

»Fangen Sie an, Mr. Scott«, sagte Kirk.

»Aye«, meinte Scott unglücklich, machte sich aber entschlossen an die Arbeit. Spock gab seine Berechnungen in ein Terminal ein und rief Kirk und Scott die entsprechenden Einstellungen zu. Sie rannten von Station zu Station, stellten die Kontrollen neu ein und prüften, wie sich dadurch die Anzeigen änderten. Scott schüttelte ständig den Kopf und bedauerte leise seine armen Maschinen.

Kirk hatte Verständnis für Scott. Immerhin war die

Enterprise auch sein Schiff, und Scotty hatte den Eindruck, daß Spock es verletzte. Kirk lächelte. Manchmal, wenn Starfleet-Offiziere eine Party feierten, wandte sich das Gespräch zu vorgerückter Stunde der Frage zu, ob Schiffe der Constitution-Klasse eine Art Bewußtsein besaßen. Wie komplex mußte ein Schiff sein, bis es seine Umgebung wahrnahm oder eine emotionale Verantwortung für die Besatzung empfand, die es trug? Jeder hatte schon irgendwelche Geschichten von Schiffen gehört, die ihre Besatzung gerettet hatten, und das offenbar ohne die Beteiligung eines lebenden Wesens.

Trotzdem mußte Kirk zu seiner eigenen Beruhigung davon ausgehen, daß ungewöhnliche Parameter die *Enterprise* nicht verletzten oder unglücklich machten – oder ihr vielleicht sogar gefielen. Doch trotz dieser rationalen Überlegungen machten Spocks absonderliche Einstellungen Kirk ähnlich nervös wie Scott.

Als Spock fertig war, betrachtete Scotty das Durcheinander von Einstellungen, die er und Kirk gerade an den Warpmaschinen vorgenommen hatten, und schüttelte den Kopf.

»Warten Sie auf mein Kommando, Mr. Scott«, sagte Kirk. »Wenn es soweit ist, brauche ich augenblicklich Warpgeschwindigkeit.«

»Aye, Captain. Sofern Mr. Spocks Einstellungen nicht unser Innerstes nach außen kehren, sollen Sie die haben.«

Während der Fahrt mit dem Turbolift sagte Kirk: »Sie wirken ernst, Mr. Spock.«

»Nicht ernst, nur nachdenklich.«

»Sie glauben nicht, daß mein Plan funktioniert?«

»Ich habe keinen besseren zu bieten. Trotzdem scheint Ihr Plan in hohem Maße von theatralischen Effekten abzuhängen.«

»Sie haben einfach kein Vertrauen in meine Qualitäten als Pokerspieler.«

»Ganz im Gegenteil, Captain. Mein Vertrauen in Sie ist groß. Ich bin mir nur nicht sicher, ob die Klingee Ihre Bemühungen zu schätzen wissen.«

Über diese Möglichkeit hatte Kirk noch gar nicht nachgedacht, doch jetzt, da Spock es ausgesprochen hatte, fürchtete Kirk, er könnte recht haben. Doch immerhin gab es auch noch die Hoffnung. Und wenn Spock recht hatte, war die Hoffnung ihr einziger Trost.

13

Kirk und Spock betraten die Brücke und begaben sich zu ihren Stationen. Der Captain betrachtete den Hauptschirm. Er sah die andere Erde, die Flotte der Klingee und den Schimmer des Aleph unter dem Filter, den Uhura darüber gelegt hatte. Wie viele Waffen besaß auch der Aleph seine eigene, bösartige Schönheit.

Mit einem Gefühl, als würde er einen Sprung in die Dunkelheit wagen, sagte Kirk: »Öffnen Sie einen Kanal zu Captain Iola.«

»Aye, Sir«, bestätigte Uhura.

Einen Augenblick später tauchte Iola auf dem Schirm auf. Er wirkte überrascht und amüsiert, wie ein Kind, das wußte, daß es die Oberhand hatte, und auch keineswegs davor zurückschreckte, damit anzugeben. »Es ist sinnlos, noch einmal um das wirbelnde Ding zu bitten, Captain. Wir Klingee sind herzlose Scheusale.«

Kirk bezweifelte das. Sie besaßen lediglich eine gute Waffe – und das überhebliche Gehabe von Rabauken. Was nicht bedeuten sollte, daß nicht auch Kirk gelegentlich ein wenig prahlen konnte. »Wir sind geduldig gewesen, Iola, doch unsere Geduld ist nun erschöpft.«

»Ha!« rief Iola. Er grinste und verschränkte die Arme.

»Sie und Ihre Flotte verschwinden jetzt, oder wir vernichten Sie. Um Ihnen zu zeigen, daß wir ebenso gnädig wie machtvoll sind, sind wir bereit, Ihnen eine Demonstration unserer Allwissenheit und Macht zu liefern.«

Iola warf einen Blick zur Seite. Am liebsten hätte er sich umgedreht, um zu sehen, wie seine Besatzung reagierte, doch er wagte nicht, diese Schwäche zu zeigen. Um bei diesem Gespräch die Oberhand zu behalten, war er gezwungen, so zu tun, als interessiere ihn die Meinung der anderen nicht.

»Worte können uns nicht schaden.«

»Möglich«, meinte Kirk.

»Was haben Sie vor?«

»Das werden Sie wissen, wenn Sie es sehen.« Kirk gab Uhura das Zeichen, die Verbindung zu unterbrechen, und Iola verschwand.

»Wie mache ich mich, Spock?« fragte Kirk.

»Der Mann scheint interessiert.«

»Wir werden kontaktiert, Captain.«

»Zählen Sie bis dreißig, und öffnen Sie dann einen Kanal.«

»Aye, Captain«, sagte Uhura vergnügt.

Eine halbe Minute später tauchte Iola wieder auf dem Schirm auf. »Wenn Sie etwas zu sagen haben, dann sagen Sie es.«

»Also gut. Eine Komponente Ihres Zyklors ist fehlerhaft.«

Iola lächelte. »Das denken Sie sich nur aus. Sie wissen gar nichts über den Zyklor.«

»Die Komponente ist ein Partikelbeschleuniger. Er ist etwa so groß« – er hob eine Faust – »und hat drei rote Knöpfe an einem Ende. Am anderen Ende befindet sich ein langes, geschwungenes Rohr.«

»Woher wissen Sie das? Wer hat es Ihnen gesagt?«

»Niemand hat es gesagt. Wir sehen alles. Und wir erzählen alles«, fügte Kirk drohend hinzu. »Beispielsweise wissen wir von diesem Ding in Ihrer Kabine. Es ist klein und braun.«

Iolas Augen weiteten sich.

»Es ist weich und mit Stoff besetzt. An der Spitze befindet sich ein blauer Kreis, und am anderen Ende …«

»Was ist mit dem Beschleuniger? Sie haben gesagt, er wäre defekt.« Offensichtlich hatte Kirks zweite Enthüllung ihn mehr erschreckt als die erste. Vermutlich würde es ausgesprochen peinlich sein, wenn die Besatzung von dem kleinen braunen Ding erfuhr.

Kirk erwähnte das braune Ding nicht mehr. Es hatte seinen Zweck erfüllt. »Nicht defekt. Fehlerhaft. Die Röhre weist einen mikroskopischen Riß auf. Vermutlich sorgt dieser Riß dafür, daß Ihr Zyklor versagt.«

»Sie lügen. Dort war vorher kein Riß. Den haben Sie verursacht.«

Kirk gefiel Iolas Vermutung. Es war ein Winkelzug, der Kirk selbst gar nicht eingefallen war, aber er ließ die Wesen an Bord der *Enterprise* noch mächtiger erscheinen. Kirk zuckte die Achseln. »Ich habe doch auch nicht gelogen, was das kleine, braune Ding betrifft, oder?«

Der Klingee-Captain schnappte nach Luft und beendete die Verbindung.

»Hat es funktioniert?« fragte Chekov.

»Das werden wir gleich sehen«, meinte Kirk. »Es dauert ein bißchen, bis sich herumgesprochen hat, daß ihr Leben ein offenes Buch für uns ist.«

»Also mich würde das erschrecken«, gab Sulu zu.

»Haben Sie einen Teddybären im Bett, Mr. Sulu?« fragte Kirk.

»Sie haben mich erwischt, Captain.«

»Da gehen sie hin, Captain«, sagte Uhura.

Die Flotte zog sich zurück, vermutlich mit Captain Iola an der Spitze. Sie flogen ein paar Sekunden lang unter Impulskraft, dann verschwanden sie, wie von einem Gummiband abgeschossen, im Warpraum.

»Setzen Sie Kurs auf den Aleph, Mr. Chekov.«

»Kurs liegt schon seit Stunden an, Sir.«

Kirk drückte auf den Knopf des Interkom. »Jetzt, Mr. Scott.«

»Aye.«

»Warp eins voraus, Mr. Sulu.«

»Aye.«

Sie näherten sich dem Aleph. Er blitzte um sie herum auf, und dann kehrten die Sterne zurück. Kirk hätte nicht sagen können, ob es die richtigen Sterne waren.

»Spock?«

»Die Sensoren zeigen eine perfekte Übereinstimmung mit den navigatorischen Fixpunkten. Wir befinden uns im richtigen Universum, und sogar wieder nahe unserem Ausgangspunkt.«

»Ich empfange diverse Subraumsendungen, Sir«, rief Uhura.

Kirk verspürte ein überwältigendes Gefühl der Erleichterung. Chekov und Sulu schüttelten sich die Hände und genossen dann, wie die anderen, den Anblick der heimatlichen Sterne.

»Sie haben es geschafft, Spock!« sagte Kirk.

»Danke, Captain, aber ich habe uns nicht allein zurückgebracht. Mr. Scott war sehr hilfreich, und zudem hatten wir das Glück, daß sich Ms. Payton und ihr Implantat an Bord befanden.«

Kirk dachte einen Moment darüber nach. Scottys Hilfe überraschte niemanden, doch Conrad Franklin Kent würde nicht sehr glücklich sein, wenn seine Assistentin eine Belobigung von Starfleet erhielt. Trotzdem verdiente Payton ihre Belobigung, und soweit es Kirk betraf, würden Kents Empfindungen dabei den Wert dieser Auszeichnung nur noch erhöhen.

»Wie ist es möglich, daß wir uns nicht bewegt haben?« fragte Chekov.

Das Paradoxe der Situation war in der Tat überraschend. »Da sind wir nun in zwei verschiedenen Universen gewesen, und haben uns doch nach hiesigen Maßstäben gar nicht bewegt«, meinte Kirk. Er drehte sich zu Spock. »Irgend etwas von *Erehwon*, Professor Omens Schiff, zu sehen?«

»Nichts, Captain. Aber der Aleph ist noch immer in unserer Nähe, und unsere Sensoren funktionieren jetzt einwandfrei. Mit Ihrer Erlaubnis werde ich den Aleph durchsuchen, um *Erehwons* Kurs und Geschwindigkeit herauszufinden.«

Kirk war sich bewußt, was Spock in letzter Zeit durchgemacht hatte. Kein Wunder, daß seine Haltung ein wenig gebückt war, und auch seine Stimme klang nicht so fest. »Alles in Ordnung, Spock?«

»Ich erhole mich rasch, Captain. Davon abgesehen habe ich festgestellt, daß es nicht so anstrengend ist, den Aleph über die Schiffssensoren zu beobachten wie über Ms. Paytons Monitor.«

»Sie haben bereits hineingesehen?«

»Es war nötig, um die Sensoren zu überprüfen.«

»Ich verstehe.« Kirk mußte lächeln. »Dann wollen Sie also Omen beim Setzen seines Kurses über die Schulter schauen.«

»Ja, Sir.«

Kirk fand es amüsant, daß der Aleph ihnen jetzt helfen würde, nachdem er ihnen so viele Probleme bereitet hatte. »Wenn Sie schon dabei sind, könnten Sie sich auch gleich das Innenleben seines Traktorstrahl-Generators und des Aleph-Generators ansehen. Und versuchen Sie auch herauszukriegen, weshalb wir Omen nicht zu uns herüberbeamen konnten.«

»Aye, Captain. Auf diese Weise finden wir sicher heraus, wie wir gegen den Traktorstrahl und die Alephs vorgehen können. Was den Transmitter betrifft, so könnte das etwas komplizierter werden.«

»Komplizierter als der Aleph?« fragte Kirk überrascht.

»Ich fürchte, ja. Der Aleph ist im Grunde nur ein komplexer Knoten im Raum-Zeit-Kontinuum. Ein Transporterstrahl hingegen wird aus sehr vielen Teilen gebildet, die alle zusammenwirken. Durch den Aleph kann ich vielleicht herausfinden, welchen Cluster er blockiert hat, oder welche Kombination von Clustern, und wir könnten unseren Strahl entsprechend modifizieren. Allerdings ist dann die Sicherheit unseres Strahls nicht mehr gewährleistet. Es kann also durchaus sein, daß wir ihn auf die *Enterprise* beamen und dann feststellen müssen, daß wir seinen Körper stark verzerrt oder ihn sogar getötet haben.«

»Ich verstehe. Dann müssen wir uns eben etwas anderes ausdenken, um ihn herüberzulocken.«

Spock nickte und schaute in seinen Sensorscanner.

»Uhura, rufen Sie Commodore Favere auf Starbase 12 und informieren Sie ihn über unseren Status. Bitten Sie ihn, so viele Raumschiffe wie möglich herzuschicken. Ich will mich nicht allein mit Omen befassen.«

»Aye, Sir.«

Ein paar Minuten später sagte Uhura: »Captain, ich habe Commodore Favere. Er möchte mit Ihnen sprechen.«

»Auf den Schirm.«

Als Faveres Bild erschien, fragte er sofort: »Wie geht es Ms. Payton?«

Kirk war in Gedanken so damit beschäftigt, Omen zu erwischen, daß er automatisch angenommen hatte, Favere wolle mit ihm über Starfleet-Angelegenheiten sprechen. Allerdings hätte ihn Faveres Frage kaum überraschen dürfen. Kirk war schon mehr als einmal verliebt gewesen, und er wußte, wie stark dieses Gefühl einen Menschen vereinnahmen konnte. Allerdings fragte er sich, wie ehrlich er antworten konnte, ohne Favere unnötig zu beunruhigen. Er entschied, daß Favere es ihm nicht danken würde, wenn er ihm nicht die Wahrheit sagte. »Sie befindet sich in der Krankenstation. Sie hat eine Menge durchgemacht, aber Dr. McCoy meint, alles, was sie im Moment braucht, ist Ruhe.«

»Was ist passiert?«

»Das ist eine lange Geschichte, Commodore. Ich bin sicher, Ms. Payton wird sie Ihnen selbst erzählen wollen. Aber bis dahin brauchen wir die Schiffe.«

Faveres Kiefermuskeln spannten sich, und seine Lippen bewegten sich unruhig. Kirk wußte, daß er jede Einzelheit von Paytons Abenteuer erfahren wollte.

»Vertrauen Sie mir, Commodore, es geht ihr gut.«

Favere traf offensichtlich eine Entscheidung. Er nickte und sagte: »Die nächsten Schiffe werden ein paar Tage brauchen, um Ihre gegenwärtige Position zu erreichen. Ich nehme aber an, Sie werden nicht lange dort bleiben?«

Wenn Kirk zugab, daß die *Enterprise* Professor Omen nachjagte, würde er eine Menge erklären müssen, und dazu spürte er im Moment nicht die geringste Lust. »Wir kennen die Ursache für das Verschwinden der Schiffe, und wir werden diese Geschichte beenden.«

»Sie klingen sehr sicher.«

»Das bin ich.«

»Ja, das merke ich. Nun, gute Jagd. Und bringen Sie mir Ms. Payton wieder zurück.«

»Wird mir ein Vergnügen sein.«

Kirks letzte Bemerkung entsprach nicht ganz der Wahrheit. Er fragte sich immer noch, was sich zwischen ihm und Payton hätte entwickeln können, wenn Favere nicht wäre. Natürlich war das reine Spekulation, und dazu noch eine sehr romantische, denn Kirk wußte genau, daß er in diesem Fall keine Chance hatte.

Ein paar Minuten später brachte McCoy Ms. Payton auf die Brücke. Sie war blaß und hohläugig und stützte sich häufig ab, mal am Geländer oder einem Stuhl, und dann wieder bei McCoy. Sie sah aus und bewegte sich wie eine Frau, die eine lange Krankheit hinter sich hatte, sich nun aber endlich auf dem Weg zur Besserung befand. Sie sagte, sie fühle sich besser, wolle aber nie wieder einen Blick in den Aleph werfen. Dann fragte sie Kirk: »Wie geht es Mr. Spock?«

»Der ist stur, wie immer«, meinte McCoy. »Wenn er sich nicht bald ausruht, fällt er noch um.«

Spock blickte von dem Sichtgerät hoch und sagte, ohne McCoy zu beachten: »Ich habe *Erehwons* gegenwärtige Position, Geschwindigkeit und Kurs ermittelt.«

»Wie lange brauchen wir, um hinzukommen?« fragte Kirk.

»Mit Warp sechs kommen wir in acht Stunden, zwanzig Minuten und siebenundvierzig Sekunden an.«

»Reicht Ihnen das, um Deflektoren und Phaser zu modifizieren?«

»Mit der Hilfe von Mr. Scott und seinem Stab vermutlich schon. Die Modifikationen sind relativ einfach, da wir es nur mit der Mathematik eines einzigen Universums zu tun haben.«

»Sehr schön«, sagte Kirk. »Mr. Sulu, lassen Sie sich die Navigationsdaten von Mr. Spock geben und starten Sie dann die Warptriebwerke unverzüglich. Warp sechs.«

»Aye, Sir.«

Kirk bemerkte, daß Spock die Brücke noch nicht verlassen hatte. Die Körpersprache des Vulkaniers – die hinter dem Rücken verschränkten Hände, die hochgezogenen Augenbrauen – verrieten Kirk, daß Spock noch mehr zu sagen hatte. »Gibt es noch etwas, Spock?«

»Ja, Captain. Ich glaube, Sie haben noch eine weitere Entscheidung zu treffen.«

Kirk hatte keine Ahnung, was das sein sollte. Seiner Meinung nach war alles geregelt, bis sie Omen einholten. »Entscheidungen zu treffen ist mein Beruf. Was habe ich übersehen?«

Spock trat ein paar Schritte vor und blieb rechts neben

Kirk stehen. »Den Aleph. Ein Schiff, das ihn durchfliegt, zieht ihn mit sich in jenes Universum, in dem es sich wiederfindet. Deshalb haben wir auch dort, wo die Schiffe verschwunden sind, keinen Aleph gefunden.«

»Ich verstehe. Aber das scheint doch ein rein technisches Problem zu sein.«

»Wie Sie sagen, Captain. Doch das heißt auch, daß wir bei der Rückkehr einen Aleph in dieses Universum mitgebracht haben.«

»Wollen Sie eigentlich auf etwas Bestimmtes hinaus, Spock?« fragte McCoy.

Plötzlich erkannte Kirk das Ende von Spocks Gedankenkette, und dieses Ergebnis mißfiel ihm. »Der Aleph ist nicht nur eine Waffe, Pille. Er ist auch das perfekte Spionagegerät. Wer immer einen besitzt, kann mit der entsprechenden Ausrüstung und Ausbildung alles sehen.«

»Ganz recht«, sagte Spock. »Allerdings gibt es auch noch eine andere Seite. Der Aleph ist eine außergewöhnliche topologische Konstruktion, die eine einzigartige wissenschaftliche Errungenschaft repräsentiert. Er sollte nicht nur von einer oder zwei Personen untersucht werden, sondern von einem ganzen Team aus Wissenschaftlern und Mathematikern.«

»Jetzt vergessen Sie die Wissenschaft mal für einen Moment«, empfahl McCoy. »Überlegen Sie lieber, wie Ihr Leben sich verändern würde, wenn Starfleet Ihnen jederzeit über die Schulter sehen könnte, ohne daß Sie es wissen.«

»Ich habe nichts zu verbergen, Doktor.«

McCoy beugte sich über Kirk hinweg und sagte: »Nun kommen Sie schon, Spock. Wir alle haben unsere kleinen Geheimnisse. Vulkanische Geheimnisse. Emotionale Geheimnisse. Hmm?«

Spock dachte einen Moment darüber nach und meinte dann: »Ich finde Ihre Argumentation sonderbarerweise recht zwingend, Doktor.«

»Reden wir jetzt über den Aleph dort draußen?« fragte Kirk. »Ich dachte, Sie hätten behauptet, er wäre instabil.«

»Diesen Schluß legten die Berechnungen nahe, deshalb hielt ich es auch für geraten, uns zu beeilen. Doch niemand kann auf Anhieb alle Besonderheiten eines Objektes dieser Art erfassen. Ich hatte nicht erwartet, daß der Aleph so lange intakt bleiben würde. Daher bleibt meine Frage – zerstören wir ihn oder nicht?«

»Was ist mit Professor Omens Maschine?« fragte McCoy.

»Und was ist mit Professor Omen selbst?« fügte Payton hinzu. »Er könnte uns genau in diesem Moment beobachten. Immerhin hat er unbeschränkten Zugang zu den Alephs.«

»Unbeschränkten Zugang schon«, meinte McCoy, »aber er ist ein eingleisig denkender Mann. Ich vermute, in seinen Augen ist der Aleph lediglich eine Waffe.«

»Dr. McCoys Vermutung würde erklären, weshalb er uns nicht hier erwartet hat, als wir in dieses Universum zurückkehrten.«

»Können wir Omens Maschine zerstören, Spock?« fragte Kirk.

Spock überlegte einen Moment und wählte dann seine Worte sorgfältig. »Das kann sehr leicht, äh, in Ordnung gebracht werden.«

Kirk begriff, daß er eine gewichtige Entscheidung fällen mußte, eine Entscheidung, die nicht nur die *Enterprise* betraf, sondern auch die Föderation und vielleicht sogar die ganze Galaxis. Wenn Professor Omens Aleph-Technologie erst einmal bekannt geworden war, würde sich das Geheimnis, wie man Alephs herstellte, unweigerlich ausbreiten, und dann wäre das Privatleben etwas, das der Vergangenheit angehörte. Die Föderation hielt sich im großen und ganzen aus dem Privatleben ihrer Bürger heraus, aber wie lange würden jene, die an der Macht waren, der Versuchung widerstehen können, wenigstens einen kurzen Blick zu wagen?

Und würden sich die Klingonen und Romulaner überhaupt mit derartigen ethischen Fragen befassen? Oder die kriminellen Elemente innerhalb der Föderation?

Kirk glaubte nicht daran, daß der Aleph unter Verschluß gehalten werden konnte, wenn er einmal in das Gebäude der Föderationswissenschaft aufgenommen worden war. Wenn sie diesen Aleph zerstörten und die Maschine des Professors ›in Ordnung brachten‹, würde das Universum im wesentlichen so weiterbestehen, wie es jetzt aussah.

Kirk sagte: »Nur weil wir etwas tun *können*, heißt das noch nicht, daß wir es auch tun *sollten*.«

»Dem stimme ich zu, Captain«, erklärte Spock. »Doch es wird einige Stunden dauern, die Phaser zu modifizieren. Wollen Sie diese Zeit opfern, um den Aleph zu zerstören?«

»Aus der Entfernung ist das nicht möglich?« fragte Kirk.

»Nein, Sir. Wir müssen innerhalb der Phaserreichweite bleiben.«

»Natürlich.« Was war wichtiger, Professor Omen einzuholen, bevor er ein weiteres Raumschiff in den Tod schicken konnte, oder diesen einen Aleph zu zerstören, der möglicherweise schon bald von allein zerfiel? »Wir werden diese Entscheidung für den Augenblick zurückstellen. Uhura, setzen Sie eine Markierungsboje in tausend Kilometern Entfernung vom Aleph ab. Sie soll ein Breitbandsignal ausstrahlen, das alle Schiffe warnt.«

»Aye, Captain.«

»Und jetzt ab mit Ihnen in den Maschinenraum, Spock.«

Acht Stunden und einen Wachwechsel später hatte sich auf der Brücke nicht viel ereignet. Kirk begab sich in seine Kabine, um sich auszuruhen, und schlief ein, während er noch darüber nachdachte, was er mit Omen tun sollte, sobald die *Enterprise* ihn eingeholt hatte. Wenn keine Möglichkeit bestand, ihn an Bord zu beamen, sah Kirk nur eine einzige Alternative. Er hoffte, daß sie ausreichte.

Als er aufwachte, ging er den Plan noch einmal in Gedanken durch, und dann noch einmal, während er unter der Dusche stand. Anschließend begab er sich zum Aufenthaltsraum auf Deck sechs, wo er sich vom Replikator ein Roastbeef-Sandwich, Salat und Kaffee geben ließ. Mit dem Tablett in der Hand sah er sich um und entdeckte Ms. Payton, die allein an einem Tisch saß. Sie trank in kleinen Schlucken aus einem dampfenden Becher. Er ging zu ihr hinüber und fragte, ob er sich setzen dürfte.

Sie lächelte ihn schläfrig an und sagte: »Natürlich.«

Kirk nahm Platz und fing an, das über das Brot hinausragende Fleisch abzunagen. Eine Weile saßen sie in kameradschaftlichem Schweigen da, dann sagte Kirk: »Eines der wenigen Dinge, in denen Spock und McCoy einer Meinung sind, ist die Tatsache, daß die *Enterprise* für alle Zeiten in diesem Taschenuniversum festgesessen hätte, wären Sie nicht bei uns gewesen.«

»Das ist nett von den beiden, aber ich glaube, mein Anteil wird dabei sehr überschätzt.«

»Das glaube ich nicht. Unsere Sensoren waren ausgefallen. Die einzige effektive Methode, den Aleph zu beobachten, bot Ihr Implantat.«

»Dann danken Sie dem Implantat.«

»Und Ihrer Kooperation«, sagte Kirk.

Sie lächelte. »Und meiner Kooperation. Hazel Payton ist schließlich eine Frau, die ihre Arbeit erledigt.«

»Gott sei Dank«, sagte Kirk. Er mochte diese Frau

sehr, und er fragte sich erneut, was geschehen wäre, wenn es Favere nicht gäbe. »Nicht viele Menschen haben den Aleph studiert.«

»Nein, das haben wir miteinander gemein.« Der Gedanke, daß sie Dinge miteinander gemein hatten, stimmte Payton ein wenig traurig. Ohne Kirk anzusehen, sagte sie: »Ich erinnere mich nicht sehr gut an das, was ich gesehen habe. Alles verblaßt immer mehr.«

Kirk erkannte, daß sie recht hatte. Die ganze Erfahrung mit dem Aleph erschien ihm mehr und mehr wie ein Traum. »Ich vermute, wir haben uns doch noch ein paar Überraschungen für die Zukunft übrig gelassen.«

Payton nickte, während sie sich umsah. Dann schaute sie Kirk an und sagte ernst: »Aber Sie und Ihre Offiziere sind viel zu bescheiden. Wenn Sie die Möglichkeiten der *Enterprise* nicht so genau gekannt hätten, wenn Sie nicht so kreativ und geschickt gewesen wären, säßen wir immer noch in dem Taschenuniversum, Implantat oder nicht.«

»Ich dachte, Starfleet wäre nur an Krieg und Eroberung interessiert.« Kirk öffnete das Sandwich, holte die Fleischstücke heraus und stopfte sie in den Mund.

»Ich nehme an, wir haben beide etwas auf dieser Reise gelernt«, sagte Payton.

»Ein weiteres Wunder der *Enterprise*«, meinte Kirk schmunzelnd. Er fühlte sich außergewöhnlich gut. Was immer auch geschah, es bereitete ihm großes Vergnügen, hier mit Ms. Payton zu sitzen. Die Tatsache, daß er sie zu einem anderen Mann brachte, änderte daran nichts.

»Nicht nur ein Wunder«, sagte Payton. »Ich habe herausgefunden, daß die *Enterprise* von einem ethisch denkenden Mann kommandiert wird.«

Kirk fühlte sich natürlich geschmeichelt, war aber zugleich auch überrascht, daß Payton so etwas sagte. »Wie sind Sie denn darauf gekommen?«

»Ich hatte die Möglichkeit, Sie zusammen mit Ihrer

Crew zu beobachten. Diese Menschen mögen und respektieren Sie. Ein derartiges Gleichgewicht ist nicht leicht zu erreichen. Und dann ist da noch die Sache mit den Klingee.« Sie grinste ihn an.

»Ach ja?«

»Ja. Sie hätten sie mit dem ersten Phaserschuß aus dem Weg räumen können, aber Sie zogen es vor, das nicht zu tun. Statt dessen haben Sie versucht, sich aus dieser Situation herauszureden.«

»Aber sie hatten den Zyklor.«

»Das wußten Sie aber nicht, bevor sie uns damit beschossen haben.«

»Nein, das ist wahr.«

Kirk knabberte an seinem Sandwich, und Payton trank ihren Tee. Mannschaftsmitglieder bewegten sich rings um sie, hielten jedoch Abstand. Schon bald mußte Kirk auf die Brücke zurückkehren und sich Omen stellen. Ihn zu besiegen stellte eine Herausforderung dar, doch das begrüßte er. Genau deshalb hatte er sich Starfleet angeschlossen, deshalb war er hier draußen: Er mochte es, sich Herausforderungen zu stellen, denen noch niemand sich gegenüber gesehen hatte.

Als er mit dem Essen fertig war, verließ er Ms. Payton, die sich noch immer mit ihrem Tee beschäftigte, und begab sich zum Maschinenraum. »Wie geht es voran?« fragte er.

»Unsere Arbeit ist fast beendet«, erklärte Spock.

»Aye«, meinte Scott. »Was für ein Flickwerk haben Sie nur aus meinem armen Schiff gemacht.« Er schüttelte den Kopf.

»Es dient einem guten Zweck, Mr. Scott«, versicherte ihm Kirk. »Sind Sie sicher, daß sich Omens verstärkter Traktorstrahl nicht an unseren Schilden verankern kann?«

»Das war zumindest unser Ziel, Captain.«

»Und unsere Phaser werden in der Lage sein, Alephs zu vernichten?«

»So scheint es.«

Verdammter Spock. Manchmal drückte er sich so unverbindlich aus, daß seine Antworten noch nichtssagender waren als gar keine Antworten. Brüsk fragte Kirk: »Haben Sie sie getestet?«

»So weit wie möglich.«

»Aye«, stimmte Scott zu. »Zwar nur mittels Computersimulationen, doch die Ergebnisse dürften recht zuverlässig sein.«

Kirk nickte. »Laut Mr. Spock wäre es gefährlich, wenn wir versuchten, Omen herzubeamen.«

»Nicht für uns«, meinte Scott. Der Gedanke, daß der Versuch für Omen gefährlich sein könnte, schien ihn nicht weiter zu stören.

»Ich werde Traktorstrahlen brauchen, um *Erehwon* zur Starbase 12 zu schleppen.«

»Aye, das wird sich machen lassen«, sagte Scott. »Aber vielleicht wäre es besser, wenn wir ebenfalls einen verstärkten Traktorstrahl benutzen würden.«

»Können wir das?« fragte Kirk.

Spock erklärte: »Omens Traktorstrahl basiert auf der gleichen technischen Innovation wie seine neuen Deflektoren. Der Strahl ist phasenverschoben und wird in jeder Nanosekunde Tausende von Malen ein- und ausgeschaltet. Diese Phasenverschiebung ist es auch, die es uns erlaubt, seinem Griff zu entkommen.«

»Ich könnte einen verstärkten Traktorstrahl binnen weniger Minuten einsatzbereit haben«, versicherte Scott dem Captain.

»Und Omen entschlüpft uns dann genauso leicht wie wir ihm? Das wäre nicht so günstig. Lassen Sie den normalen Traktorstrahl der *Enterprise* mit maximaler Energie arbeiten. Wenn das nicht funktioniert, versuchen wir etwas anderes.«

Einen Moment lang dachten Spock und Scott über Kirks Vorschlag nach. Dann nickte Scott. »Manchmal ist es klüger, Feuer mit Wasser zu bekämpfen als mit Feuer.«

»Ich hätte meine Ansicht nicht so farbig formuliert, Mr. Scott, aber grundsätzlich stellen Sie die Lage korrekt dar«, meinte Spock.

Das Interkomsignal ertönte, und Uhura meldete sich. »Brücke an Captain Kirk.«

Kirk drückte den Knopf des Interkom und fragte, was los wäre.

»*Erehwon* ist in Sensorreichweite.«

»Danke, Lieutenant. Mr. Spock und ich kommen sofort.« Kirk wandte sich an Scott. »Halten Sie Phaser und Traktorstrahlen in Bereitschaft.«

»Wie Sie wünschen, Sir.«

Im Turbolift hatte Kirk ein wenig Zeit, über die Herausforderung nachzudenken, die ihn erwartete, wenn er die Brücke erreichte. Er stand einem Genie gegenüber, ausgerüstet mit Waffen, die allem, was die *Enterprise* aufzubieten hatte, technologisch einen Schritt voraus waren. Zwar waren die Waffen der *Enterprise* modifiziert worden, um den Unterschied auszugleichen, doch Scotts Bemerkung über das Flickwerk kam der Realität näher, als Kirk lieb war.

Als Kirk und Spock die Brücke betraten, sagte Uhura: »*Erehwon* kontaktiert uns, Sir. Offenbar hat Omen uns im gleichen Moment entdeckt wie wir ihn.«

Mit einem Seufzen nahm Kirk im Kommandosessel Platz und ließ sich einen Moment Zeit, um nachdenklich die Sterne auf dem Schirm zu betrachten. Es war ein großes Universum, und zudem gab es eine unendliche Zahl von Universen, die diesem mehr oder weniger glichen. In wie vielen davon war ein Raumschiff wie seines im Begriff, einen Asteroiden wie *Erehwon* anzusteuern? Und in wie vielen davon würde das Raumschiff triumphieren? »Auf den Schirm, Lieutenant«, sagte er.

Omens Gesicht tauchte auf dem Schirm auf. Er

hatte es sich derart zur Gewohnheit gemacht, so zu tun, als könne ihn nichts von dem, was andere vollbrachten, irgendwie beeindrucken, daß Kirk es schwierig fand, seine Reaktion einzuschätzen. Dennoch gab es ein paar Hinweise: Omens Kiefer waren gespannt, und unter seinem rechten Auge zuckte ein winziger Muskel. »Überrascht, uns zu sehen, Professor?« fragte Kirk.

»Wie haben Sie es geschafft, Captain? Wie sind Sie dem Aleph entkommen?« Jetzt wirkte er ganz wie ein verdurstender Mann, der wissen will, wo sich die nächste Wasserstelle befindet.

Hinter Kirk sagte Spock leise: »*Erehwon* nähert sich, Sir. Geschätzte Ankunftszeit drei Minuten, zweiundvierzig Sekunden.«

»Schilde, Mr. Chekov.«

»Aye, Captain.«

Offenbar funktionierte Kirks Falle. »Sie sind nicht der einzige, der schon vor dem Frühstück unmögliche Dinge vollbringt«, erklärte Kirk. »Ich bin sicher, Mr. Spock und Mr. Scott würden Ihnen mit Vergnügen die entsprechenden Gleichungen zeigen.«

»Lassen wir die Gleichungen beiseite«, sagte Omen. »Wie haben Sie den Weg zurück hierher gefunden?«

»Das ist kein Geheimnis. Kommen Sie mit uns zur Starbase 12, dann berichten wir Ihnen alles.«

Jede Partie von Omens Gesicht schien sich unabhängig zu bewegen. Mit großer Willensanstrengung brachte der Professor seine Züge wieder unter Kontrolle. Trotzdem machte ihm die Neugier stark zu schaffen. Der Wunsch zu erfahren, was geschehen war, schien ihn beinahe zu zerreißen.

Das Schiff erzitterte, und die Hülle dröhnte, als hätte ein Gott mit einem Hammer dagegen geschlagen.

»Außensicht!« befahl Kirk.

Omens Gesicht auf dem Schirm wurde durch die Sterne ersetzt, die sich jetzt nicht mehr bewegten. Zwischen ihnen wurde ein Lichtpunkt rasch größer – *Erehwon*.

»*Erehwons* verstärkter Traktorstrahl hält die *Enterprise* fest, Sir«, sagte Spock.

»Mr. Sulu, mit einem Viertel Impuls zurück.«

»Ein Viertel Impuls, aye.«

Die Impulstriebwerke begannen zu arbeiten.

»Wir bewegen uns, Sir«, meldete Chekov.

»Das sollte ihn irritieren«, meinte Kirk zu sich selbst und sagte dann lauter: »Maschinen stop, Mr. Sulu. Mr. Spock, bereiten Sie den Traktorstrahl vor.«

»Bereit, Sir«, meldete Spock sofort.

»Nehmen Sie die *Erehwon* ins Schlepp und starten Sie mit halber Impulskraft.«

Die Impulstriebwerke nahmen abermals ihre Arbeit auf. »Captain, wir bewegen uns nicht«, sagte Chekov.

»Spock?« fragte Kirk.

»Die Verbindung steht, Captain. Aber ich glaube, Omen hat wieder seinen Hyper-Anker eingesetzt.«

»Öffnen Sie einen Kanal.«

»Offen, Sir.«

»Omen, das hilft Ihnen auch nicht weiter. Schon bald wird der größte Teil von Starfleet hier sein. Sie können die Alephs nicht schnell genug erzeugen, um uns alle loszuwerden.« Würde ›schon bald‹ früh genug sein? überlegte Kirk. Favere hatte erklärt, es würde Tage dauern, bis das erste Schiff eintraf. Konnten er und Omen sich tagelang gegenseitig in Schach halten?

»Captain«, rief Spock. »Die Sensoren erfassen ein Schiff – rasch näher kommend.«

Kirk fuhr herum. »Jetzt schon? Favere hat gesagt …«

»Kein Föderationsschiff, Sir«, erklärte Spock. »Klingonen.«

Echte Klingonen, dachte Kirk. Klingonen, die sich nicht durch einen so einfachen Trick beeindrucken lassen würden wie die Klingee.

14

Die *Enterprise* und *Erehwon* hatten sich gewissermaßen gegenseitig an der Kehle. Auf dem Hauptschirm war das Klingonenschiff in der Nähe von *Erehwon* zu sehen, wo es wie ein Geier darauf wartete, sich auf die Knochen des Verlierers zu stürzen. Kirk vermochte nicht zu entscheiden, ob die Ablenkung, die durch die Ankunft des Klingonen entstand, nun ihm, Omen oder keinem von ihnen nützte.

»Das klingonische Schiff kontaktiert uns, Sir.«

»Auf den Schirm, Lieutenant.«

»Einen Augenblick, Captain«, warf Spock ein. »*Erehwon* festzuhalten setzt das Schiff einer beachtlichen Belastung aus. Die Energielevel sind um zehn Prozent gesunken und fallen weiter. Unser Traktorstrahl ist nicht für diese Art des Einsatzes konstruiert worden.«

Kirk gefiel es nicht, sein Schiff auf diese Weise zu mißhandeln, doch wenn er *Erehwon* freigab, würde Omen noch weitere Schiffe vernichten, bevor man ihn wieder aufspüren konnte. Sofern man ihn überhaupt wiederfinden konnte. Omen war ein schlauer Mensch. Er würde die entsprechenden Vorkehrungen treffen. »Machen Sie weiter, Spock, und geben Sie auch Mr. Scott Bescheid. Uhura, die Klingonen auf den Schirm.«

Erehwon und das Klingonenschiff wurden durch das wütende Gesicht eines Klingonen ersetzt. Selbst wenn er nicht gewußt hätte, in welchem Universum er sich befand, wäre Kirk jetzt klar gewesen, daß er keinen Klingee vor sich hatte.

»Torm«, sagte Kirk überrascht. Das war derselbe Klingone, der ihn beschuldigt hatte, Schiffe des Imperiums zu vernichten. Nach allem, was sie seitdem durchgemacht hatten, kam ihm das fast wie ein Witz vor.

Torm schnaubte. »Jetzt weiß ich, wieso mein Wissenschaftsoffizier die Energiefluktuationen, die von diesen Koordinaten ausgehen, nicht identifizieren konnte. Wir haben Ihre geheime Starfleet-Waffe gefunden!«

Wie konnte Kirk den Klingonen überzeugen, daß er sich in bezug auf den Aleph irrte? Verzweifelt rief Kirk: »Warten Sie, Torm. Das ist keine Föderationswaffe.« Selbst für seine eigenen Ohren klang er lächerlich. Torm hatte nicht den geringsten Grund, ihm zu glauben. Doch was sollte Kirk tun? Die *Enterprise* konnte sich nicht auf ein Feuergefecht mit der *Kormak* einlassen, ohne *Erehwon* freizugeben. Doch *Erehwon* würde mit Sicherheit fliehen, während die *Enterprise* und *Kormak* damit beschäftigt waren, sich gegenseitig zu beschießen – und dadurch würde dieser Kampf erst recht sinnlos werden. Wenn der Klingone doch nur zuhören würde!

Torm machte ein Gesicht, als wollte er ausspucken. »Ich habe schon erwartet, daß Sie so etwas behaupten würden.«

»Es ist keine Starfleet-Waffe, doch ansonsten haben Sie recht. Es ist tatsächlich die Ursache für das Verschwinden der Schiffe. Wir haben sie ausfindig gemacht, und der Mann, der für die ganze Angelegenheit verantwortlich ist, steht unter Arrest.« Es konnte Kirk nicht schaden, wenn er so viel zugab. Und wenn Omen nur halb so klug war, wie immer behauptet wurde, mußte er bereits erraten haben, was Kirk beabsichtigte.

»Föderationsarrest. Eine Menge Geschwätz, und dann drei Monate, in denen der Gefangene verhätschelt wird. Ich werde diese Arbeit für Sie erledigen, Kirk. Ende der Sendung.«

»Torm!« rief Kirk.

Sekunden später zuckte die heiße, blaue Zunge eines

Intervallerstrahls von der *Kormak* herüber und bestrich den Raum rings um *Erehwon*. Der Strahl war nicht in der Lage, den Asteroiden zu berühren, sondern wurde von Omens neuen Schilden zurückgeworfen. Die Schilde glühten schwach auf, der Angriff der Klingonen belastete sie kaum.

Einen Moment später hörte Torm mit der Energieverschwendung auf.

Kirk fühlte sich frustriert. Er konnte die *Kormak* bei ihrem Angriff auf *Erehwon* unterstützen. Oder er konnte die *Kormak* angreifen, um *Erehwon* zu schützen, obwohl es im Moment nicht so aussah, als müßte *Erehwon* geschützt werden. Doch keine dieser Möglichkeiten gefiel Kirk.

Vielleicht war es ja am besten, gar nichts zu tun. Einfach zuzulassen, daß die *Kormak* den Asteroiden angriff, bis Torm es leid wurde. Dann würde die *Kormak* sehr wahrscheinlich die *Enterprise* angreifen, doch das störte Kirk nicht weiter. Er wußte, wie man die Klingonen bekämpfte. Vielleicht würde Payton nun doch noch ihre Raumschlacht aufzeichnen können.

Um die *Enterprise* zu schützen, würde Kirk *Erehwon* natürlich entkommen lassen müssen; doch angesichts der Alternative blieb ihm gar keine andere Wahl.

Plötzlich erschien ein wirbelnder Diamant neben *Erehwon* und jagte auf die *Kormak* zu. Ein Aleph. Torm feuerte darauf, doch ohne Effekt, und Kirk rief: »Phaserfeuer auf den Aleph, Mr. Sulu!«

Sulu führte den Befehl bereits aus, als er antwortete: »Aye, Sir.«

Der Phaser traf den Aleph, und der Aleph zersplitterte, riß sich selbst in Stücke wie ein falsch ausbalanciertes Rad. Die Splitter wirbelten davon, zeigten Szenen, Objekte, Menschen, wurden schwächer und verschmolzen schließlich wieder mit dem Gewebe des Universums.

»Die *Kormak* meldet sich«, sagte Uhura.

»Was für eine Überraschung«, meinte Sulu.
»Auf den Schirm.«
»Was war das?« fragte Torm.
»Ein Aleph«, erklärte Kirk. »Die Waffe, nach der Sie gesucht haben.« Sollte Torm ruhig glauben, der Aleph wäre irgendeine Art von Desintegrator. Kirk sah keinen Grund, genauer darzulegen, was der Aleph wirklich machte.
»Wir haben nicht um Ihre Hilfe gebeten. Mit Ihrem Eingreifen schädigen Sie unseren Ruf als Krieger.«
Der berühmte klingonische Stolz. Man konnte ihnen nicht einmal einen Gefallen tun, ohne sie gegen sich aufzubringen. Kirk zuckte die Achseln und lächelte auf eine Weise, von der er hoffte, sie würde verständnisvoll wirken. Er breitete die Hände aus und meinte: »Sagen wir einfach, Sie schulden uns etwas.«
Torm wollte schon widersprechen, als Kirk aus einem Impuls heraus hinzufügte: »Beispielsweise könnten Sie uns etwas über den Zyklor erzählen.«
Torms Augen weiteten sich, und sein Unterkiefer sank herab. Sein Gesicht verfärbte sich. Noch nie hatte Kirk einen Klingonen so überrascht gesehen. »Woher wissen Sie ...«
Die Verbindung wurde unterbrochen, und sie blickten wieder auf *Erehwon* und die *Kormak*.
Kirk schmunzelte. »Wenn man sie nicht überzeugen kann, muß man sie eben verwirren, nicht wahr, Spock?«
»Sie hätten sie noch weit mehr verwirrt, wenn sie noch nie von einem Zyklor gehört hätten«, sagte Spock.
Es gab offenkundige Unterschiede zwischen Klingee und Klingonen, doch ihre Technologie schien sich zu ähneln. Auch wenn die Klingonen den Zyklor jetzt noch nicht besaßen, würden sie ihn in absehbarer Zeit wohl haben. »Das war einfach gut geraten«, meinte Kirk.

Spock zog eine Augenbraue hoch, sagte aber nichts.

»Sir, die *Kormak* sendet eine codierte Subraumnachricht«, meldete Uhura.

»Ich muß den Code gar nicht kennen, um zu vermuten, daß Torm das Imperium davon unterrichtet, daß wir vom Zyklor wissen.«

»Zweifellos«, stimmte Spock zu.

»Was macht unser Traktorstrahl?«

»Er hält, Captain. Bisher wenigstens.«

»Mehr verlange ich auch gar nicht. Kontaktieren Sie Omen, Lieutenant.«

»Aye, Sir.« Einen Moment später sagte Uhura: »Keine Antwort, Sir.«

Schmollte Omen nur, oder bereitete er eine Überraschung vor? Immerhin war er ein Genie, und man durfte ihn nicht unterschätzen. »Ich vermute, er wird trotzdem zuhören«, sagte Kirk. »An seiner Stelle würde ich das jedenfalls tun. Senden Sie auf der Frequenz, die wir bisher benutzt haben.«

»Aye, Sir.«

»Die Klingonen hören sicher auch zu«, bemerkte Spock.

»Darauf zähle ich.«

Kirk hob die Stimme und sagte: »Professor Omen, hier spricht Captain Kirk. Ich empfehle Ihnen, sich zu ergeben. Wenn Starfleet Sie nicht erwischt, dann mit Sicherheit die Klingonen, und die werden sich erheblich weniger Gedanken um Ihr Wohlergehen machen.«

Kirk wartete, und das, worauf er gehofft hatte, geschah. Torm mischte sich knurrend in das Gespräch. »Kirk hat recht. Ihre Schilde sind effektiv, aber wir werden ihr Geheimnis herausfinden und Sie in Streifen schneiden wie ein *p'tach!*« Er sprach das klingonische Wort aus, als würde er husten.

Noch immer nichts von *Erehwon*.

»Hören Sie mir zu, Professor«, sagte Kirk. »Wir besitzen Informationen über Ihre neuen Deflektoren, über Ihren verstärkten Traktorstrahl und sogar über den Aleph. Sie sind nicht der einzige Waffenexperte der Galaxis. Glauben Sie mir: Sie können der Föderation nicht auf alle Zeit einen Schritt voraus bleiben. Oder den Klingonen. Nicht für immer. Nicht einmal Sie.«

Noch immer keine Antwort von *Erehwon*. Omen ließ Kirk keine Wahl. Er würde den Asteroiden vernichten müssen, auch wenn er das nicht wollte. Kirk wußte, daß Omen den richtigen Gedanken gehabt hatte. Frieden war das Ziel. Doch Kirk glaubte nicht, daß jemand den Frieden erzwingen konnte, gleichgültig mit welchen Absichten oder mit welcher Technologie. Und selbst wenn Omen Erfolg hätte, wie lange würde der Frieden andauern? Nur so lange, bis ein Wesen etwas haben wollte, was ein anderes besaß. Für viele würden hehre Ideale niemals den Reiz raschen Zugreifens ersetzen.

Doch dieser Pessimismus beunruhigte Kirk. Als Angehöriger des Militärs hatte sein Ziel immer darin bestanden, sich selbst überflüssig zu machen. Doch ein tief in seinem Inneren verborgener, realistischer Teil seiner Persönlichkeit hatte niemals geglaubt, daß so etwas möglich sein würde, genauso wenig, wie es für McCoy möglich sein würde, sich selbst überflüssig zu machen, sosehr sich der Doktor das auch wünschen mochte.

»Können wir ihn festhalten, bis die Flotte eintrifft?« fragte Kirk, obwohl er die Antwort bereits kannte.

»Wir können ihn noch für zwei Stunden und vierzehn Minuten festhalten«, erklärte Spock. »Danach wird es zunehmend schwieriger werden, die Schiffshülle intakt zu halten.«

»Omen«, rief Kirk. »Hören Sie mich? Es gibt andere Möglichkeiten, sich für den Frieden einzusetzen.«

Plötzlich tauchte Omen auf dem Schirm auf. Er sah aus, als hätte er seit Tagen nicht geschlafen, doch Kirk hatte den Eindruck, vor allem seine Seele sei erschöpft, als hätte er gegen seine eigene Natur angekämpft. Das war die grundlegende Schwäche ethisch denkender Menschen: Selbst wenn sie sicher waren, im Recht zu sein, zweifelten sie an sich selbst. Ein Teil von ihnen ließ sich niemals überzeugen. Und das brachte sie um den Schlaf.

»Ich höre Sie, Captain«, sagte Omen, »und ich glaube, daß Sie recht haben. Die Galaxis ist voll von Waffenexperten, und früher oder später werden sie meine Geheimnisse herausfinden. Schon jetzt verfügen Sie über die neuen Deflektoren, und vielleicht auch über den verstärkten Traktorstrahl. Doch das sind Nichtigkeiten im Vergleich zu dem, was ich noch im Sinn habe. Und genau das ist es, was Sie haben wollen. Wenn Sie *Erehwon* heil und intakt übernehmen, werden Sie die Pläne und Prototypen, die sich an Bord befinden, studieren. Wenn Sie mich lebend in die Hände bekommen, werden Sie mich zwingen, weiterhin Kriegswaffen herzustellen.«

Kirk überlegte, ob er recht hatte. Würde die Föderation ihn zwingen, Waffen zu bauen? »Professor, ich …«

Omen fuhrt fort, als hätte Kirk gar nichts gesagt. »Ich kann nicht zulassen, daß etwas Derartiges geschieht. Um meiner Tochter willen. Um aller Kinder willen. Leben Sie wohl, Captain. Vielleicht begegnen wir uns in einem besseren Universum wieder.«

Der Schirm zeigte wieder die Außenansicht. Mit dem plötzlichen, sicheren Bewußtsein einer bevorstehenden Katastrophe sprang Kirk auf, eilte zu Spocks Station und drückte eine der Tasten. Als würde das Seil beim Tauziehen plötzlich reißen, wurde die *Enterprise* zurückgeschleudert, fort von dem Aleph, der sich jetzt dort drehte, wo sich *Erehwon* befunden hatte. Alle an Bord wurden nach vorne geschleudert, während die Kompensatoren versuchten, die plötzliche Bewegung auszugleichen. Als Kirk aufsah, war der Aleph verschwunden, hineingesogen in jenes Universum, in dem sich *Erehwon* jetzt befand.

»Impulsantrieb zur Kompensation«, befahl Kirk.

»Aye«, bestätigte Sulu, während er die Triebwerke einschaltete.

»Verbindung zur *Kormak*«, sagte Kirk, obwohl er eigentlich keine Lust hatte, mit den Klingonen zu sprechen. Er fühlte sich müde. Gerade hatte er einen Menschen zum Selbstmord getrieben. Möglicherweise war Omen ja in ein Universum gewechselt, in dem er leben konnte und vielleicht sogar glücklich war. Doch Kirks Universum würde ihn niemals wiedersehen. Omen war hinter den Mauern des Aleph so sicher eingeschlossen wie ein Toter hinter der undurchdringlichen Wand, die die Lebenden von den Toten trennte.

Torm tauchte auf dem Schirm auf. Seine Miene zeigte einen verschmitzten Ausdruck. Kirk versuchte sich vorzustellen, was Torm glauben mußte. Er traute weder Kirk noch sonst jemand aus der Föderation. Trotzdem mußte er den Eindruck haben, daß Kirk gerade eines der Probleme des Imperiums beseitigt hatte. War das ein Trick gewesen? Hatte das ganze Drama nur wegen des Imperiums stattgefunden? »Was ist da geschehen?« fragte Torm.

»Sie haben gerade einer kostenlosen Demonstration der Waffe beigewohnt.«

»Dieser Erdling, dieser Omen, wie Sie ihn genannt haben, hat sich selbst vernichtet, um zu verhindern, daß wir ihn schnappen?«

Auf eine gewisse, stark vereinfachte Weise hatte Torm damit recht, und so stimmte Kirk ihm zu.

Torm nickte. »Er war ein würdiger Gegner. Aber was ist mit der Waffe?«

»Was soll damit sein?«

»Sie waren fähig, den wirbelnden Feuerball zu zerstören. Vielleicht sind Sie auch in der Lage, so etwas zu erzeugen.«

Vermutlich konnte Spock einen Aleph-Generator konstruieren, aber er würde es nicht tun. Nicht alles, was man tun konnte, sollte man auch tun.

»Dieses Geheimnis ist mit Omen gestorben«, sagte Kirk.

»Wir werden sehen«, meinte Torm. Er schien noch etwas fragen zu wollen, vielleicht, woher Kirk vom Zyklor wußte. Doch statt dessen grüßte er Kirk auf klingonische Weise und beendete die Verbindung.

»Energiekonfiguration der *Kormak* ändert sich.«

Im ersten Moment dachte Kirk, Torm wollte sie angreifen, doch das klingonische Schiff drehte ab und jagte davon. Schon bald war es nur noch ein weiterer Stern unter den Sternen, und dann war es ganz verschwunden.

»Er nimmt Kurs auf das klingonische Imperium, Captain.«

»Wenigstens eine gute Nachricht«, meinte Kirk. »Mr. Chekov, Kurs auf Starbase 12.«

Chekov zog das Astrogationsdisplay zu Rate, gab die Koordinaten ein und meldete: »Kurs liegt an. Zwölf Stunden bei Warp vier.«

Kirk dachte an Payton und Favere und sagte: »Warp sechs, Mr. Sulu. Energie.«

An diesem Abend begab sich Spock nach seiner Wache und dem Essen in seine Kabine – um zu meditieren, wie er sagte. Kirk hoffte, es würde ihm ebenso helfen wie ein wohlverdienter Schlaf einem Menschen. Kirk hatte zusammen mit ihm gegessen, doch die Konversation war einsilbig geblieben. Manchmal war das so nach einer Mission. Alles war schon gesagt worden, und sie würden erst dann wieder neue Gesprächsthemen finden, wenn eine gewisse Zeitspanne sie von den zurückliegenden Prüfungen trennte.

Kirk begab sich zur Aussichtslounge auf Deck zehn im Heck des Schiffes. Er betrachtete die regenbogenfarbenen Streifen, als die sich die Sterne im Warpraum präsentierten. Die Streifen schlossen sich hinter ihnen, als wäre die *Enterprise* eine Art Maulwurf, der sich durch den vor ihm liegenden Warpraum grub und ihn hinter sich schleuderte, um das entstandene Loch wieder zu füllen. Natürlich war das nur eine romantische Vorstellung. In der Mathematik des Warpraums tauchten Begriffe wie graben oder auffüllen nicht auf. Trotzdem war die Illusion sehr überzeugend und auf ihre Weise auch beruhigend. Wenn sich die *Enterprise* eine Milliarde Kilometer von allem entfernt aufhielt, war die Vorstellung, es handle sich bei ihr um ein Tier, das eine gewisse Verantwortung für ihre symbiotische Besatzung empfand, gleichermaßen tröstlich wie lächerlich.

Kirk wurde sich der Klimaanlage und ihrer typischen Mischung aus Aromen bewußt – Plastik, Metall, Reinigungsmittel, Stoff, gekühlte und wiederaufbereitete Luft –, die einem Raumschiff jenen Geruch verlieh, den es nun einmal besaß.

Er hatte lange über Omen und dessen Waffen des Friedens nachgedacht. Er hatte erfahren, wie frustrierend es war, alles noch einmal durchzugehen, selbst wenn er sich ins Gedächtnis rief, daß man als Captain eines Raumschiffs in einem ständigen Lernprozeß stehen sollte. Diesmal konnte Kirk nichts entdecken, was er falsch gemacht hätte, nichts, was er anders machen würde, nichts, was Omen gerettet hätte. Alles schien zum jeweiligen Zeitpunkt die richtige Entscheidung gewesen zu sein. Und das war alles, was er von sich verlangen konnte. Alles, was überhaupt jemand verlangen konnte.

Wie es mitunter der Fall war, hatte die Sicherheit des Schiffes von der raschen Entscheidung eines einzelnen abgehangen. So war es nicht immer, doch in diesem Fall hatten nur die Handlungen des Captains gezählt. Seine Aufgabe war es gewesen, einen Schalter umzulegen, den Traktorstrahl zu lösen und dadurch zu verhindern, daß sein Schiff mit *Erehwon* in den Aleph hineingezogen wurde.

Kirk ließ seiner Phantasie freien Lauf. Krieg, Frieden und *Erehwon* kreisten in seinem Kopf wie Fische in einem Aquarium.

»Entschuldige, Captain«, sagte McCoy.

Kirk drehte den Kopf und sah den Doktor und Ms. Payton an der Tür stehen, unsicher, ob sie eintreten sollten.

»Nur herein, Pille, Ms. Payton. Ich war lange genug mit meinen Gedanken allein.«

»Und wo ist Spock?« fragte McCoy.

»Meditiert.«

»Ah«, sagte McCoy, als wäre damit alles erklärt.

»Wie geht es Ihnen, Ms. Payton?« fragte Kirk.

»Sehr viel besser, danke, obwohl ich den Doktor offenbar nicht davon überzeugen kann.« Sie lächelte, um ihren Worten die Spitze zu nehmen.

»Oh, ich bin durchaus davon überzeugt«, sagte McCoy. »Aber wo steht geschrieben, daß ein Arzt keinen Verdauungsspaziergang mit seiner Patientin machen darf?«

Für geraume Zeit betrachteten sie die regenbogenfarbenen Streifen. Dann sagte Ms. Payton: »Es tut mir wirklich leid, Captain. Es kommt mir so vor, als hätte ich Verrat oder etwas in dieser Art begangen.«

»Verrat?« fragte Kirk verwundert.

»Ja. Mr. Kent und ich haben gemeinsame Sache mit dem Mann gemacht, der die Schiffe vernichtet hat. Wegen uns wäre die *Enterprise* beinahe für immer verschwunden.«

McCoy wollte etwas sagen, hielt aber inne und sah Kirk erwartungsvoll an.

Paytons Bemerkung bereitete Kirk Unbehagen. Er mochte sie und hatte es sogar geschafft, ihr klarzumachen, daß Conrad Franklin Kent irrte, auch wenn er es ehrlich meinte. Verrat an der Föderation hingegen war ein so heimtückisches Verbrechen, daß er kaum begriff, wieso jemand, den er mochte, sich dessen für fähig hielt. »Das glaube ich nicht«, sagte er.

Mit dieser Bemerkung öffnete er bei McCoy alle Schleusentore. »Natürlich nicht, meine Liebe«, sagte er. Dann führte er aus, daß weder Payton noch Kent gewußt hätten, was Omen vorhatte, als er zu beweisen anbot, daß Starfleet weit mehr am Krieg als an der Forschung interessiert war – das hatte Omen schließlich selbst bestätigt –, und daher keiner von ihnen verantwortlich gemacht werden konnte. So türmte er Argument auf Argument, als wäre Payton selbst der Richter, den es zu überzeugen galt.

Zunächst hatte Ms. Payton eine bedenkliche Miene aufgesetzt, doch je länger McCoy sprach, desto munterer wurde sie, bis sie schließlich angesichts McCoys überwältigendem Enthusiasmus lachen mußte. Und schließlich war sie bereit zuzugeben, daß der Doktor recht hatte.

»Das habe ich ja gleich gesagt«, meinte Kirk, und alle brachen in Gelächter aus. »Aber jetzt habe ich eine Frage an Sie«, sagte Kirk.

Sie sah ihn erwartungsvoll an.

»Sie sind ursprünglich an Bord gekommen, um einen Bericht für Conrad Franklin Kent zu erstellen. Ist das immer noch Ihre Absicht?«

Sehr ernst antwortete Payton: »Ja, das ist es.«

»Ich verstehe.« Kirk sah zu Boden. Soweit er es beurteilen konnte, war auf dieser Reise nur sehr wenig geschehen, was Kent als Munition für seinen Kreuzzug gegen Starfleet verwenden konnte. Doch andererseits hatte er bereits genug Erfahrung mit der Politik gesammelt, um zu wissen, daß Tatsachen manipuliert werden konnten. In dieser Hinsicht unterschieden sich Politik und Showgeschäft nicht sehr voneinander. Wenn Kent gegen Starfleet vorgehen wollte, würde er das mit dem Material tun, das ihm zur Verfügung stand, ganz gleich, wie es aussehen mochte.

»Ich bin trotz allem immer noch eine Frau, die ihre Arbeit erledigt«, sagte Hazel Payton.

Kirk und McCoy nickten.

»Schade ist nur, daß Mr. Kent meinen Bericht wahrscheinlich nicht schätzen wird.«

Die beiden Männer sahen sie überrascht an. »Er wird Sie feuern«, meinte McCoy.

»Vielleicht. Aber ich kenne Mr. Kent schon ein paar Jahre, und ich glaube, es wird etwas anderes passieren. Ich glaube, er wird meinen Bericht durchsehen, den Fehler in seiner Haltung erkennen und seine Ansichten über Starfleet revidieren.«

Vielleicht, weil Kirk Ms. Payton so sehr mochte, war er in der Lage, auch die andere Seite, ihre Seite, zu erkennen. Daher war er auch nicht überzeugt, daß sie in der Lage sein würden, aus den Aufzeichnungen ihres Implantats einen positiven Bericht zu erstellen. Selbstschutz mochte eine größere Priorität erhalten als der Schutz von Starfleet, und in diesem Fall konnte er ihr das nicht einmal vorwerfen. Weshalb sollte sie Starfleet gegenüber loyal sein, wenn es sich dabei nur um einen Teil der Regierung handelte, einen Teil, der ausgerissen werden mußte, wenn er verrottet war? Und was Kents Flexibilität betraf, so vertraute er darauf noch sehr viel weniger.

»Das wäre eine angenehme Überraschung«, sagte er.

»Wenn er seine Meinung ändert, würde ich ihn vielleicht sogar unterstützen«, fügte McCoy hinzu.

Kirk brummte nur. Er wollte McCoys Bemerkung nicht unbedingt kommentieren. Seiner Meinung nach war es die Privatsache jedes einzelnen, wen er auf dem Weg zur Präsidentschaft unterstützte. Doch man konnte auch zu weit gehen, nur um einen positiven Eindruck zu hinterlassen.

15

Als sich die *Enterprise* der Starbase 12 näherte, wanderten zahlreiche Botschaften hin und her. Einige kamen von Commodore Favere und waren offiziell. Nachdem er gefragt hatte, ob die Mission erfolgreich verlaufen sei, erkundigte sich Favere nach dem Wohlergehen von Mannschaft und Passagieren. Kirk wußte, daß sich hinter dieser Frage die kaum kaschierte Angst verbarg, ob Ms. Payton wohlauf war, und er fühlte sich verpflichtet, die entsprechende Antwort zu geben.

Als Favere nach Omen fragte, zögerte Kirk einen Moment, bevor er sagte: »Er weilt nicht mehr unter uns.«

»Sie meinen, er ist tot?« fragte Favere verblüfft.

»Nicht tot«, sagte Kirk. Er wollte der Antwort nicht ausweichen, obgleich seiner Meinung nach Omens endgültiger Verbleib weniger wichtig war als das Verständnis der Ereignisse, die Omen zu einer derart drastischen Handlung gezwungen hatten. Jede Antwort würde unvollständig und unbefriedigend sein und nur zu weiteren Fragen führen. So sagte er: »Commodore, tun Sie uns beiden einen Gefallen und warten Sie meinen offiziellen Bericht ab.«

»Ganz wie Sie wünschen«, antwortete Favere steif.

Andere Botschaften stammten von Conrad Franklin Kent und enthielten, obgleich sie nicht offiziell waren, mehr oder weniger die gleichen Fragen. In diesem Fall war Kirk jedoch weniger geneigt, sie zu beantworten. Er sagte: »Ich glaube, Sie werden feststellen, daß Ms.

Paytons Bericht völlig anders aussieht, als Sie erwartet haben.«

Kent reagierte mit einem Schmunzeln und meinte: »Ich glaube, da irren Sie sich, Captain. Ms. Payton ist nicht gerade der typische Kandidat, der auf eine Gehirnwäsche anspricht.«

»Ich kann Ihnen versichern, Mr. Kent, daß eine Gehirnwäsche niemals zur Debatte stand.«

»Dann lassen Sie mich mit ihr reden.«

»Auf Starbase 12 können Sie so viel mit ihr reden, wie Sie wollen.« Kirk erinnerte sich an ein früheres Gespräch, in dem sich Kent geweigert hatte, auch nur eine Frage zu beantworten, und statt dessen darauf verwiesen hatte, Professor Omen werde Kirk alles erklären. Zumindest nach Kirks Ansicht war es nur angemessen, den Spieß jetzt umzudrehen.

Als Kent begriff, daß Kirk nicht bereit war, weitere Informationen herauszurücken, brach er verärgert die Verbindung ab. Kirk verspürte daraufhin eine Befriedigung, die ihm nicht die geringsten Schuldgefühle bereitete.

Während sich die *Enterprise* der Starbase näherte, wies Spock auf den traurigen Zustand des Frachters der Klasse J hin, der als Zielobjekt des Deflektortests gedient hatte.

»Sind Sie sicher, daß es sich um den gleichen Frachter handelt?« fragte Kirk überrascht. Es kam ihm unwahrscheinlich vor. Als er den Frachter zuletzt gesehen hatte, wies er zwar die Spuren der hinter ihm liegenden Jahre auf, war aber nicht durch die Angriffe der *Enterprise* beschädigt worden. Doch der Frachter, an dem sie jetzt vorbeiflogen, sah aus, als hätte er eine Begegnung mit einer Säurewolke hinter sich. Gähnende Löcher öffneten sich in der Hülle, als bestünde die Außenwandung aus Papier, an das jemand ein Streichholz gehalten hatte. Der größte Teil der Hecksektion war verschwunden, abgesehen vom Rahmen der vertikalen Stabilisatoren, die wie ein Korb wirkten, der nichts aufzufangen hatte. Im Innern des Wracks blitzten hin und wieder Kurzschlüsse auf, die Korridore und Geräte beleuchteten und Schatten warfen, die sich auch ohne besondere Phantasie in wuchtige, abartig erscheinende Monster verwandelten.

»Ich erinnere mich deutlich an die Seriennummer, Captain«, sagte Spock.

»Das bezweifle ich nicht, Mr. Spock. Aber wenn Sie recht haben, was ist dann passiert?«

»Das ist die Frage.«

Ein paar Minuten später standen Kirk, Spock und McCoy im Transporterraum und warteten auf Ms. Payton. Spock beobachtete konzentriert die Einstellungen, die Mr. Kyle am Kontrollpult vornahm. McCoy hatte Kirk abermals versichert, Ms. Payton könne nichts anderes als einen positiven Bericht abliefern, und schwelgte nun in Vorstellungen von einem Büffelsteak, gebraten mit Pilzen und Zwiebeln. »Weshalb kann Scott unsere Replikatoren nicht auf so ein Essen programmieren?«

»Ich rede mit ihm«, versprach Kirk. Was das Steak anging, war er mit McCoy einer Meinung, doch es gab ein paar andere Dinge, die ihn weitaus mehr beschäftigten. Der Zustand des Frachters war dabei nur eines der Probleme, über die er nachdachte.

Er machte sich nicht direkt Sorgen, fragte sich aber doch unwillkürlich, wie Paytons Bericht letztlich aussehen würde. Sie hatte sich geweigert, darüber zu sprechen, und nur zugegeben, daß sie daran arbeitete. Kirk war der Ansicht, McCoy sähe die Dinge vielleicht etwas zu romantisch, wenn er davon ausging, Payton würde eine positive Darstellung abliefern.

Admiral Nogura würde sicher nicht erfreut sein, daß Kirk für den Selbstmord eines der führenden Föderationswissenschaftler verantwortlich war. Aber natürlich ließe sich das erklären. Nogura war kein unverständiger Mann. Und wenn er die Lage erst verstanden hatte, würde er der Mannschaft der *Enterprise* wahrscheinlich Orden verleihen. Doch Kirk freute sich nicht gerade auf die intensive Befragung, die mit Sicherheit auf ihn zukam.

Die Türen glitten zur Seite, und Hazel Payton kam herein, einen kleinen, grauen Seesack über der Schulter. Etwas fehlte in ihrem Haar – das Implantat. Wenn Ms. Payton dachte, weitere Aufzeichnungen wären nicht mehr erforderlich, dann war die Mission wirklich vorüber.

Hauptsächlich wegen Payton fragte Kirk: »Sind alle bereit?«

Allgemeines Kopfnicken. Sie betraten die Transporterplattform, und Mr. Kyle betätigte die Regler. Der Transporterraum verschwamm wie in einer unscharfen Übertragung und wurde durch sein Gegenstück auf Starbase 12 ersetzt. Fast hätte man glauben können, sie befänden sich noch auf der *Enterprise,* wären nicht die Zeremonientrommeln an der Rückwand gewesen – und hätten Mr. Kent und Commodore Favere nicht dort gestanden.

Kirk nickte Kent zu und erklärte, es sei schön, Favere wiederzusehen. Er übergab dem Commodore die goldene Scheibe, die eine Kopie des Logbuchs enthielt, und sagte: »Ich glaube, dies wird all Ihre Fragen beantworten. Wenn nicht, sollten Sie vielleicht den Bericht durchsehen, den Ms. Payton vorbereitet hat.« Er konnte nicht verhindern, daß ein sarkastischer Unterton in seiner Stimme mitschwang.

»Ich werde daran denken.«

Ungeduldig schaute Favere zu, wie Payton Kent begrüßte und ihm die blaue Scheibe gab, die ihren Bericht enthielt. »Ich glaube, Sie werden das sehr interessant finden.«

Kent nickte lächelnd. Allerdings zwinkerte er nicht wissend, was Kirk ein wenig enttäuschte. Es kam ihm wie eine verlorene Gelegenheit vor. »Ich hoffe, es erklärt, was mit Professor Omen geschehen ist«, meinte Kent.

»Das tut es«, versicherte Payton.

Sie ging zu Favere und ergriff seine Hände. Diese Vertraulichkeit vor allen Leuten schien ihn zu überraschen, aber auch glücklich zu machen. Die förmliche Art, in der er sie auf der Starbase willkommen hieß, brachte McCoy zum Lächeln. Kirk lächelte ebenfalls, obwohl er auch ein wenig auf Faveres Glück eifersüchtig war. Richtiges Timing, dachte er, war eben alles. Kent runzelte die Stirn, sagte aber nichts, und Spock schien damit zufrieden, die Szene einfach nur zu beobachten.

»Ich möchte diese Erklärung vor den Menschen abgeben, die mir am nächsten stehen«, sagte Payton.

Kirk empfand einen leisen Schock und versuchte vergeblich, sich zu erinnern, ob sie jemals von ihrer Familie auf der Erde oder irgendwo innerhalb der Föderation gesprochen hatte.

Sie sah Favere in die Augen und fuhr fort, als wäre niemand sonst zugegen. »Bevor ich zu dieser Mission aufgebrochen bin, hast du mich gebeten, dich zu heiraten. Ich hatte ein paar Probleme mit dieser Vorstellung und gab dir eine ausweichende Antwort. Doch während der letzten Woche hatte ich mehr als einmal Grund zu der Annahme, ich würde dich niemals wiedersehen, und dieser Gedanke schmerzte mich so, daß ich es kaum ertragen konnte. Wenn du also noch immer interessiert bist, dann sage ich ›ja‹.«

Für einen Moment schien Favere zu überrascht zu sein, um zu antworten. Er starrte Hazel Payton mit weit aufgerissenen Augen an und nickte dann langsam. »Ich glaube, man könnte schon sagen, daß ich noch interessiert bin«, meinte er grinsend.

Damit war die Spannung gebrochen. Kirk, der sich sehr edel vorkam, gratulierte Payton und Favere. Kent zwang sich dazu, Favere die Hand zu schütteln, und brachte ein krächzendes »Glückwunsch« in Paytons Richtung heraus. McCoy bestand darauf, die Braut zu küssen, behielt sich aber das Recht vor, das bei der Hochzeit noch einmal zu tun.

»Wenn Sie mich bitte entschuldigen«, sagte Kent, »ich habe einen Bericht durchzusehen.« Er stürzte aus dem Transporterraum, als drohe dort eine Explosion, die er nicht miterleben wollte.

»Nun«, meinte Kirk, »ich bin sicher, Ms. Payton und der Commodore haben eine Menge zu besprechen.«

»Richtig«, stimmte Spock zu. »Und Commodore Favere wird sich auch das Log ansehen wollen.«

»Natürlich«, sagte Kirk. Selbst nach so vielen Jahren unter Menschen entgingen Spock noch immer gewisse Nuancen. Vielleicht genoß er es aber auch nur, die Rolle des düsteren Vulkaniers zu spielen, ähnlich wie es McCoy genoß, ihn deswegen aufzuziehen.

Kirk schaltete den Kommunikator ein und gab Uhura die Anweisung, mit dem schichtweisen Urlaub zu beginnen. Er war froh, daß er der Crew wenigstens etwas freie Zeit gönnen konnte. Teufel, er war ja selbst froh, etwas ausspannen zu können. Wenn kein neuer Notfall eintrat, würde die *Enterprise* mindestens eine Woche auf der Starbase bleiben.

»Mr. Spock hat recht«, sagte Favere. »Die Pflicht geht vor. In ein paar Stunden treffen wir uns wieder mit Mr. Kent. Ich bin sicher, er wird einiges zu bemerken haben.«

»Ich liebe Starfleet«, sagte Hazel Payton und schlug Favere sanft gegen die Schulter.

»Danke, Commodore«, sagte Kirk und drehte sich dann zu McCoy und Spock um. »Wer ist für Enyart's?«

Kirk, Spock und McCoy machten es sich in einem schwachbeleuchteten Alkoven von Enyart's gemütlich. Kirk bestellte englisches Bier, McCoy einen Champagnercocktail (um zu feiern, daß er einen weiteren Trip mit dem Transporter überlebt hatte, wie er behauptete), und Spock nahm Tee. Es war kein vulkanischer Tee, doch mit seinem gewohnten Stoizismus ging er über diese Tatsache hinweg. Kurz darauf genossen Kirk und McCoy mit Pilzen und Zwiebeln gebratene Büffelsteaks. Um die besondere Gelegenheit zu würdigen, aß auch Spock Pilze und Zwiebeln, allerdings *nur* Pilze und Zwiebeln.

Das Gespräch drehte sich vor allem darum, wie Paytons Bericht aussehen mochte und was Kent dazu sagen würde. Zunächst weigerte sich Spock mit der Begründung, er verfüge nicht über genügend Daten, an dieser Diskussion teilzunehmen. Doch McCoy zog ihn ein wenig auf, und schließlich gab Spock zu, aufgrund der Erfahrungen mit seiner Mutter sehe er sich grundsätzlich außerstande vorherzusagen, wie eine Erdenfrau in solch einer Situation reagieren würde.

McCoy legte einen Arm um Spocks Schultern und sagte: »Mein spitzohriger Freund, damit stehen Sie nicht allein.«

Einen Moment später fragte er: »Was ist mit deinem Log, Jim?«

»Was soll damit sein?« sagte Kirk ausweichend. Er wußte, was McCoy meinte, und hatte auch selbst schon daran gedacht.

»Stellst du Payton und Kent als Verräter hin oder nicht?«

»Ich gebe die Tatsachen wieder, Pille. Wie immer.«

»Trotzdem stellt der Doktor eine interessante Frage«, meinte Spock. »Mr. Kent hat Sie aus einem anderen als dem von ihm behaupteten Grund gezwungen, Ms. Payton an Bord zu nehmen.«

Kirks Argumentation stand fest. Er hatte bereits darüber nachgedacht, als er das Log für Commodore Favere zusammenstellte. »Ms. Payton hat uns nie davon abgehalten, nach der Waffe zu suchen. Es war die Konfrontation mit *Erehwon*, die uns zeitweilig davon abgebracht hat. Und wenn wir Ms. Payton glauben, wußten weder sie noch Kent vom Aleph. Soweit es sie betraf, wollte Omen ihnen lediglich bei ihrer Anti-Starfleet-Kampagne helfen.«

Spock verschränkte die Arme. »Ich könnte hinzufügen, daß wir uns noch immer in dem leeren Universum befänden, wäre Ms. Payton mit ihrem Implantat nicht an Bord gewesen.«

»Ich bin der gleichen Meinung«, rief McCoy. »Alles, was man Payton und Kent vorwerfen kann, ist eine falsche Beurteilung. Und dessen machen wir uns alle von Zeit zu Zeit schuldig.«

»Das stimmt, Doktor«, sagte Spock. »Das ist ein verbreiteter menschlicher Fehler.«

»Treffen Vulkanier niemals falsche Entscheidungen?« fragte McCoy.

»Sie treffen niemals unlogische Entscheidungen. Die Logik bewahrt die Vulkanier vor den schlimmsten Fehlurteilen.«

Das Gespräch ging weiter, wobei einmal McCoy, dann wieder Spock die Oberhand behielt. Kirk hörte nur mit halbem Ohr zu. Er dachte an Paytons Bericht und das bevorstehende Treffen.

Schließlich hatten sie ihre Teller geleert. Kirk und McCoy bestellten Kaffee und Spock noch mehr Tee. Rings um sie aßen und tranken die Mannschaftsmitglieder der *Enterprise* mit ihren Freunden. Kirk und die anderen erwiderten die gelegentlichen Grüße mit einem Kopfnicken.

Als ein Interkomsignal ertönte, erstarb das Gemurmel für einen Moment, und eine Stimme sagte: »Captain Kirk und seine Begleiter werden gebeten, baldmöglichst das Büro des Commodore aufzusuchen. Ich wiederhole …«

Während die Stimme ihre Durchsage wiederholte, meinte Kirk: »Also los.«

Auf dem Weg zu Faveres Büro dachte Kirk, daß dies vermutlich eine Art Generalprobe für die Besprechung werden würde, die ihn zweifellos mit Nogura erwartete. Er war bereit, diese Möglichkeit voll auszuschöpfen.

Als sie das Büro betraten, waren Kent und Payton bereits dort. Ms. Payton und Favere bemühten sich, nicht zu vertraulich miteinander umzugehen, tauschten aber doch hin und wieder ein verstohlenes Lächeln aus; ihre Freude zusammenzusein war fast körperlich greifbar. Wenn er nicht gerade durch Hazel Payton abgelenkt wurde, ließ Favere ein kleines Messinggeschoß auf seinem Schreibtisch herumrollen. Kents Miene wirkte neutral und undurchschaubar. Er klopfte mit der blauen Scheibe immer wieder gegen seinen Knöchel.

»Bitte nehmen Sie Platz, Kirk«, sagte Favere.

Kirk setzte sich in den einzigen freien Sessel. Spock und McCoy blieben rechts und links von ihm stehen. Bevor die Besprechung begann, wollte Kirk die Gelegenheit nutzen, eine Frage zu stellen, deren Beantwortung *ihn* interessierte. Er räusperte sich.

»Ja, Kirk?«

»Auf dem Weg hierher sind wir an dem Testfrachter vorbeigekommen. Was ist damit passiert?«

»Richtig«, sagte Favere, »Sie sind abgeflogen, bevor die schlechte Nachricht eintraf.« Er schloß die Faust um das Geschoß, als wolle er eine Antwort herausquetschen.

»Schlechte Nachricht?« fragte Spock.

»Kurz nach Ihrer Abreise begann der Frachter auseinanderzufallen. Soweit ich weiß, hält dieser Prozeß auch jetzt noch an.« Spock zog eine Augenbraue hoch. Favere fuhr fort. »Omens phasenverschobene Deflektoren sind zwar effektiv gegen Phaser und Photonentorpedos, haben aber auch einen unerwarteten Nebeneffekt. Das Feld verändert die kristalline Struktur von

Metall, worauf das Schiff rasch zerfällt. Bahia Slocum, Omens erste Assistentin, arbeitet an dem Problem, doch« – er zuckte die Achseln – »wir hatten gehofft, Professor Omen würde eine Lösung finden.« Er ließ das Geschoß auf den Tisch fallen und gab allen einen Moment die Gelegenheit, über Omens Sünden nachzudenken – und das Durcheinander, das dadurch entstanden war.

»Wenn ich irgendwie helfen kann ...«, begann Spock.

»Vielen Dank. Ich werde Ms. Slocum über Ihr Angebot informieren.«

Es war schon sonderbar, dachte Kirk, wie sich Omens berufliches Glück gewendet hatte. Er hatte den Phaser und den Photonentorpedo perfektioniert, doch seine späteren Arbeiten waren nicht annähernd so erfolgreich ausgefallen. Die Deflektoren waren unbrauchbar, weil sie das Schiff auseinanderfallen ließen, das sie schützen sollten. Der verstärkte Traktorstrahl funktionierte nicht, weil seine besondere Konstruktion es dem Zielobjekt erlaubte, ihm zu entschlüpfen. Nur der Aleph funktionierte, und das war die einzige seiner Erfindungen, von der Omen wirklich gewollt hatte, daß sie funktionierte. Vielleicht war es auch ganz gut, daß Omen verschwunden war. Seine Reputation würde unter den letzten Fehlschlägen leiden, und das hätte ihm gewiß nicht gefallen. Trotz Wissenschaft und Logik blieb das Universum unvorhersagbar, selbst für Männer wie Omen.

Selbst für die Mitglieder von Starfleet. Für einen Moment war Kirk beeindruckt und auch ein wenig erschrocken darüber, wie gefährlich sein Beruf wirklich war. Doch der Schauder verging wie ein kalter Windhauch, und alles, was zurückblieb, war die Würze der Gefahr, der Entdeckung, der Herausforderung, jener Dinge also, wegen derer er ins All aufgebrochen war. Mit neuem Zutrauen sagte Kirk: »Machen Sie sich nicht die Mühe. Diese phasenverschobenen Deflektoren würden einem Zyklor wahrscheinlich doch nicht standhalten.«

Kent runzelte die Stirn, und Favere schien sich nicht ganz wohl in seiner Haut zu fühlen, als er sagte: »Wie Mr. Kent mir mitgeteilt hat, ist die Föderation seit einiger Zeit darüber informiert, daß die Klingonen einen Zyklor entwickeln. Doch diese Information ist streng geheim.«

Kirk zuckte die Achseln. Leichthin meinte er: »Die Existenz des Zyklors ist nicht nur meiner Besatzung und mir bekannt, Commodore. Ich nehme an, Mr. Kent traut Ms. Payton?«

»Das tue ich«, bestätigte Kent.

»Dann ist Ihr Geheimnis sicher. Commodore, Sie werden feststellen, daß mein Log einen fast vollständigen Sensorbericht darüber enthält, wozu die *Enterprise* während des Zyklorangriffs fähig war. Ich schlage vor, Sie reichen diese Daten an Bahia Slocum weiter. Während der Abwesenheit von Professor Omen ist sie am besten geeignet, die Aufzeichnungen auszuwerten.«

»Sie beschäftigt sich im Moment mit dem Deflektorproblem«, erinnerte ihn Kent.

Kirk lächelte. »War auch nur ein Vorschlag.« Im Moment hatte er die Kontrolle über das Treffen. Er stellte die Fragen und besaß viele der Antworten. Allerdings hätte er gern gewußt, ob er Kent und Favere nur dabei zuvorgekommen war, ihn wegen des Zyklors auszuquetschen, oder ob sie übereingekommen waren, die Waffe gar nicht zu erwähnen in der Hoffnung, Kirk würde ihre Bedeutung nicht erkennen und die ganze Sache bald vergessen. Doch diese Hoffnung war, soweit es Kirk betraf, wohl vergeblich.

Mit einem lauten Klicken legte Kent die blaue Scheibe auf den Schreibtisch. »Wenn Captain Kirk mit seinen Fragen durch ist, würde ich gerne über Ms. Paytons Bericht sprechen.«

»Ich bin fertig.« Kirk wappnete sich für das, was kommen würde.

»Möchten Sie beginnen, Commodore?«

»Nein, vielen Dank, Mr. Kent. Fangen Sie ruhig an.«

Kirk bewegte sich unruhig in seinem Sessel. Dieses übertrieben höfliche Hin und Her machte ihn nervös.

Kent räusperte sich, nahm die blaue Scheibe wieder auf und hielt sie vorsichtig zwischen Daumen und Zeigefinger. Als er aller Aufmerksamkeit auf sich gerichtet wußte, sagte er: »Ich muß zugeben, daß der Inhalt dieses Berichtes eine Überraschung für mich dargestellt hat.«

Kent schwieg geraume Zeit, doch seine Bemerkung schien keine Antwort zu verdienen.

Schließlich fuhr er fort: »Und obwohl ich nicht erfreut darüber bin, hat mich diese erstaunliche Geschichte doch bewegt. Richtige Wunder, in der Tat!« Er lächelte philosophisch und schüttelte den Kopf.

Worauf wollte er hinaus? fragte sich Kirk.

Kent sah Kirk einen Moment nachdenklich an. »Ich weiß, was Sie von mir halten, Kirk. Sie glauben, ich sei ein überheblicher alter Narr, der sich Starfleet als Zielobjekt ausgesucht hat, um Aufmerksamkeit zu erregen und Präsident des Föderationsrates zu werden.«

Kirk mußte unwillkürlich lächeln, wie genau Kents Analyse zutraf.

»Aber«, fuhr Kent fort, »Sie irren sich. Es ist wahr, ich bin Politiker, und ich strebe die höchste Position an. Als Raumschiff-Captain werden Sie das sicher verstehen.«

»Sicher.« In diesem Moment waren sie einfach nur zwei Männer, die von offensichtlichen Prinzipien des Lebens sprachen.

»Doch obwohl ich stur bin, bin ich nicht dumm. Wenn jemand mir Tatsachen liefert, wäge ich sie ab und ändere, falls nötig, meine Meinung.« Er legte die blaue Scheibe auf den Tisch und tippte mit dem Finger darauf. »Dies hier ändert meine Meinung.«

»Und das heißt?« fragte McCoy ungeduldig.

»Es bedeutet zunächst, daß ich meine Verbindung zu Professor Omen bedauere. Ich wußte nichts von seinen Angriffen. Wenn ich ihn jedoch in irgendeiner Weise ermutigt habe, Schiffe zu vernichten, so habe ich einen tragischen Fehler begangen.«

»Sie haben nichts davon gewußt«, sagte Payton. »Selbst Omen hat das zugegeben.«

»Oh, ja«, sagte Kent. »Man mag durchaus Entschuldigungen finden. Wenn ich Omen bei seinen Aktivitäten unterstützt hätte, wäre ich garantiert klüger gewesen, als ausgerechnet Hazel Payton loszuschicken, um alles zu untersuchen.« Er lächelte und schüttelte den Kopf.

»Und zweitens?« fragte Favere.

»Zweitens bin ich sehr beeindruckt, wie Captain Kirk sich verhalten hat. Rasche Überlegung und beste Ausnutzung der verfügbaren Ausrüstung haben es der *Enterprise* erlaubt, dem Taschenuniversum zu entkommen. Sie haben das Schiff der Klingee nicht zerstört, selbst als Sie dachten, Ihre Chancen stünden gut. Sie haben Professor Omen die Möglichkeit eingeräumt, sich zu ergeben, und waren, wie Ms. Payton berichtet, entsetzt, als er es vorzog, Ihr Angebot nicht anzunehmen. Ich gebe zu, Captain, ich bin beeindruckt.«

Kirk war so überrascht von Kents Ausführungen, daß er nicht sicher war, ob er richtig gehört hatte. »Mr. Kent, Sie überwältigen mich.«

»Dessen bin ich mir sicher, Captain.« Er wandte sich an Payton und sagte: »Sie wissen, was das bedeutet, nicht wahr?«

Paytons Grinsen war während Kents Rede immer breiter geworden. Sie wußte schließlich, wie ihr Bericht aussah. Nur was die Reaktion ihres Chefs betraf, war sie im Zweifel gewesen. »Lassen Sie mich nicht raten, Sir.«

»Also gut. Meine Liebe, offensichtlich habe ich mich

in bezug auf Starfleet geirrt. Mir ist jetzt klar, daß die Organisation nicht nur aus Kriegstreibern und Kommißköpfen besteht. Viele von ihnen sind intelligente Friedenshüter, die im Interesse der Föderation arbeiten. Und einer von diesen Männern ist Commodore Favere. Wenn Sie ihn heiraten möchten, haben Sie meinen Segen.«

Favere ließ das Geschoß fallen. Es rollte über die Tischkante und fiel zu Boden, doch er machte keine Anstalten, es aufzuheben, sondern saß wie erstarrt da.

Payton ergriff Kents Hand und sagte: »Danke, Conrad. Ich brauche Ihre Zustimmung nicht, aber es ist schön, sie zu haben.«

Kent zog seine Hand zurück und drohte ihr mit dem Finger. Knurrend, als wäre er wegen seiner Milde verlegen, sagte er: »Ihre Hochzeit können Sie später planen. Im Moment haben wir ein dringlicheres Problem.«

»Natürlich«, meinte Payton. »Sie können Starfleet nicht länger der Kriegstreiberei bezichtigen. Sie brauchen einen neuen Aufhänger.«

»Ich fürchte, unser Problem ist viel weitreichender. Schadenskontrolle ist erforderlich.«

»Ihr kleiner Scherz mit den Klingonen«, sagte Kirk.

Kent sah Kirk erstaunt an.

»Die Klingonen haben formellen Protest bei der Föderation eingelegt«, sagte Kirk. »So etwas ist schwer beizulegen. Admiral Nogura und ich haben darüber gesprochen.«

»Ja. Ich fürchte, meine Gedankenlosigkeit kostet mich die Präsidentschaft.« Kent seufzte.

»Tut mir leid, Conrad«, sagte Payton und berührte seine Hand.

»Ich habe darüber nachgedacht, während Sie fort waren, und langsam gewöhne ich mich an die Vorstellung.« Immer noch stirnrunzelnd sah er zu Boden. »Aber ich bin immer noch Ratsherr, und das ist auch etwas.« Er zuckte die Achseln. »Vielleicht kann ich doch noch etwas Gutes bewirken.«

»Natürlich können Sie das«, sagte McCoy. »Vor ein paar Tagen habe ich Ihnen ein Gebiet genannt, um das man sich kümmern müßte.«

Kent starrte McCoy an. »Das interessiert mich jetzt. Was für ein Gebiet meinen Sie?«

Kirk begriff, daß Kent entweder vergessen hatte, was McCoy ihm gesagt hatte, oder daß er gar nicht erst zugehört hatte.

»Ich habe Ihnen gesagt, die Methoden, die das Starfleet Medical Corps benutzt, um neue Medikamente und medizinische Techniken zu prüfen, sind über fünfundzwanzig Jahre alt!«

»Ein wichtiges Thema«, sagte Payton. »Ein ehrenvolles Thema.«

»In der Tat, Ms. Payton.« Kent erhob sich. »Kommen Sie, Dr. McCoy.«

»Captain?«

»Geh schon, Pille.« Als Kirk beobachtete, wie Kent und McCoy den Raum verließen, begriff er, daß Starfleet jetzt einen mächtigen Freund besaß, wo zuvor ein mächtiger Feind gewesen war. Fehlurteile ließen sich manchmal korrigieren, wenn jemand bereit war zuzugeben, daß er sich geirrt hatte, auch wenn diese Irrtümer ihn daran hinderten, Präsident zu werden. Kirk wußte noch immer nicht, wie er Kent einschätzen sollte.

Aber immerhin hatte McCoy mit seiner Einschätzung Paytons völlig recht gehabt. Manchmal zahlte es sich aus, romantisch zu denken.

Kirk erhob sich und sagte: »Mr. Spock, ich glaube, die Besprechung ist beendet.«

»Sofern der Commodore nicht noch etwas zu besprechen wünscht.«

Favere war mittlerweile in Paytons Augen versunken.

»Commodore?« fragte Spock.

Favere zuckte zusammen, als wäre er gerade aufgewacht. »Nein, Mr. Spock. Es gibt weiter nichts zu besprechen.«

Trotzdem schien Spock zu zögern, den Raum zu verlassen. Kirk vermutete, daß für Spocks Geschmack zu viele Fragen nicht ausgiebig genug behandelt worden waren. Doch solange sie niemand zwang, wieder an die Arbeit zu gehen, waren Payton und Favere offensichtlich völlig zufrieden, sich mit anderen Dingen beschäftigen zu können. Es würde eine Zeit kommen für Spocks Fragen, eine Zeit, wie es ein Dichter einmal ausgedrückt hatte, ›um zu töten und zu schaffen‹. Vielleicht würde ein Untersuchungsausschuß eingesetzt werden, um sich mit diesen Dingen zu befassen; immerhin hatten Tod und Schöpfung Omens Arbeit bestimmt.

»Kommen Sie, Spock«, sagte Kirk. »Lassen wir den Dingen ihren Lauf.«

STAR TREK™

in der Reihe
HEYNE SCIENCE FICTION & FANTASY

STAR TREK: CLASSIC SERIE

Vonda N. McIntyre, Star Trek II: Der Zorn des Khan · 06/3971
Vonda N. McIntyre, Der Entropie-Effekt · 06/3988
Robert E. Vardeman, Das Klingonen-Gambit · 06/4035
Lee Correy, Hort des Lebens · 06/4083
Vonda N. McIntyre, Star Trek III: Auf der Suche nach Mr. Spock · 06/4181
S. M. Murdock, Das Netz der Romulaner · 06/4209
Sonni Cooper, Schwarzes Feuer · 06/4270
Robert E. Vardeman, Meuterei auf der Enterprise · 06/4285
Howard Weinstein, Die Macht der Krone · 06/4342
Sondra Marshak & Myrna Culbreath, Das Prometheus-Projekt · 06/4379
Sondra Marshak & Myrna Culbreath, Tödliches Dreieck · 06/4411
A. C. Crispin, Sohn der Vergangenheit · 06/4431
Diane Duane, Der verwundete Himmel · 06/4458
David Dvorkin, Die Trellisane-Konfrontation · 06/4474
Vonda N. McIntyre, Star Trek IV: Zurück in die Gegenwart · 06/4486
Greg Bear, Corona · 06/4499
John M. Ford, Der letzte Schachzug · 06/4528
Diane Duane, Der Feind – mein Verbündeter · 06/4535
Melinda Snodgrass, Die Tränen der Sänger · 06/4551
Jean Lorrah, Mord an der Vulkan Akademie · 06/4568
Janet Kagan, Uhuras Lied · 06/4605
Laurence Yep, Herr der Schatten · 06/4627
Barbara Hambly, Ishmael · 06/4662
J. M. Dillard, Star Trek V: Am Rande des Universums · 06/4682
Della van Hise, Zeit zu töten · 06/4698
Margaret Wander Bonanno, Geiseln für den Frieden · 06/4724
Majliss Larson, Das Faustpfand der Klingonen · 06/4741
J. M. Dillard, Bewußtseinsschatten · 06/4762
Brad Ferguson, Krise auf Centaurus · 06/4776
Diane Carey, Das Schlachtschiff · 06/4804
J. M. Dillard, Dämonen · 06/4819
Diane Duane, Spocks Welt · 06/4830
Diane Carey, Der Verräter · 06/4848
Gene DeWeese, Zwischen den Fronten · 06/4862
J. M. Dillard, Die verlorenen Jahre · 06/4869
Howard Weinstein, Akkalla · 06/4879
Carmen Carter, McCoys Träume · 06/4898
Diane Duane & Peter Norwood, Die Romulaner · 06/4907
John M. Ford, Was kostet dieser Planet? · 06/4922

STAR TREK™

J. M. Dillard, Blutdurst · 06/4929
Gene Roddenberry, Star Trek (I): Der Film · 06/4942
J. M. Dillard, Star Trek VI: Das unentdeckte Land · 06/4943
David Dvorkin, Die Zeitfalle · 06/4996
Barbara Paul, Das Drei-Minuten-Universum · 06/5005
Judith & Garfield Reeves-Stevens, Das Zentralgehirn · 06/5015
Gene DeWeese, Nexus · 06/5019
D. C. Fontana, Vulkans Ruhm · 06/5043
Judith & Garfield Reeves-Stevens, Die erste Direktive · 06/5051
Michael Jan Friedman, Das Doppelgänger-Komplott · 06/5067
Judy Klass, Der Boacozwischenfall · 06/5086
Julia Ecklar, Kobayashi Maru · 06/5103
Peter Norwood, Angriff auf Dekkanar · 06/5147
Carolyn Clowes, Das Pandora-Prinzip · 06/5167
Diana Duane, Die Befehle des Doktors · 06/5247
V. E. Mitchell, Der unsichtbare Gegner · 06/5248
Dana Kramer-Rolls, Der Prüfstein ihrer Vergangenheit · 06/5273
Michael Jan Friedman, Schatten auf der Sonne · 06/5179
Barbara Hambly, Der Kampf ums nackte Überleben · 06/5334
Brad Ferguson, Eine Flagge voller Sterne · 06/5349
Gene DeWeese, Die Kolonie der Abtrünnigen · 06/5375
Michael Jan Friedman, Späte Rache · 06/5412
Peter David, Der Riß im Kontinuum · 06/5464
Michael Jan Friedman, Gesichter aus Feuer · 06/5465
Peter David/Michael Jan Friedman/Robert Greenberger, Die Enterbten · 06/5466
L. A. Graf, Die Eisfalle · 06/5467
John Vornholt, Zuflucht · 06/5468
L. A. Graf, Der Saboteur · 06/5469
Melissa Crandall, Die Geisterstation · 06/5470
Mel Gilden, Die Raumschiff-Falle · 06/5471

STAR TREK: THE NEXT GENERATION
David Gerrold, Mission Farpoint · 06/4589
Gene DeWeese, Die Friedenswächter · 06/4646
Carmen Carter, Die Kinder von Hamlin · 06/4685
Jean Lorrah, Überlebende · 06/4705
Peter David, Planet der Waffen · 06/4733
Diane Carey, Gespensterschiff · 06/4757
Howard Weinstein, Macht Hunger · 06/4771
John Vornholt, Masken · 06/4787
David & Daniel Dvorkin, Die Ehre des Captain · 06/4793
Michael Jan Friedman, Ein Ruf in die Dunkelheit · 06/4814
Peter David, Eine Hölle namens Paradies · 06/4837

STAR TREK™

Jean Lorrah, Metamorphose · 06/4856
Keith Sharee, Gullivers Flüchtlinge · 06/4889
Carmen Carter u. a., Planet des Untergangs · 06/4899
A. C. Crispin, Die Augen der Betrachter · 06/4914
Howard Weinstein, Im Exil · 06/4937
Michael Jan Friedman, Das verschwundene Juwel · 06/4958
John Vornholt, Kontamination · 06/4986
Mel Gilden, Baldwins Entdeckungen · 06/5024
Peter David, Vendetta · 06/5057
Peter David, Eine Lektion in Liebe · 06/5077
Howard Weinstein, Die Macht der Former · 06/5096
Michael Jan Friedman, Wieder vereint · 06/5142
T. L. Mancour, Spartacus · 06/5158
Bill McCay/Eloise Flood, Ketten der Gewalt · 06/5242
V. E. Mitchell, Die Jarada · 06/5279
John Vornholt, Kriegstrommeln · 06/5312
Laurell K. Hamilton, Nacht über Oriana · 06/5342
David Bischoff, Die Epidemie · 06/5356
Diane Carey, Abstieg · 06/5416
Michael Jan Friedman, Relikte · 06/5419
Michael Jan Friedman, Die Verurteilung · 06/5444
Simon Hawke, Die Beute der Romulaner · 06/5413
Rebecca Neason, Der Kronprinz · 06/5414
John Peel, Drachenjäger · 06/5415
Diane Duane, Dunkler Spiegel · 06/5417
Susan Wright, Der Mörder des Sli · 06/5438

STAR TREK: DIE ANFÄNGE
Vonda N. McIntyre, Die erste Mission · 06/4619
Margaret Wander Bonanno, Fremde vom Himmel · 06/4669
Diane Carey, Die letzte Grenze · 06/4714

STAR TREK: DEEP SPACE NINE
J. M. Dillard, Botschafter · 06/5115
Peter David, Die Belagerung · 06/5129
K. W. Jeter, Die Station der Cardassianer · 06/5130
Sandy Schofield, Das große Spiel · 06/5187
Lois Tilton, Verrat · 06/5323
Diane Carey, Die Suche · 06/5432
Esther Friesner, Kriegskind · 06/5430
Melissa Scott, Der Pirat · 06/5434
Nathan Archer, Walhalla · 06/5512
Greg Cox/John Gregory Betancourt, Der Teufel im Himmel · 06/5513

STAR TREK™

STAR TREK: STARFLEET KADETTEN
John Vornholt, Generationen · 06/6501
Peter David, Worfs erstes Abenteuer · 06/6502
Peter David, Mission auf Dantar · 06/6503
Peter David, Überleben · 06/6504
Brad Strickland, Das Sternengespenst · 06/6505
Brad Strickland, In den Wüsten von Bajor · 06/6506
John Peel, Freiheitskämpfer · 06/6507
Mel Gilden & Ted Pedersen, Das Schoßtierchen · 06/6508
John Vornholt, Erobert die Flagge! · 06/6509
V. E. Mitchell, Die Atlantis Station · 06/6510
Michael Jan Friedman, Die verschwundene Besatzung · 06/6511
Michael Jan Friedman, Das Echsenvolk · 06/6512
Diane G. Gallagher, Arcade · 06/6513
John Peel, Ein Trip durch das Wurmloch · 06/6514

STAR TREK: VOYAGER
L. A. Graf, Der Beschützer · 06/5401
Peter David, Die Flucht · 06/5402
Nathan Archer, Ragnarök · 06/5403
Susan Wright, Verletzungen · 06/5404
John Betancourt, Der Arbuk-Zwischenfall · 06/5405

DAS STAR TREK-UNIVERSUM, 2 Bde.,
überarbeitete und aktualisierte Neuausgabe!
von *Ralph Sander* · 06/5150

DAS STAR TREK-UNIVERSUM, Ergänzungsband
von *Ralph Sander* · 06/5151

William Shatner/Chris Kreski, Star Trek Erinnerungen · 06/5188
William Shatner/Chris Kreski, Star Trek Erinnerungen: Die Filme · 06/5450

Phil Farrand, Cap'n Beckmessers Führer durch STAR TREK – DIE NÄCHSTE GENERATION · 06/5199
Phil Farrand, Cap'n Beckmessers Führer durch STAR TREK – DIE CLASSIC SERIE · 06/5451

Ralph Sander, Star Trek Timer 1997 · 06/1997

Diese Liste ist eine Bibliographie erschienener Titel
KEIN VERZEICHNIS LIEFERBARER BÜCHER!

Schwarzes Loch Zukunft
Science Fiction Tage im ORF Dornbirn
Was? Schlaglichter auf eine schlecht verstandene Literatur: Lesungen, Vorträge, Diskussionen, Hörspiele …
Wo? ORF Radio Vorarlberg, Dornbirn, Österreich
Wann? 9. bis 11. Mai 1997